Claudia Bardelang

Schwarz ist die Gier

Der zweite Fall für
Johann Briamonte

Kriminalroman

Kampa

Für den Blick hinter die Verlagskulissen:
www.kampaverlag.ch / newsletter

Lektorat: René Stein
Umschlaggestaltung: Lara Flues, Kampa Verlag
Umschlagmotiv: © iStock/Simon Dux
Satz: Tristan Walkhoefer, Leipzig
Gesetzt aus der Stempel Garamond LT / 240215
Druck und Bindung: Friedrich Pustet, Regensburg
Auch als E-Book erhältlich
ISBN 978 3 311 12065 0

Für Li

I

Der Samstag begann wie alle Samstage.

Punkt zehn Uhr betrat Martin Oehring die Galerie in der Freiburger Altstadt, begleitet vom dezenten Bimmeln der Türglocke. Hinter der Ladentheke deaktivierte er die Alarmanlage, legte in der Küchennische hinter dem Samtvorhang die Tüte mit Croissants ab, schaltete die Kaffeemaschine an und legte eine CD ein. Heute Brahms, die 2. Sinfonie. Als er sich den ersten Kaffee herausließ, ertönte vorne die Glocke.

Eine ältere Dame, Typ pensionierte Kindergärtnerin. Er setzte sein verbindliches Lächeln auf: »Guten Morgen. Was kann ich für Sie tun?«

Sie sah sich um. »Ich weiß gar nicht, ob ich hier überhaupt richtig bin ...« Unter dem Arm hatte sie eine Mappe und ein in Packpapier eingewickeltes Paket. Sicher eine Haushaltsauflösung. So kamen sie immer.

Der Inhalt der Mappe war unspektakulär. Ein paar Drucke, ein Kupferstich, ein paar ganz hübsche Aquarelle und ein Thoma, der noch ein paar Hundert Euro bringen könnte. Außer dem Thoma nichts von Wert. Er blätterte alles durch, und bevor er bedauernd die Schultern heben konnte, fiel sein Blick auf das Ölgemälde, das sie soeben auswickelte. »Und das hier noch. Es ist zwar nicht signiert, aber ...«

Ihm blieb beinahe das Herz stehen, aber da sie sich im selben Moment nach dem heruntergefallenen Papier bückte, hatte er sich wieder unter Kontrolle, als sie sich wieder aufrichtete. »Ein Nachlass, nehme ich an?« Jetzt bloß nichts Falsches sagen.

»Ja. Von meiner Großtante. Das hier ...«, sie zeigte auf das

Ölgemälde, »hab ich in einem Schrankkoffer auf dem Dachboden gefunden. Es sieht ein bisschen aus wie die Poster bei meinem Hausarzt. Da hat sich wohl jemand als Franz Marc versucht. Es ist nicht wirklich mein Geschmack, aber vielleicht ist es doch wertvoll? Man hört ja immer wieder von so etwas.« Sie lachte verlegen.

»Sie denken an diese Fernsehsendung, *Bares für Rares*?« Er lächelte so verständnisvoll er konnte. »Sie haben vollkommen recht. Es kommt immer wieder vor, dass ein unverhoffter Schatz auftaucht, deshalb kann man nicht aufmerksam genug sein. Dieser Franz Marc hier …«, er betonte den Namen extra launig, »ist ganz dekorativ, aber ich will Ihnen keine allzu großen Hoffnungen machen. Sie sehen selbst, dass es nicht signiert ist, aber Sie haben ganz recht getan, zu uns zu kommen.« Er spürte, dass ihm der Schweiß ausbrach. »Wenn Sie mir die Bilder hierlassen wollen, kann ich Ihnen in ein paar Tagen mehr sagen … Keine Sorge, das wird Sie nichts kosten. Ein Service des Hauses.« Absoluter Blödsinn, aber er musste um jeden Preis verhindern, dass sie mit der Ölskizze wieder hinausspazierte. Er könnte sie ihr gleich abkaufen, aber dann würde sie vielleicht misstrauisch.

»Die Geschichte mit dem Schrankkoffer ist interessant. Darf ich fragen, ob dort noch mehr drin war?« Er wusste, dass er jetzt besser den Mund halten und die Kundin so schnell wie möglich hinauskomplimentieren sollte, aber es war, als würden die Worte ohne sein Zutun den Mund verlassen.

»Nur jede Menge Bücher, nichts Besonderes. Eine Handvoll alte Fotos und Briefe und dieses Bild. Leider keine Juwelen und Silberbesteck. Meine Tante hat mir mal erzählt, dass ihn ein früherer Sommergast ihrer Eltern während des Kriegs auf dem Dachboden deponiert hatte.«

»Das ist ja spannend. Weiß man, wer dieser Gast war und

was aus ihm geworden ist?« Halt den Mund, Herrgott, und mach, dass sie geht!

»Wenn ich mich recht erinnere, war er wohl Jurist aus München. Ein distinguierter älterer Herr. Er ist jahrelang jeden Sommer nach St. Blasien gekommen. Da er seinen Koffer nie abgeholt hat, ist er vermutlich gestorben.«

»Ihre Großtante hat nicht zufällig versucht herauszufinden, was mit ihm geschehen ist? Oder den Koffer an seine Hinterbliebenen zu übergeben?« Um Himmels willen, sei ruhig! Sie wird sich fragen, warum du so viel Interesse zeigst!

»Doch, das hat sie in der Tat getan, vor langer Zeit schon, aber sie hat nichts herausfinden können. Sie ist davon ausgegangen, dass er verstorben ist, ohne Angehörige zu hinterlassen.«

»Das ist bedauerlich.« Endlich hatte er sich wieder unter Kontrolle, und er räusperte sich. »Nun, wie auch immer … Um auf Ihre Anfrage zurückzukommen: Wenn Sie mir ein paar Tage Zeit geben wollen, kann ich Ihnen sagen, was Sie für die Bilder noch bekommen könnten. Sie sollten, wie schon gesagt, keine allzu großen Erwartungen haben. Für den Thoma da wird es sicher noch eine Fangemeinde geben. Ich werde mich schlaumachen und Sie dann anrufen, einverstanden? Wenn Sie mir Ihren Namen, Ihre Adresse und eine Telefonnummer hierlassen wollen, unter der Sie erreichbar sind?«

Nachdem die alte Dame gegangen war, stützte er sich schwer auf den Tresen. Großer Gott! Franz Marc! Schon beim ersten Blick war er sicher, dass es sich um eine Ölskizze zum *Turm der blauen Pferde* handelte. Neunzehnhundertdreizehn. Franz Marcs Sujet rund um die Pferde waren das Thema seiner Dissertation gewesen. Großer Gott! Darauf hatte er sein Leben lang gewartet.

2

Um dieselbe Zeit befreite sich Kriminalhauptkommissar Briamonte aus seinem verdrehten Schlafsack und rappelte sich stöhnend von der Isomatte hoch. Er musste zusehen, dass der Boden endlich fertig wurde, damit er ein ordentliches Bett kaufen konnte. Er öffnete die Tür für den ungeduldigen Hund, der kläffend in den Garten davonjagte, und blinzelte freudig überrascht in die Frühlingssonne. Endlich! Nach einem unerwartet harten, langen und schneereichen Winter hatte es im Frühjahr wochenlang geregnet, bis alle und alles durchgeweicht, grau und zermürbt waren. Der Dauerregen und ein erneuter Schneefall mit Minusgraden, Ende April, hatte ihn, trotz aller Fortschritte der Handwerker, zweifeln lassen, ob er seinen dreihundert Jahre alten, renovierungsbedürftigen Schwarzwaldhof jemals wieder auf Vordermann bekäme. Erst gestern Abend war er kurz davor gewesen aufzugeben und vorübergehend wieder das Schlafsofa seiner Mutter zu beziehen. Doch der unerwartete Anblick seines von der Sonne angestrahlten verwilderten Gartens mit den blühenden Obstbäumen – wo kamen die Bienen auf einmal her? – hob augenblicklich seine Stimmung. Die umliegenden, zart grünenden Berghänge und der hohe blaue Himmel über den Wiesen und Weiden des Tals besänftigten seinen Groll, den er bis in die frühen Morgenstunden an dem Bodenaushub seiner künftigen Wohnstube ausgelassen hatte. Endlich Sonne! Endlich Frühling! Wurde auch Zeit, Anfang Mai!

3

Die Zeit wollte nicht vergehen, und er bediente mechanisch lächelnd die wenigen Kunden, die sich üblicherweise an einem Samstag blicken ließen. Natürlich, gnädige Frau ... Wir liefern selbstverständlich gerne ... Einen signierten Druck? ... Für Ihren Herrn Vater? ... Da würde ich Ihnen das hier empfehlen ... Ja, die nächste Auktion ist im Herbst ... Selbstverständlich lassen wir Ihnen einen Katalog zukommen ... Wenn Sie mir freundlicherweise Ihre Visitenkarte dalassen würden? ... Wir führen ausschließlich geprüfte Originale ... Selbstredend, mein Herr ...

Um sechzehn Uhr schloss er ab und eilte ins Lager, wo er das Bild von heute Morgen, sorgfältig verpackt, hinter dem Planschrank versteckt hatte. Glücklicherweise war sein Geschäftspartner übers Wochenende verreist, so konnte er in aller Ruhe das Bild untersuchen, recherchieren und nachdenken. Er hatte keinen Zweifel, dass es sich um ein Original handelte. Ehrfürchtig untersuchte er das knapp vierzig mal sechzig Zentimeter große Gemälde. Es roch nur ganz leicht muffig. Die Leinwand war auf der Rückseite nachgedunkelt und hatte ein paar Stockflecken, aber das Bild selbst war, bis auf einige altersbedingte Kratzspuren an den Kanten, unversehrt. Es gab keine Galerieaufkleber, was die Vermutung nahelegte, dass der frühere Eigentümer es direkt beim Künstler in Sindelsdorf erworben hatte. Wie viele von Marcs Werken war auch dieses nicht signiert. Er seufzte tief. Eine Ölstudie zum *Turm der blauen Pferde*, einem der berühmtesten und wichtigsten Werke Franz Marcs. Als entartet diffamiert und gestohlen von den Nazis, aus der

Nationalgalerie in Berlin, verschollen seit neunzehnhundertfünfundvierzig. Die Skizze zeigte einen Ausschnitt aus der rechten oberen Hälfte. Vier Pferdeköpfe zu einer turmartigen Pferdearchitektur angeordnet, wie Christian von Holst im Ausstellungskatalog der Stuttgarter Staatsgalerie geschrieben hatte, den ruhigen Blick vom Betrachter aus nach links gewendet. Hieratische Ordnung. Tiefe Erkenntnisfähigkeit der Tiere. Kristalline Struktur der Körper. Geistiges Blau. Kathedralarchitektur. Die Pferde als Lichtbringer. Wohlbekannte Stichworte drängten aus weit entlegenen Hirnregionen nach vorne, während Oehring mit Herzklopfen das Bild betrachtete. Jeder Kunsthistoriker, der sich je mit der Kunst zur Zeit der Nazidiktatur beschäftigt hatte, sei es mit der so genannten entarteten Kunst oder aber mit Beutekunst beziehungsweise verschollenen Kunstwerken, hoffte insgeheim eines Tages eines der vielen verschwundenen Kunstwerke wiederzufinden. Oehring auch. Aber jetzt, wo dieser unwahrscheinliche Glücksfall eingetroffen war, er gewissermaßen den Lottojackpot geknackt hatte, wusste er nicht, was er damit tun sollte. Genau genommen war die Ölskizze kein verschollenes Gemälde. Es war nur eine Vorstudie zum eigentlichen Kunstwerk – allein das eine Sensation –, aber sie war weder ausgestellt gewesen noch gestohlen worden und daher nicht restitutionspflichtig. Deshalb war sie auch nicht im Archiv der verschollenen Kunstwerke der Universität Berlin aufgeführt. Niemand wusste, dass sie existierte. Nur er. Die aktuelle Eigentümerin hatte keine Ahnung, was für einen Schatz sie da gehoben hatte! Sollte er sie aufklären? Er hatte diese unsägliche Sendung noch erwähnt, auf der, medienwirksam aufgehübscht, mehr oder weniger wertvolle Dinge unter den Hammer kamen. Die Kunstwelt würde kopfstehen! Die Galerie Hellstein & Oehring würde mit einem Schlag ins Rampenlicht gezerrt werden. Aber je länger Oehring hin und her überlegte, desto klarer sah er: Das hier würde nicht unter den Hammer kommen, zumindest nicht unter diesen. Die Kundin würde es nicht erfahren. Mit dieser Entscheidung fühlte er sich, als hätte die Entdeckung dieses Kunstwerks seine ganz persönliche Büchse der Pandora geöffnet. Heraus kamen Habgier und unheilvolle Entschlossenheit. Beides Attribute, die er an sich bisher nicht gekannt hatte. Obwohl das Rauchen in den Räumen der Kunsthandlung strengstens untersagt war, zündete er sich eine Zigarette an und inhalierte gierig.

Eineinhalb Stunden später wusste er dann, was zu tun war.

4

Der Kaffee sprudelte aus dem kleinen Schraubkännchen, und Briamonte verbrannte sich fluchend die Finger an dem Gaskocher, als er draußen eine Autotür, das freudige Fiepen seines Hundes Gismo und kurz darauf Schritte im Gang hörte.

»Ich bin's! Guten Morgen!«

»Kristina! Wie schön, dich zu sehen!«

Briamonte musste an sich halten, dass er sie nicht allzu stürmisch begrüßte. Polizeioberkommissarin Kristina Precht, seine Kollegin und die erste zarte Liebesgeschichte seit Langem. Wunderbar. Schwierig. Behutsam.

»Ich habe heute nichts Besseres zu tun und dachte mir, ich helfe dir ein bisschen … falls ich dich nicht störe …? Hier ist Frühstück …« Sie streckte ihm eine Tüte mit Gebäck entgegen und erwiderte scheu seine unbeholfene Umarmung.

Bloß nichts überstürzen! »Du störst mich nie! Im Gegenteil! Und ich könnte tatsächlich etwas Hilfe brauchen. Einen Kaffee für dich?«

Er beobachtete sie unauffällig, während sie ihren Kaffee trank und sich umsah. Ihr langes braunes Haar, das sie vermutlich vorhin erst gewaschen hatte, denn es war noch nicht ganz trocken; die großen schlanken Hände, die die Tasse umfassten, und die derben Stiefel, die so typisch für ihr burschikoses Auftreten waren. Dass sie spontan auftauchte, war ein Fortschritt. Seit sie sich kennengelernt hatten, letzten Herbst, kurz nachdem Briamonte nach Menzenschwand gezogen war, hatten sie sich regelmäßig getroffen, waren aber nie über einen gewissen Punkt hinausgekommen. Sie steckte mitten in der hässlichen Trennung von ihrem gewalttätigen Ehemann, inklusive Strafanzeige und medizinischer Gutachten, schwerer traumatisiert, als sie zugeben mochte, und seit Wochen krankgeschrieben. Er versuchte, sich in seinem neuen Job einzugewöhnen und schwierige Kindheitserinnerungen zu bewältigen.

»Lass mir ein wenig Zeit, ja?«, hatte sie nach ihrem ersten Date gebeten.

»Alle Zeit, die du brauchst …« Und er meinte es ernst, obwohl ihn dieser Schwebezustand höchst verunsicherte. Ihn, den großen, starken, beruflich entschlossenen und selbstsicheren Mann, der in Herzensangelegenheiten so wenig Erfahrung hatte und Frauen gegenüber oft hölzern, unbeholfen und abweisend wirkte. Seine Mutter, die um seine unsichtbaren inneren Schutzmauern wusste, ahnte, was ihn umtrieb, und versuchte ihm Zuversicht zu vermitteln: »Hab etwas Vertrauen. Wenn die Zeit da ist, wird alles gut. Wirst sehen.«

»Und wenn nicht? Wenn ich ihr am Ende doch zu … Ich weiß nicht. Zu wenig aktiv bin, zu zurückhaltend? So ein verständnisvoller Frauenversteher, den Frauen gerne als besten Freund haben, aber nicht als Partner?«

»Glaubst du, dass sie das von dir denkt?«

»Nein ...«

»Na also ... So wie du sie beschreibst, ist sie eine kluge und warmherzige Frau, die Gefühle für dich hat, aber eine schwierige Zeit durchmacht. Hab ein wenig Geduld. Vertrau auf dein Bauchgefühl und lass sie über deine Mauern klettern, wenn die Zeit da ist.«

Seine Mutter hat leicht reden.

Jetzt reichte ihm Kristina die leere Tasse: »Was lächelst du?«

»Ach, nichts. Ich dachte gerade an etwas, was meine Mutter kürzlich gesagt hat. Wollen wir? Kannst du mit Hacke und Schaufel umgehen?«

»Natürlich! Was genau soll das werden?« Sie machte eine ausholende Bewegung.

»Ich lege den Fußboden tiefer. Die Deckenbalken sind viel zu niedrig, aber ich kann sie ja nicht versetzen. Deshalb hab ich die alten Dielen herausgerissen und trage den Boden darunter ab, bis ich die passende Raumhöhe habe. Nachher lasse ich die Bretter durch die Schleifmaschine und verlege sie neu. Bin ich schlau oder sehr schlau?«

»Unter den Dielenbrettern war blanke Erde?!«

»Ja, sicher. Schmale Querlatten, und darauf die Dielenbretter ...«

Nachdem sie eine Weile schweigend das Erdreich abgetragen und eimerweise nach draußen gebracht hatten, hielt sie kurz inne: »Gibt es eigentlich etwas Neues bezüglich der internen Untersuchung?«

»Seit gestern ist sie abgeschlossen. Ein halbes Jahr! Aber nun ist es amtlich: Ich habe korrekt gehandelt und bin ab sofort wieder ein Ritter ohne Fehl und Tadel.«

»Oh, wirklich? Das freut mich! Du bist sicher erleichtert.«

»Natürlich. Obwohl immer irgendwas zurückbleibt.«

»Meinst du? Das glaub ich nicht. Niemand hat an dir ...«

»… gezweifelt, meinst du? Oh doch! Unser Oberindianer!«

»Johann!«

»Jaja, schon gut. Ich weiß. Er hat nur seine Pflicht getan«, lenkte Briamonte friedfertig ein, obwohl die interne Untersuchung, die sein Chef nach seinem ersten Fall gegen ihn eingeleitet hatte, beinahe dazu geführt hätte, dass er wieder nach Frankfurt zurückgekehrt wäre – knapp zwei Wochen nachdem er seine neue Stelle angetreten hatte.

»Du bist immer noch sauer auf ihn, stimmt's?«

»Nein. Doch. Ja. Aber vergessen wir das. Ich bin reingewaschen und ich bin hiergeblieben. Das ist doch das Wichtigste, oder?«

»Das stimmt …« Sie wollte noch etwas hinzufügen, machte den Mund aber wieder zu.

5

»Das da? Gleiches Format?«

»Können Sie das?«

»Natürlich kann ich das. Muss ja nicht mal eine Signatur fälschen. Ich brauche nur einen passenden bespannten Keilrahmen. Möglichst aus der gleichen Zeit.«

»Das habe ich bereits besorgt. Hat nicht hundertprozentig das gleiche Maß, das spielt aber keine Rolle.«

»Aha …«

»Können Sie den Auftrag zu Hause erledigen?«

»Sicher. Wenn ich alles mitnehmen kann, was ich brauche.«

»Können Sie. Leben Sie alleine?«

»Ja, wieso? Ist das wichtig?«

»Haben Sie Haustiere?«

»Nein. Haben Sie Angst, dass es kaputtgeht?«

»Natürlich. Das Bild gehört einem Kunden und darf auf keinen Fall beschädigt werden.«

»Was wollen Sie mit der Kopie? Sie haben doch nicht vor ...«

»Es zu verkaufen? Natürlich nicht! Was denken Sie! Das wäre illegal!« Oehring lachte viel zu laut. Sein Gegenüber betrachtete ihn abschätzig, und er wischte sich mit seinem Stofftaschentuch die Stirn.

»Ist Ihnen nicht gut?«

»Doch, doch, unerwartet warm heute ... und etwas zu viel Kaffee. War viel los, langer Samstag ...«

In Gegenwart ihres Restaurator-Azubis Jeltsch fühlte sich Oehring immer etwas unwohl, keine Ahnung wieso. Der junge Mann hatte schon einige Lebenserfahrung, er war fast dreißig, mit ausgeprägtem Selbstbewusstsein, lässiger Lebenseinstellung und tendenziell sperrigem Charakter. Aber mit begnadetem Talent, wie sein Ausbilder nie müde wurde zu betonen: »Schwieriger Bursche, aber was für ein Händchen!« Dutzende Male schon hatten sie ihn ermahnen müssen, pünktlich zu sein, die Aufträge auftragsgemäß fertigzustellen und seine Joints nicht im Innenhof der Werkstatt zu rauchen. Für seine beiden Chefs schien er leise Verachtung zu hegen, aber schlussendlich zählten die Ergebnisse. Und die waren, zugegeben, phänomenal.

»Ich zahle Ihnen tausend Euro, bar auf die Hand ...«

Der junge Mann zog eine Augenbraue hoch: »Wieso fragen Sie nicht den großen Meister Hildebrand?«

»Weil Sie besser sind ... Aber das muss unbedingt unter uns bleiben! Haben Sie verstanden? Ein Geschenk für meine Frau.«

Ein Lächeln huschte über das Gesicht des jungen Mannes. »Und dafür müssen die kleinen Kratzer und die Stockflecken auch drauf? Das ist doch gar nicht ...«

»Doch! Natürlich ist das nötig! Das ist wichtig!« Oehring schwitzte wie ein Schwein.

»Das heißt, sie soll glauben, es wäre ein Original …«, präzisierte ihr Auszubildender süffisant und drehte sich seelenruhig eine Zigarette.

»Das Original ist leider nicht verkäuflich. Es ist ein schönes Bild und wird ein perfektes Geschenk zum Hochzeitstag sein.« Wieso rechtfertigte er sich überhaupt?

»Hochzeitstag … Aha.« Er glaubte seinem Chef kein Wort, aber das war auch egal. Ein Tausender, bar auf die Kralle, das käme ihm sehr gelegen. Wenn er so viel für diesen Möchtegern-Marc ausgeben wollte, war das seine Sache. Er ließ den Rauch in eleganten Kringeln aus seinem Mund entweichen und weidete sich an der Verlegenheit seines Arbeitgebers. Was für ein blöder Lackaffe, mit seinen hellblau gestreiften Hemden, seidenen Krawatten und dem aufgesetzten Lächeln. Immerhin konnte er sich durch seine Spießerattribute einen gewissen Wohlstand leisten, Porsche Carrera inklusive, das brave Schoßhündchen von Madame. Er lachte heiser.

»Heißt das, Sie machen es?«

»Natürlich mach ich es! Und ich schweige wie ein Grab! Keine Sorge! Indianerehrenwort!« Er hob zwei Finger.

»Wie lange brauchen Sie?«

»Drei Wochen. Ungefähr.«

»So lange?!«

»Natürlich! Was haben Sie denn gedacht. Allerdings, wenn ich Urlaub hätte, ginge es etwas schneller. Wann ist denn der Hochzeitstag?«

»Äh … In einem Monat. Melden Sie sich am Montag krank. Nehmen Sie aus der Werkstatt alles mit, was Sie brauchen … Und absolutes Stillschweigen! Niemand darf davon erfahren! Ist das klar?«

»Glasklar. Aber die Kohle will ich gleich …«

Nachdem der junge Mann mit dem Original und dem als Basis dienenden Stillleben unter dem Arm verschwunden war, hatte Oehring eine Art Panikattacke. Was, wenn der verrückte Vogel unterwegs jemanden traf, etwas trinken ging und das Paket irgendwo vergaß? Oder wenn er es zu Hause achtlos abstellte und versehentlich beschädigte? Oder gar selbst verkaufte? Sein Herz raste, und er lockerte hastig den Krawattenknoten. Jetzt hatte er etwas ins Rollen gebracht, was nicht mehr aufzuhalten war.

Wobei, das stimmte nicht ganz. Er könnte das Bild immer noch zurückgeben und niemand würde etwas erfahren. Der Besitz einer Kopie war nicht illegal. Vielleicht sollte er das Ganze überhaupt wieder abblasen und der Frau das Bild einfach abkaufen, dann gäbe es überhaupt keine Schwierigkeiten. Nur, was würde passieren, wenn irgendwann herauskäme, dass eine Ölstudie zum *Turm der blauen Pferde* aufgetaucht war? Nicht allen Kunstsammlern war zu trauen. Nicht alle genossen ihre Kunstwerke für sich selbst und um der Kunst willen, im stillen Kämmerlein sozusagen. Für viele war es der ultimative Beweis für ihren Kunstverstand und ihre Finanzkraft – Kunst als Statussymbol –, weshalb er nicht sicher sein konnte, dass das Bild nicht irgendwann im Rampenlicht der Öffentlichkeit landen würde. Was dann unweigerlich die eigentliche Besitzerin auf den Plan riefe, die sich, völlig zu Recht, übervorteilt fühlen musste. Nein. Es war die richtige Entscheidung, eine Kopie anfertigen zu lassen. Damit könnte das Original auftauchen, ohne Schaden anzurichten. Oehring klopfte das Herz bis zum Hals. Er stürzte ein Glas kaltes Wasser herunter, stützte sich auf den Waschbeckenrand und betrachtete sich im Spiegel. Jetzt bloß nicht durchdrehen. Er hatte lediglich eine Kopie verlangt. Zwar eine mit den beinahe exakten Maßen des Originals und Gebrauchsspuren inklusive, aber für den Eigenbedarf war es ja erlaubt. Er dürfte diese Kopie nur nicht verkaufen. Was ja auch gar nicht seine Intention war. Das hatte er auch deutlich gemacht, oder? Andererseits war klar, dass das kein normaler Auftrag war. Barzahlung und Stillschweigen waren nicht die üblichen Geschäftspraktiken von Hellstein & Oehring, da hatte ihr junger Azubi nicht ohne Grund die Ohren gespritzt. Das mit dem Hochzeitsgeschenk hatte er ihm nicht geglaubt. Hätte er sich denken können. Oehring atmete tief durch, straffte sich und fuhr sich mit nassen Händen durch das perfekt geschnittene silbergraue Haar. Es gab keinen Grund, jetzt die Nerven zu verlieren. Niemand konnte ihm eine kriminelle Handlung unterstellen. Die Frau wollte eine Schätzung für die Bilder ihrer verstorbenen Großtante, so etwas dauerte eine Weile. Dass er sie über die Anfertigung einer Kopie nicht informierte beziehungsweise um Erlaubnis fragte, war nicht ganz korrekt, aber per se noch keine strafbare Handlung. Erst wenn er der ahnungslosen Kundin die Kopie zurückgeben und das Original verkaufen würde, würde er sich strafbar machen. Aber so weit war es ja noch nicht gekommen. Das waren bisher lediglich hypothetische Gedankenkonstrukte. Sollte das Ganze auffliegen, wäre die Kopie tatsächlich ein Geschenk für seine Frau. Ganz einfach.

Oehring versuchte, in den Bauch zu atmen. Aber eines war nicht zu leugnen, er war auf dem besten Weg, ein Krimineller zu werden, er, der oberkorrekte Oberlangweiler. Er, dessen Leben bis jetzt in vollkommen geraden Bahnen verlaufen war. Die wohlbehütete Kindheit im betuchten Elternhaus, als spätes und einziges Kind, das Studium der Kunstgeschichte, die viel beachtete Dissertation, die Hochzeit mit einer attraktiven, erfolgreichen und vermögenden Frau und schließlich der Einstieg ins Berufsleben – erst als Mitarbeiter, dann als Geschäftspartner der namhaften Kunsthandlung

Hellstein & Oehring. Eine Abfolge angenehmer Lebensabschnitte, die sich beinahe ohne sein Zutun aneinandergereiht hatten. Immer freundlich, immer verbindlich, immer zuverlässig – so hatte er sein bisheriges Leben verbracht. Diverse Flirts und eine kurze Affäre mit einer fast fünfundzwanzig Jahre jüngeren Studentin waren das einzige Aufbegehren gegen die Langeweile seiner sicheren Existenz und des beginnenden Alters. Er, dessen Wünsche stets erfüllt wurden, bevor er sie nur denken konnte, hatte das erste Mal etwas wirklich gewollt. In diesem Fall die Hingabe einer so jungen Frau, wobei er, als ausgesprochen gut aussehender Charmeur, schon immer die Bewunderung der Damenwelt genossen hatte. Die Heimlichkeit, die dieser Seitensprung mit sich gebracht hatte, war ein Nervenkitzel gewesen, den er als ausgesprochen erfrischend empfunden hatte, auch wenn er es bald mit der Angst zu tun bekommen und die Liaison beendet hatte. Seine Frau durfte das nie erfahren, denn eine Scheidung wäre für ihn ein finanzielles Debakel. In diesem Worst-Case-Szenario wäre sein ausgesprochen angenehmes Leben zu Ende. Seinen gehobenen Lebensstil, den er dank des Vermögens seiner Frau durchaus genoss, wollte er nämlich nicht missen. Von der gesellschaftlichen Ächtung in seinem Freundes- und Bekanntenkreis ganz abgesehen. Eine Frau wie Henriette verließ man nicht.

Aber ein unverhoffter Schatz wie diese Ölskizze von Franz Marc eröffnete ganz neue Perspektiven, und Oehring wusste, dass dieses Bild sein Leben verändern würde. Verbessern würde. Eineinhalb Millionen Taschengeld, für was auch immer. Mehr oder weniger. Er hatte extra nachgesehen. Das viel zitierte Sahnehäubchen. Ein paar Wochen durchhalten, das sollte doch zu machen sein.

In dem Moment klingelte sein Telefon, und er zuckte zusammen. Seine Frau.

»Liebling, wo bleibst du? Du hast doch das Essen bei den Ruloffs nicht vergessen?«

»Natürlich nicht, ich komme schon … Legst du mir den hellen Anzug heraus? Bis gleich, mein Schatz.«

6

Die nächsten beiden Wochen verbrachte Oehring in nervöser Überspanntheit, hin- und hergerissen zwischen euphorischen Höhenflügen und angstvollen Vorahnungen. Nach tagelangen Grübeleien und Überlegungen in alle Richtungen hatte er sich endgültig für den kriminellen Weg entschieden. Er würde diesen Fund weder publik machen noch einen regulären Verkauf arrangieren. Er würde die Ölstudie nicht zurückgeben. Er wollte sie besitzen, sich einen Moment lang dem köstlichen Besitzerstolz hingeben, und sie dann verkaufen. Hätte man ihn nach seinen Beweggründen gefragt – er hätte sie kaum plausibel darlegen können. Er war nicht angewiesen auf das Geld, Henriette erfüllte ihm alle Wünsche ohne Wenn und Aber. Es war mehr ein diffuses Verlangen nach einem Stück finanzieller Unabhängigkeit. Der Wunsch, seinem braven Spießerdasein einen gewissen Kick zu verleihen. Nicht, dass er damit je würde prahlen können. Aber schon das Wissen darum, dass er dieses jahrzehntelang verschwundene Bild erkannt und es einen Augenblick lang sogar besessen hatte, versetzte ihn in einen seligen Rauschzustand, auch wenn es gestohlen war. Den geeigneten Kunden hatte er bereits kontaktiert, die Weichen somit endgültig gestellt. Jetzt gab es kein Zurück mehr. Aber da sich Oehrings kriminelle Energie – sein Seitensprung zählte nicht, der war höchstens moralisch fragwürdig – bisher lediglich auf rücksichtsloses Parken im absoluten Halteverbot und kleine Schwindeleien bezüglich seines Rauchverhaltens beschränkt hatte, brachte ihn sein geplantes Vorhaben und das geheime Wissen um dieses unbekannte Werk an die Grenzen seiner psychischen und physischen Belastbarkeit. Es kostete ihn unendlich viel Energie, seine Nervosität vor seinen Mitmenschen zu verbergen. Mehrere Male war er kurz davor gewesen, sich für ein paar Tage in das Wochenendhäuschen am Lago Maggiore zurückzuziehen. Allein die Angst, dass ihr Auszubildender unverhofft auftauchen könnte, während er nicht da war, hielt ihn davon ab. Hellstein und dem Werkstattchef hatte er erzählt, dass sich Jeltsch bei ihm krankgemeldet hätte. Ein schwerer Bandscheibenvorfall.

»Merkwürdig, ich hätte wetten können, dass ich ihn erst kürzlich beim Tanzbrunnen gesehen habe. Da habe ich mich wohl geirrt.«

»Sicher haben Sie ihn verwechselt. Er sagte mir erst gestern, dass er noch immer starke Schmerzen hätte und täglich zur ambulanten Reha ginge ...« Oehring war ein schlechter Lügner, aber Hellstein war gerade mit der Gästeliste des bevorstehenden jährlich stattfindenden Sommerempfangs beschäftigt, weshalb er nur abwesend nickte. »Sagen Sie, Oehring, Ihre Schwiegermutter wird uns doch dieses Jahr mit ihrer Anwesenheit beehren?«

»Soviel ich weiß, ja. Meine Frau sagte, sie hätte noch in München zu tun, würde sich diesen Abend aber freihalten.«

Die Freifrau von Auersberg-Niedernburg war nicht die einzige hochwohlgeborene Dame auf der Gästeliste, aber mit Sicherheit die schillerndste. Unerhört extravagant, betörend charmant, unerschrocken schlagfertig und unermesslich reich, wusste sie jeder noch so faden Veranstaltung das gewisse Etwas zu verleihen. Genau das, was die Kunsthandlung Hellstein & Oehring nach einem etwas mauen

Geschäftsjahr brauchen konnte. »Haben Sie Herrn Pfirter schon Bescheid gegeben, dass der Klavierstimmer morgen kommen will?«

»Das wollte ich eben tun …« Oehring griff zum Telefon, um den Eigentümer der Villa anzurufen, als es im selben Augenblick klingelte. »Ah, Frau Berner, schön Sie zu hören!« Die Alte schon wieder! Er straffte sich und flötete, so gut er konnte, die Mär des interessierten Kaufinteressenten, der leider kurzfristig verreisen musste, jedoch den Thoma unbedingt haben wolle. »Ja, ich verstehe Sie, das geht nun schon zwei Wochen … sicher, aber einer unserer Mitarbeiter ist erkrankt, weshalb es hier drunter und drüber geht … Haben Sie nur noch ein klitzekleines bisschen Geduld, ich melde mich, sobald ich mehr weiß … Sicher. Darf ich Ihnen in der Zwischenzeit eine Einladung zu unserem Sommerempfang zukommen lassen? In drei Wochen. In St. Blasien, Villa Ferrette … Das dachte ich mir, dass das ideal für Sie wäre … Schön, Frau Berner, ich melde mich, ja? Auf Wiederhören!«

»Wer war das?« Hellstein hatte den Kopf gehoben und betrachtete interessiert seinen Geschäftspartner, den das Telefonat sichtlich angestrengt hatte.

»Ach, nichts. Eine Dame, die glaubt, sie könne ein Vermögen mit dem Nachlass ihrer Großtante machen.«

»Und?«

»Nichts. Die üblichen Kupferstiche, Radierungen, Aquarelle und ein Thoma. Der könnte noch ein paar Hunderter bringen.«

»Sie haben ihn nicht angekauft?«

»Noch nicht.«

»Warum nicht? Haben Sie Zweifel an der Echtheit?«

»Nein, nein. Ich wollte einen Kunden kontaktieren, der möglicherweise Interesse hat …«

Die ungewohnten Ausflüchte seines sonst recht geschäftstüchtigen Partners ließen Hellstein aufhorchen. Er legte den Stift hin, setzte die Lesebrille ab und betrachtete prüfend sein Gegenüber. »Ist alles in Ordnung, Martin? Sie wirken in letzter Zeit etwas ... angespannt.«

»Wirklich?« Oehring lachte bemüht. Du meine Güte, man merkte es ihm schon an! Er seufzte theatralisch und setzte ein bekümmertes Gesicht auf: »Wissen Sie ... Ich wollte niemanden damit behelligen, aber ...«

»Sind Sie krank?«

»Nein. Ja. Vielleicht.« Sein verlegenes Lachen war gar nicht mal so unecht, denn bei aller Redegewandtheit war bewusstes Lügen nicht seine stärkste Disziplin. »Ein Männerding ... Sie wissen schon.«

»Oh.« Hellstein setzte seine Brille auf und wandte sich wieder seinen Unterlagen zu. Diese Art von Gesprächsthema war nichts, womit er sich beschäftigen wollte. »Wenn Sie ein paar Tage Urlaub brauchen ...«

Während sich Martin Oehring zwei quälend lange Wochen um eine unauffällige Fassade mühte und ungeduldig auf die Kopie und besorgt auf das Original wartete, widmete Johann Briamonte jede dienstfreie Minute seinem Umbau und hatte die Dielenbretter aus der Stube endlich so weit fertig, dass sie dieses Wochenende neu verlegt werden konnten. Heute war ein Tag wie aus dem Bilderbuch, und Briamonte trank seinen Espresso das erste Mal im Freien. Federleichte Zirruswolken zogen über den blauen Himmel, die Sonne schien warm auf die blühende, summende Wildnis des Gartens, und der sachte Wind ließ die ersten Blättchen rascheln. Obwohl er hier aufgewachsen war, konnte er sich nicht erinnern, wie rasch hier oben die Jahreszeiten wechselten. Vor einem Monat erst hatte er fluchend den letzten Schnee geschippt, und jetzt, Ende Mai, war es schlagartig so warm, sonnig und lieblich geworden, dass er es sich kaum mehr vorstellen konnte. Aus den weit geöffneten Fenstern und Türen schallte *The Incredible Jazz Guitar* von Wes Montgomery, den Briamonte kürzlich für sich entdeckt hatte. Er lehnte sich zurück und betrachtete die ersten neuen Schindeln an der Fassade seines Hauses. Eine größere Aktion, die sich allerdings gelohnt hatte. Er war extra bis Muggenbrunn gefahren, um einen der letzten sogenannten Schnefler damit zu beauftragen. Der Mann hatte ihm geraten, lasierte Schindeln zu vernageln, damit das Haus nicht so »nackt« aussähe, bis das Holz mit den Jahren natürlich gealtert wäre. Außerdem wären sie so wetterfester. Sie waren nicht ganz so dunkel wie die alten und standen dem Haus sehr gut. Die Dachdeckerarbeiten waren gottlob Ende April fertig worden – trotz Dauerregen und Kälte. Die Dachdeckerfirma hatte ein riesiges Überdach über dem ganzen Haus errichtet, unter dem die brüchigen Dachziegel und das marode Dachgebälk abgetragen und neu aufgebaut werden konnten. Nicht ganz einfach für ihn, da das schmerzhafte Erinnerungen an den Unfalltod seines Vaters aufrührte, der als Dachdecker tödlich verunglückt war; aber er lenkte sich mit noch mehr Arbeit ab, und jetzt musste er nur noch die Fensterrahmen und Türen abschleifen und dunkelgrün streichen, dann wäre im Außenbereich alles erledigt. Innen sah es zu seinem großen Frust noch anders aus, aber Georg, der Lebensgefährte seiner Mutter, half ihm in jeder freien Minute und war unerschütterlich optimistisch. »Wenn der Boden in der Stube erst fertig ist und du ein ordentliches Bett hast, geht alles wie von selbst.« Auch heute hatte er sich für halb zehn angekündigt. Als der Hund winselte, stemmte sich Briamonte aus dem Gartenstuhl hoch und ging nach vorne.

Nachdem sie eine Stunde lang die frisch geschliffenen Dielenbretter auf die neu verlegte Lattung genagelt hatten, ließ Briamonte den Hammer sinken. »Darf ich dich mal was Privates fragen?«

»Sicher.«

»Als du noch berufstätig warst … hast du da je daran gedacht, etwas anderes zu machen?«

Georg richtete sich auf. »Was meinst du? Einen anderen Beruf?«

»Ja. So was in der Art.«

»Nein. Eigentlich nicht. Wieso fragst du? Denkst du daran?«

»Jein.«

»Wie meinst du das? Im Sinne von: ›Ich habe den falschen Beruf gewählt‹, oder eher: ›Ich möchte mir noch einen Lebenstraum erfüllen?‹«

»Na ja. Das weiß ich nicht so genau. Es ist nur … Ich spüre bei der Arbeit einen Überdruss, den ich bisher nicht kannte.«

»Seit du hier bist? Oder vorher schon? Bereust du es, dass du zurückgekommen bist?« Georg betrachtete den Sohn seiner Lebensgefährtin, der unter seiner abweisenden Schale offenbar einen unerwartet einfühlsamen Kern hatte.

»Nein. Bereuen nicht. Ein bisschen vielleicht. Hier ist alles so anders …«

»Nun ja. In Frankfurt warst du schon eine größere Nummer. Hier bist du *nur* ein normaler Kriminalhauptkommissar. Ist es das?«

»Nein. Im Gegenteil. Das empfinde ich als Erleichterung, obwohl ich das Gefühl nicht loswerde, dass ich meine Zeit mit Belanglosigkeiten vertue, während meine Kollegen in einem größeren Fall von Datenklau und Erpressung ermitteln. Es ist irgendwie so, ich weiß nicht …«

»Du bist hier unmittelbar mit deiner Kindheit konfrontiert, vergiss das nicht … In Frankfurt war alles weit weg.

Deine Mutter hat mir ein wenig erzählt … Das ist sicher nicht einfach für dich.«

»Es geht.« Briamonte spielte mit dem Hammer. ›Nicht einfach‹ traf's nicht ganz. Der Tod des Vaters war eine bis heute unverarbeitete Tragödie, die dazu geführt hatte, dass er nicht nur seine gesamte Kindheit und Jugend alleine zu Hause im Kinderzimmer verbracht und somit all das verpasst hatte, was eine Kindheit auf dem Land schön und ausgefüllt machte, sondern auch sein Herz gegen alle emotionalen Regungen gepanzert hatte, was ihm noch heute das Leben unendlich schwer machte. »Ich bin mir nur nicht sicher, ob das die viel zitierte Midlife-Crisis der Männer um die vierzig ist oder etwas anderes. Ich weiß nicht, ob ich warten soll, bis es vorbei ist, oder ob ich jetzt handeln müsste. Wobei mir tatsächlich nicht klar ist, in welche Richtung das Ganze gehen könnte. Beim Schnefler hatte ich das Gefühl, dass mir auch ein Handwerksberuf Spaß machen würde. Schreiner vielleicht. Aber mit vierzig noch einmal eine Ausbildung anfangen? Ich weiß nicht.« Er zuckte mit den Schultern. »Hattest du je eine Midlife-Crisis?«

»Ja und nein. Ich hatte eine ernste Lebenskrise, als meine Frau starb. Da waren meine Töchter gerade ausgeflogen, und ich fühlte mich lange Zeit ziellos und nutzlos. Aber das hatte mit meinem Beruf nichts zu tun. Im Gegenteil. Ich war immer sehr zufrieden mit meiner Wahl. Die habe ich nie bereut. Tust du es?«

»Schwer zu sagen. Ich habe es geliebt, Karriere zu machen. Wirklich. Verantwortung zu haben. Wichtig zu sein …«

»Und jetzt?«

»Jetzt merke ich, dass ich es leid bin, immer in die Abgründe der menschlichen Gesellschaft zu blicken. Es gibt so wenig wirklich schöne Dinge in meinem Beruf. Wichtige Dinge: ja. Schöne Dinge: nein. Das fällt mir hier erst auf.

Ob das an meinem bevorstehenden Vierzigsten liegt, oder an der Schönheit und Ruhe hier, ich kann es nicht sagen.«

»Hm.«

»Ich ertappe mich in letzter Zeit dauernd dabei, dass ich mir ausrechne, ob und wie ich leben könnte, wenn ich mich vorzeitig pensionieren ließe. Mit dem Klotz hier am Bein allerdings müßige Gedankenspielereien.«

Georgs Blick wanderte prüfend über den grau gestichelten schwarzen Haarschopf, die ernsten dunklen Augen, die steile Stirnfalte, den ausgeprägten, etwas harten Zug um den Mund und den kräftigen Dreitagebart. Ein wirklich glücklicher Mann sah anders aus. »Sollte ich nur zuhören, oder willst du einen Rat von mir?«

»Beides.« Ein schiefes Grinsen huschte über Briamontes Gesicht.

»Wieso nimmst du nicht einen ausgedehnten unbezahlten Urlaub? Dann hättest du Zeit, dein Haus fertig zu machen und dir klar zu werden, was du mit den nächsten vierzig Jahren deines Lebens anfangen möchtest. Du bist noch jung genug, um etwas Neues zu beginnen. Oder deinen Beruf in einer anderen Form auszuüben. Oder eine Frau zu finden und eine Familie zu gründen. Oder beides zusammen. Oder aber du findest heraus, dass es doch das Größte ist, ein erfolgreicher Kriminalhauptkommissar zu sein.«

Briamonte nickte. »Ich werde darüber nachdenken. Danke. Magst du jetzt einen Kaffee?«

7

»Schatz, bist du da oben?«

Oehring zuckte zusammen, wie es in letzter Zeit häufiger passierte. Zum Glück hatte er seinen Unmut rasch unter

Kontrolle. Wer, wenn nicht er, sollte sonst auf dem Dachboden sein? »Du bist schon zurück? Was ist passiert? Hat Lydia eine Stimmbandlähmung erlitten?«, rief er deshalb scherzhaft.

Sein Frau lachte. »Nein. Sie hat einen wichtigen Termin vergessen und uns einfach sitzen gelassen. Im wahrsten Sinn des Wortes. Was suchst du eigentlich?«

»Ach, nichts Besonderes. Ich komme gleich runter. Gehen wir eine Kleinigkeit essen?«

»Gerne. Wohin?«

»Wie wäre es mit dem Schwarzen Raben? Dort waren wir schon länger nicht mehr.«

»Gute Idee.«

»Magst du einen Tisch reservieren? Ich bin gleich unten.«

Er legte die Papiere wieder in den Karton und schob ihn hinter den Kamin. Wieso kam seine Frau ausgerechnet jetzt zu früh nach Hause? Wo sie doch jeden Mittwochabend in trauter Damenrunde bei einer Freundin verbrachte. Bei Bridge, Champagner und Kanapees. BCC, wie er freundlich zu spötteln pflegte. Es war wie verhext. Ein halbes Dutzend vergebliche Anläufe hatte er unternommen, um ungestört auf dem Dachboden ihrer Villa die Unterlagen seiner Dissertation zu durchsuchen. Für den Verkauf des Bildes benötigte er eine einwandfreie Provenienz. Da zweifelsfrei belegt war, dass Wassily Kandinsky den *Turm der blauen Pferde* in Marcs Atelier gesehen hatte, wollte er nach den Fotos suchen, die der Russe auf dem Dachboden in Sindelsdorf gemacht hatte. Es waren nur wenige erhalten, die er allesamt als Kopie besaß, und er war beinahe sicher, dass auf einem der Fotos die Ölskizze im Hintergrund zu sehen war. Das wäre perfekt. Der Beweis für die Echtheit und ein wichtiger Baustein einer sauberen Herkunft. Der Kunde hatte bereits zugesagt und war bereit, eins Komma zwei Millionen zu zahlen. Etwas weniger als erhofft, aber immerhin, und Oehring wurde, wieder einmal, von einer heißen Welle aus freudiger Erregung, Schuldgefühlen und Angst überrollt, bevor er wieder die Treppe hinunterstieg und die Dachbodentür verriegelte.

8

Die Zeit verging wie im Flug, und Briamonte kam schrittweise voran. Heute hatte er sich einen Tag freigenommen. Schon früh am Morgen hatte er einen Termin mit der Sanitärfirma festgelegt und mit dem Elektriker alles besprochen. Über Mittag war er zum Essen bei seiner Mutter eingeladen.

»Du willst *was*?«

»Ein Paar Ziegen anschaffen.«

»Ein paar oder ein Paar?« Briamontes Mutter ließ den Löffel sinken, mit dem sie die Pasta alla Norma schöpfte, eines der Lieblingsgerichte ihres Sohnes. Penne mit gebackenen Auberginen in Tomatensoße, bestreut mit Ricotta salata und frischem Basilikum.

»Ein Paar. Nur zwei. Ich war schon bei Benno Kaiser und habe mich ausführlich informiert. Der Ziegenstall ist jedenfalls fast fertig.« Briamonte hielt ihr seinen Teller hin: »Ich weiß, was du denkst. Muss sich der unvernünftige Kerl noch mehr ans Bein binden?«

»Nun ja, so in etwa. Aber du musst wissen, was du tust.«

»Wenn sie sich nicht wohlfühlen, nimmt Benno sie wieder zurück. Kein Problem.«

»Wo steht der Stall?«

»Hinten, beim ehemaligen Bauerngarten.«

»Was wird der Hund dazu sagen?«

»Wuff, nehme ich an.« Sie lachten, und seine Mutter verdrehte die Augen, bevor sie die Pasta austeilte.

»Hast du übernächsten Samstag schon was vor? Der alljährliche Empfang der Kunsthandlung Oehring & Hellstein steht wieder an. Begleite uns doch«, sagte Georg, als er nach dem Essen den obligatorischen Espresso servierte.

»Was ist das?«

»Eine vollkommen versnobte Veranstaltung in einer fantastischen Jugendstilvilla in St. Blasien. Aber interessant. Ich bekomme jedes Jahr eine Einladung, weil ich vor Jahren einen Dubuffet bei denen gekauft habe.« Georg schmunzelte. »Das musst du gesehen haben. Die Villa ist phänomenal, und die Verköstigung ist ganz ordentlich.«

»Na ja«, mischte sich Briamontes Mutter ein, »›ganz ordentlich‹ trifft es nicht ganz. Das Catering ist exquisit, Champagner und Häppchen vom Allerfeinsten. Aber Georg hat recht. Das musst du erleben. Das Fest ist das Highlight des Jahres.«

»Muss ich einen Anzug anziehen?«

»Natürlich! Besser noch einen Frack«, meinte Georg und zwinkerte belustigt.

»Einen was?!«

»Quatsch. Das ist nicht nötig. Aber bring doch deine Kollegin mit«, schlug seine Mutter vor. »Und frag sie rechtzeitig, damit sie sich ein schönes Kleid besorgen kann, falls sie keins hat.«

Den Nachmittag verbrachte Briamonte damit, den Ziegenstall fertigzustellen. Aus dem Haus schallte Chet Baker. Vielleicht sollte er seine Trompete wieder auspacken und sehen, ob er's noch konnte? Sein Hund war hocherfreut über die ungewohnte Aktivität im Garten und schleppte immer wieder neue Spielsachen an. Kurz nach fünf versenkte Briamonte die letzte Schraube in die Bitumenwellplatte auf dem Dach, holte sich anschließend ein Bier und betrachtete zufrieden sein Werk. Nur noch Stroh rein, dann konnte er zu Benno und zwei Tiere aussuchen. Er spürte, dass er sich freute. Sehr sogar. »Chin-Chin, Gismo … auf unsere neuen Mitbewohner!«

Am Abend spazierte Briamonte mit der Kanne in der Hand zum Joos Hof, um Milch, Brot und Eier zu holen. Fledermäuse schossen lautlos durch die laue Dämmerung, und die Grillen zirpten den aufgehenden Mond an. Er liebte den Duft der frisch gemähten Wiesen, von denen leichter Nebel aufstieg, und den Geruch von Holzfeuer und Stall. In der Milchküche vom Joos Hof wusch der Bauer gerade die Melkmaschinen und die Milchkannen aus. Aus den offenen Ställen drangen die abendlichen Geräusche nach dem Melken: raschelndes Heu, mahlendes Kauen, scheppernde Fressgitter und platschende Kuhfladen.

»N' Abend …«

»D' Oma isch in dr Kuchi!«

Briamonte stieg die drei Stufen hoch und trat durch die offene Haustür in den Flur. Rechter Hand lag die große Wohnküche. Bevor er an den Türrahmen klopfte, warf er einen Blick hinein. Oma Resi saß hinter dem Tisch auf der Eckbank, im warmen Lichtkegel der alten Lampe, eine Lesebrille auf der Nase, und löste Kreuzworträtsel. Die alte Wanduhr tickte laut in der friedlichen Stille, und Briamonte bemerkte zum ersten Mal, wie alt und zerbrechlich die alte Bäuerin geworden war, und: Sie würde nicht mehr ewig für ihn da sein. Sein Blick glitt über ihr schütteres schlohweißes Haar, das sie zu einem kleinen Knoten gesteckt hatte, ihre winzige, gebeugte Gestalt in der ewigen blau geblümten Kittelschürze und ihre von harter Arbeit gezeichneten Hände, die aussahen wie altes, knorriges Holz. Als er die Hand zum Klopfen hob, sah sie auf, strahlte ihn mit hellen

Augen und Tausenden Lachfältchen an, und der kurze Moment war wieder vorbei.

»Johann! Kumm, hock ab! Magsch e Bier?«

Briamonte bückte sich nach der Katze, die mit hocherhobenem Schwanz unter der Eckbank hervor kam, und wischte sich verstohlen die Augen.

»Gern.«

Oma Resi erhob sich schwerfällig, um ihm ein Bier zu holen, und er zog sich einen Stuhl heran.

Als sie wieder saß, tippte sie auf ihr Kreuzworträtsel: »Gebirge zwische Europa un Asien mit vier Buchstabe?«

»Ural.«

Sie trug sorgfältig die Buchstaben ein, legte den Stift weg, nahm die Brille ab und lächelte ihn aufmunternd an: »Verzell, wa gits Neus uffem Buser Hof?«

Briamonte erzählte vom Fortschritt an seinem Haus, dem neuen Ziegenstall und den Geißlein, die er morgen aussuchen wollte, und dass er darüber nachdachte, einen längeren unbezahlten Urlaub zu nehmen. Oma Resi hörte aufmerksam zu, fragte nach und lachte über die Ziegen: »Do häsch dir ebbs vorg'numme!« Als er geendet hatte, sah sie ihn verschmitzt an, legte ihre Hand aufs Herz und fragte: »Un do?«

Briamonte hob ausweichend die Schultern. Sie ahnte seine Sorgen und Gedanken, auch wenn er Kristina nur einmal kurz erwähnt hatte. Lächelnd legte sie deshalb ihre warme, raue Hand auf seine: »Ich sags dir immer wieda: Du muesch schwätze, Bue … Gedanke läse het no niemed könne! Un jetz kumm, wie viel Eier bruchsch? I ha au Nussschnecke hüt.«

9

Am Samstagabend des neunzehnten Junis war es so weit. Der festliche Empfang für die illustre Klientel der Kunsthandlung Hellstein & Oehring in der Villa Ferrette, der Höhepunkt des Jahres. Die prachtvolle Jugendstilvilla sollte die Wertschätzung ausdrücken, die das Haus Hellstein & Oehring seinen Kunden entgegenbrachte.

Der Abend war lau und verheißungsvoll, und die zauberhaften Klänge einer Harfe schwebten durch die eleganten Salons. Flinke Kellner jonglierten silberne Tabletts mit Champagnergläsern und edlem Fingerfood, während im Innenhof zwei junge Männer in Pagenuniform dafür sorgten, dass die Fahrzeuge der Gäste geparkt wurden. Ein besonderer Service, der Oehrings Idee war. Wie im Adlon.

Briamonte hatte Kristina im Taxi abgeholt, und ihm stockte der Atem, als sie in einer schulterfreien dunkelroten Robe aus der Tür trat. Er reichte ihr seinen Arm, den sie lächelnd annahm. In den eleganten High Heels war sie größer als er, und er registrierte elektrisiert den Duft ihres Haars, das sie zu einem eleganten Chignon gesteckt trug. Ihr Blick wanderte anerkennend über seinen Anzug, den neuen stylishen Haarschnitt, die sorgfältig rasierten Wangen und schließlich zu seinen strahlenden Augen. Sein Herz machte einen Bocksprung, wie die kleinen Geißen, die seit ein paar Tagen seinen Garten erkundeten.

Der Abend war gelungen. Im ganzen Haus waren Grüppchen gut gekleideter Menschen anzutreffen, die über die ungewöhnliche Kunstsammlung der Villa, die gut bestückte Bibliothek, geplante Geschäfte und bevorstehende Reisen plauderten. Während Briamonte und Kristina sich selbst und die Villa bestaunten, war Martin Oehring in seinem Element. Er ging von einem zum anderen, schüttelte Hände, lächelte charmant und machte Small Talk. Im großen Seminarraum unter dem Dach fand er seinen Geschäftspartner Hellstein, der inmitten einer Gruppe älterer Damen auf dem Flügel einen Ragtime zum Besten gab. Sie verständigten sich mit einem Blick, und er machte wieder kehrt. Auf dem obersten Absatz des hinteren Treppenhauses traf er unvermittelt auf ihren Auszubildenden.

»Herr Jeltsch … Sie haben doch die Zeit gefunden? Wie schön …«, rief er munter, obwohl der junge Mann der letzte war, den er gerade sehen wollte. Wieso war er überhaupt hier? Er hatte ihm absichtlich keine Einladung geschickt. Immerhin trug er einen Anzug. Die Krawatte gelockert, in der Hand ein volles Glas. Er wirkte angetrunken und hatte offensichtlich Redebedarf. »Herr Oehring, ich muss Sie sprechen …«

»Kommen Sie am Montag, Herr Jeltsch, am Montag habe ich Zeit für Sie. Jetzt ist es gerade ungünstig, Sie verstehen …«, erwiderte er ausweichend und wollte in die Salons hinunter, als ihn der junge Mann grob am Arm packte: »Nein! Jetzt!«

»Lassen Sie mich los! Was ist denn in Sie gefahren?! Sie sind betrunken!«

»Sie haben meine Kopie verhökert, Sie mieses Stück Scheiße! Dafür werde ich Sie drankriegen!«

»Seien Sie doch still!«, zischte Oehring. Er entwand sich dem harten Griff und blickte sich rasch um. »Das ist nicht wahr!«

»Lügen Sie mich nicht an! Ich habe es gesehen, vorhin erst! Zwei Millionen, richtig? Was der gute Mann wohl dazu sagen würde, wenn er wüsste, dass es sich um eine Kopie handelt? Von mir gemacht?«

Oehring war irritiert. Wie? Zwei Millionen? Und der Kunde hier auf dem Empfang? Unmöglich! Es war ausdrücklich vereinbart, dass er Stillschweigen bewahren würde. Außerdem hatte er nur eins Komma zwei Millionen bezahlt. Was ging hier vor? »Was haben Sie gesehen, und wer hat Ihnen das erzählt?«

»Na, der alte Knacker! Ich hab's auf seinem Handy gesehen! Sie Schwein!«

»Psst, Herrgott! Was für ein alter Knacker?« Oehring war einem Schwächeanfall nahe.

»Dieser Professor ... Wie heißt er noch? Papst oder so ...«

Professor Pape? Unmöglich! Er hatte die Skizze an einen russischen Kunden verkauft, der sich gerne im Hintergrund hielt und, abgesehen davon, gar nicht eingeladen war. Wie zur Hölle kam Pape dazu, das Bild hier herumzuzeigen? Er musste dringend Zeit gewinnen und vor allem den betrunkenen Kerl zum Schweigen bringen! Er fasste nach dem Arm seines Gegenübers und wollte ihn in eines der vielen Zimmer bugsieren.

»Kommen Sie, ich kann das erklären, aber seien Sie doch etwas leiser, bitte! Kommen Sie! Lassen Sie uns das in Ruhe besprechen!«

»Einen Scheiß werde ich mit Ihnen besprechen, Sie mieser Betrüger!« Jeltsch schlug Oehrings Arm weg. »Lassen Sie mich los! Alle sollen wissen, dass der feine Herr Oehring ...«, Jeltsch brüllte den Namen geradezu, »ein mieser Betrüger und Kunstfälscher ist! Alle! Hören Sie?! Alle mal herhören!«

Oehring versuchte vergeblich, den aufgebrachten Mann zu beschwichtigen, und als ihr Auszubildender erneut die Stimme hob, war es wie ein Reflex, den er nicht kontrollieren konnte – er gab seinem Gegenüber einen kräftigen Stoß. Der junge Mann kippte mit erschrockenem Blick über das knapp hüfthohe Geländer hintüber und fiel, noch mit seinem Glas in der Hand, zwei Stockwerke tief, wo er mit einem dumpfen Geräusch auf dem untersten Treppenabsatz aufschlug.

Innerhalb einer Stunde war aus der unbeschwerten Sommerparty ein Tatort geworden. Rettungswagen, Polizeiautos und die Fahrzeuge der Spurensicherung verstellten den gespenstisch stillen Hof – Blaulicht war nicht mehr nötig. Kriminaltechniker in weißen Schutzoveralls brachten im Haus ihre rot-weiß gestreiften Sperrbänder an. Die unter Schock stehenden Gäste und das Personal warteten darauf, ihre Zeugenaussage machen zu können – wer hat sich wann, wo und mit wem aufgehalten, als der junge Mann in den Tod stürzte?, während Briamonte die beiden Organisatoren der Veranstaltung in die Küche gebeten hatte.

»Grundgütiger, wie hat das passieren können? Das ist entsetzlich!«, wiederholte Hellstein immer wieder, während Oehring händeringend auf und ab lief. Ja. Wie hatte das geschehen können?! Briamonte hatte das Sakko ausgezogen. Er war aufgewühlt, denn sie hatten beide den Aufprall gehört. Kristina saß bei seiner Mutter und Georg im Salon, während er die Befragungen leiten musste. Er war ja bereits vor Ort. Briamonte fluchte innerlich und spürte, dass der Groll auf seinen Chef noch lange nicht erledigt war. Das war sein freies Wochenende, eigentlich hätte ein anderer Kollege Hintergrunddienst gehabt. Wenn das keine Schikane war! Er hätte nicht zögern sollen, seinen unbezahlten Urlaub zu beantragen, dann wäre er jetzt raus aus der Sache. Wahrscheinlich.

»Kannten Sie den Toten?«

»Ja. Er war unser Auszubildender. Julian Jeltsch. Schreckliche Sache!«, sagte der ältere der beiden Herren. »Hellstein.

Claas Hellstein. Ich habe mich noch nicht vorgestellt. Inhaber der Kunsthandlung Hellstein & Oehring, angenehm.«

»Und Sie sind?«

»Martin Oehring. Mitinhaber der Kunsthandlung Hellstein & Oehring«, erwiderte der jüngere, ohne seinen Geschäftspartner anzusehen.

»Auszubildender für was?«

»Als Restaurator.«

»Würden Sie bitte so freundlich sein und sich setzen?« Oehrings Herumgerenne machte ihn wahnsinnig.

»Bitte entschuldigen Sie. Das Ganze ist nur so furchtbar. Ich habe immer gedacht, dass das Geländer im hinteren Treppenhaus ziemlich niedrig ist.«

»Ach ja? Haben Sie gesehen, von wo aus der Mann gefallen ist?«

»Nein, aber irgendwo von oben, oder nicht? Ich habe nur den Aufprall gehört.« Er schauderte.

»Wo waren Sie, als das passierte?«

»In der Bibliothek.«

»Und Sie?«

»Ich habe oben im Seminarraum Klavier gespielt und Gott sei Dank gar nichts gehört!«

In dem Moment ging die Tür auf: »Ach, hier bist du!« Eine Dame in exklusiver Abendgarderobe. Dann realisierte sie, dass sie in eine polizeiliche Befragung platzte, und machte wieder kehrt »Oh, pardon ... ich warte im Salon.«

»Meine Schwiegermutter ...«, erklärte Oehring, als sie gegangen war.

Briamonte nickte, drehte sich wieder um und fuhr fort: »Haben Sie Ihren Mitarbeiter im Laufe des Abends gesehen und gesprochen?«

»Ja, ich.« Oehrings Herz klopfte zum Zerspringen, aber die Worte purzelten nur so aus ihm heraus. »Er war ziemlich betrunken, und ich habe ihm geraten, nach Hause zu gehen.«

»Wann war das? Und wo?«

Oehring wand sich unmerklich. »Es war im Salon. Noch recht früh am Abend. Die genaue Uhrzeit weiß ich nicht, aber ich dachte mir noch, dass er schon ziemlich viel Champagner intus haben musste.«

»War er alleine oder im Gespräch mit jemandem?«

»Alleine.«

»Ist Ihnen das auch aufgefallen?«, fragte er an Hellstein gewandt.

»Was?«

»Dass er so früh am Abend schon betrunken zu sein schien?«

»Nein. Ich habe ihn heute Abend überhaupt nicht gesehen.«

»Ist so etwas vorher schon vorgefallen? Dass er bei einer offiziellen Veranstaltung zu viel getrunken hat, meine ich?« Briamonte bemerkte einen raschen Blickwechsel der beiden Männer.

»Nun …« Hellstein fühlte sich sichtlich unbehaglich.

»Ja?«

»Herr Jeltsch war ein etwas unkonventioneller Mitarbeiter, wenn ich das so sagen darf.«

»Was meinen Sie mit ›unkonventionell‹?«

»Er meint, dass Herr Jeltsch nicht allzu viel von Konventionen gehalten hat«, sprang ihm Oehring bei.

»Das ist mir klar, aber vielleicht können Sie mir ein Beispiel geben?«

»Na ja, er hielt nicht viel vom sogenannten Establishment und er ließ es uns spüren.«

»Wie hat sich das geäußert?«

»Harmlos im Grunde, jedoch immer wieder ärgerlich.«

»Zum Beispiel?«

»Er hatte es nicht so mit der Pünktlichkeit und er hat sich nie an das Rauchverbot in den Geschäftsräumen gehalten. Er war ein ziemlicher Freigeist. Darüber hinaus hat er gerne etwas ...«, er blickte rasch zu Hellstein hinüber, »anderes geraucht, wenn Sie wissen, was ich meine.«

»Marihuana?«

»Ja.«

»Aha. Wissen Sie, ob er private Probleme hatte?«

»Nein. Über sein Privatleben wissen wir nichts. Er hat nie etwas erzählt.«

»Aber ob er verheiratet war oder in einer Lebensgemeinschaft lebt, haben Sie ihn doch gefragt, oder nicht?«

»Also ich nicht«, antwortete Hellstein und blickte fragend zu Oehring.

»Er lebte alleine.«

»Seit wann arbeitete er bei Ihnen?«

»Er war im dritten Lehrjahr.«

»Darf ich fragen, nur so aus Interesse ... Wie kommt ein gediegenes Haus wie das Ihre dazu, einen so eigenwilligen jungen Mann einzustellen? Ist die Nachfrage für diesen Beruf derart gering?«

»Nein, nicht wirklich, aber er war außergewöhnlich begabt. Da arrangiert man sich gerne mit einem nonkonformistischen Geist wie dem seinen, nicht?«

»Gut«, Briamonte reckte sich unauffällig, »das wäre vorerst alles. Ich melde mich wieder, wenn ich etwas Neues weiß.« Er verließ die Küche und ging rüber zum kleinen Treppenhaus, wo er Michael Maurer begrüßte, den Leiter der Spurensicherung, den er von seinem letzten Fall her bereits kannte. Der Tote war eben abgeholt worden und auf dem Weg ins Rechtsmedizinische Institut in Freiburg.

»Gibt es schon erste Hinweise auf den Hergang?«

»Er ist gestürzt. Von dort oben, wie's aussieht.«

Briamonte hob den Kopf. »Einer der Veranstalter meinte, dass das Geländer oben ziemlich niedrig sei.«

»Das stimmt. Das würde heute so nie und nimmer mehr genehmigt werden, aber in einem so alten Kasten, noch dazu denkmalgeschützt, findet man so was noch. Doch abgesehen davon lehnt man sich als vernünftiger Mensch auch nicht über so ein Geländer, wenn ich das mal anmerken darf.«

»Und wenn dieser Mensch eben nicht vernünftig wäre? Oder irgendwelche bewusstseinserweiternde Substanzen eingenommen hätte?«

»Wollen Sie mir einen Hinweis geben?«

»Einer seiner beiden Arbeitgeber hat ausgesagt, dass der junge Mann wohl betrunken gewesen war.«

»Das wird die Autopsie ergeben, aber danke für den Hinweis. Wir sind hier bald fertig.«

»Werden Sie die Fingerabdrücke der Gäste und des Personals nehmen?«

»Das macht wenig Sinn. Wenn die Obduktion irgendwelche Hinweise auf ein Fremdverschulden ergibt, können wir die Anwesenden immer noch um ihre Abdrücke bitten. Sie haben eine Gästeliste?«

»Sicher.«

»Dann hören Sie von mir …«

10

Am Sonntagnachmittag trafen sich Briamonte und sein Kollege Schopferer auf dem Revier zu einem kurzen Austausch.

»Die Obduktion hat einen Blutpromillegehalt von zwei Komma vier ergeben. Ziemlich ordentlich. Die Blutuntersuchung auf weitere Substanzen dauert etwas länger, aber ich glaube, wir können vorläufig festhalten, dass der Tote tatsächlich betrunken gewesen ist«, berichtete Schopferer, der in letzter Zeit etwas erschöpft wirkte.

»Ist bei Ihnen alles in Ordnung?«, fragte Briamonte, der den Kollegen im letzten halben Jahr sehr zu schätzen gelernt hatte. »Sie wirken etwas müde.«

»Nein, nein, alles gut. Gehen Sie von Fremdverschulden aus?«

»Um ehrlich zu sein, nein. Wir haben gestern noch alle Anwesenden befragt, und niemandem ist irgendetwas aufgefallen. Keine Diskussion, kein Streit. Ein Gast sagte mir, dass er sich angeregt mit ihm unterhalten hätte, aber er hätte nicht betrunken gewirkt.«

»Wann war das?«

»Er meinte, etwa halb acht.«

»Also hat er sich danach betrunken.«

»So scheint es.«

»Warum?«

»Das weiß ich nicht. Seine Arbeitgeber sagten mir, dass er ein ›unkonventioneller Mitarbeiter‹ gewesen sei.«

»Im Sinne von …?«

»Unpünktlichkeit, provokanter Missachtung des Rauchverbots und öffentlichem Rauchen von Joints.«

»Wieso stellt ein Haus wie Hellstein & Oehring jemanden ein, der auf all das pfeift, das dieses Haus repräsentiert? Ich habe ein wenig recherchiert, Jeltsch passt da überhaupt nicht rein.«

Briamonte lächelte verhalten. In Schopferers Sprache hieß das, dass er bereits mindestens ein Dossier angelegt hatte.

»Das habe ich auch gefragt, aber sie meinten, er wäre außergewöhnlich begabt gewesen«, erklärte Briamonte.

»Waren Sie bei ihm zu Hause?«, fragte Schopferer.

»Nein. Das sollen die Kollegen aus Freiburg tun. Sie haben auch schon Angehörige ausgemacht, seine Mutter und eine Schwester. Beide leben in Freiburg. Geben Sie doch bitte Ihre Informationen an die Freiburger Kollegen weiter. Wir hören uns wieder, falls es irgendwelche Neuigkeiten aus der Rechtsmedizin geben sollte, in Ordnung?«

Schopferer nickte.

»Und ... Schopferer ... ich werde die Tage einen längeren unbezahlten Urlaub beantragen. Nur, dass Sie Bescheid wissen.«

»Sie werden doch nicht nach Frankfurt zurückkehren?«

Briamonte war überrascht über so viel Hellsicht. »Nein. Ich denke nicht. Ich brauche nur etwas Zeit für mein Haus. Und für mich.«

II

»Schatz, was ist mit dir? Du wirkst so bedrückt?« Henriette von Neuburg-Hallern-Oehring legte ihre manikürte Hand auf die ihres Gatten, der schon seit einer halben Stunde abwesend über den See starrte.

Er zuckte zusammen. »Was sagtest du?«

»Ich sagte, du wirkst bedrückt. Schon eine ganze Weile.«

»Na ja. Der Unfall lässt mir einfach keine Ruhe ...«

»Der Tod dieses jungen Mannes ist wirklich ganz furchtbar, und mir tut seine Familie schrecklich leid, aber du solltest dir nicht so viele Gedanken machen. Es war nicht deine Schuld.«

Doch, zur Hölle, genau das war es! Er hat ihn gestoßen, und jetzt war er tot. Im Affekt zwar, aber das spielte keine Rolle. Der Tod des jungen Mannes war zu seiner abgrundtiefen Erleichterung als tragischer Unfall zu den Akten gelegt worden, und er war in Sicherheit. Mit gut einer Million in einem sicheren Versteck. Aber warum nur ließ ihm das Ganze dann keine Ruhe?

Er hatte Frau Berner die Kopie zurückgegeben, den Thoma angekauft und ihr geraten, die anderen Bilder zu verschenken oder bei einem Flohmarkt anzubieten. Die Menschen mochten Aquarelle, und vielleicht würde sie noch etwas einnehmen. Sie hatte keinen Verdacht geschöpft – wie sollte sie auch, die Kopie war fantastisch –, und damit war die Sache erledigt. Dachte er. Nur dass er sich seitdem ununterbrochen das Hirn zermarterte, warum Jeltsch überhaupt aufgekreuzt war und auch noch behauptet hatte, dass Professor Pape das Bild hätte? Einer ihrer besten Kunden? Und wieso für zwei Millionen? Fragen konnte er ja schlecht. Er konnte nicht mehr schlafen und fühlte sich jede Stunde des Tages, als würde eine eiserne Faust seinen Magen zusammenpressen. Daran änderte auch die Fahrt an den Lago Maggiore nichts, wo sie seit über einer Woche ihr Ferienhäuschen am See genossen. Nachts erwachte er schweißgebadet, den überraschten und entsetzten Gesichtsausdruck des jungen Mannes auf die Netzhaut gebrannt. In manchen Nächten war er gar nicht tot, sondern kam hämisch lachend die Treppe wieder herauf. Er wandte sich seiner Frau zu. »Du hast recht, aber irgendwie hat mich sein Tod an unsere eigene Sterblichkeit erinnert.« Kompletter Nonsens, aber sie sprang auf so etwas an.

»Ach Liebling. Wir sind noch lange nicht dran. Du darfst dir nicht solche Gedanken machen!«

»Was hältst du davon, wenn wir wieder zurückfahren? Ich fühle mich ausreichend erholt, und Mamman wollte dich doch in München sehen?« In Wahrheit hielt er es nicht aus, den ganzen Tag von morgens bis abends mit seiner Frau zu verbringen. Es gab keinen Streit und sonst auch keine

Misstöne, aber ihre Freundlichkeit, ihr Mitgefühl und ihre Perfektion in allen Dingen machte ihn gerade jetzt beinahe wahnsinnig. Er wollte nach Hause, sich von seinem Hausarzt ein starkes Schlafmittel verschreiben lassen und dann ein paar Tage in ihrer Bärentaler Jagdhütte alleine zur Ruhe kommen.

»Wenn du meinst. Ich sage Valentina, dass sie packen soll. Mach dir nicht so viele Gedanken. Alles wird gut.«

12

Briamonte freute sich auf den unbezahlten Urlaub, immerhin ganze drei Monate: Juli, August und September. Beinahe die schönsten Monate hier oben. Sein Chef war nicht einverstanden gewesen, doch er hatte, verklausuliert zwar, aber unmissverständlich mit Kündigung gedroht. Noch vor einem Jahr wäre das unmöglich gewesen, und er staunte über sich selbst. Jetzt konnte er ungestört arbeiten, in sich gehen und den Sommer genießen.

Es war Ende Juni. Das erste Heu war schon eingefahren. Das Tal und die umliegenden Berge und Wälder zeigten sich von ihrer lieblichsten Seite, und er war nach der Arbeit jeden Tag mindestens eine Stunde in der Natur. Auf dem Rad oder laufen. Mittlerweile kannte er jeden Waldweg, jeden Aussichtspunkt und jedes Gewässer rund um Menzenschwand in- und auswendig. Die Zicklein hatten sich eingewöhnt, und auch sein Hund hatte mit den kleinen Nervensägen seinen Frieden geschlossen, die ihn weder in Ruhe ließen noch den nötigen Respekt zollten. Sie waren süß. Zwei Geißen, die eine hell-, die andere dunkelbraun. Mit winzigen Hornspitzen. Der Garten hatte bereits jetzt gewonnen, denn das dichteste Gestrüpp hatte sich seit der Ankunft der beiden deutlich gelichtet. Die neuen Schindeln an der Fassade machten sich gut, und der Dielenboden in der Stube war verlegt. Seit gestern war er auch Besitzer eines großen Betts, das er bei einem großen Möbelgeschäft in Freiburg gekauft hatte. Kein Luxus, aber es sah gemütlich aus, und die neue Bettwäsche, die seine Mutter gleich gewaschen und in der Sonne getrocknet hatte, passte zum ländlichen Ambiente. Insgeheim überlegte er, was Kristina dazu sagen würde. Seine Kollegin hatte er seit dem tragischen Todesfall in der Villa Ferrette nur einmal kurz getroffen, auf einen schnellen Kaffee in St. Blasien. Er war, wieder einmal, verunsichert, weil sie sich so rarmachte. Hatte er irgendetwas falsch gemacht? Dann kamen ihm Oma Resis Worte in den Sinn – und er schickte ihr spontan das Foto, das Benno von ihm und den Geißlein gemacht hatte. Er, breit grinsend, rechts und links ein Zicklein unter dem Arm. *Darf ich dir Maggie und Lizzy vorstellen?* Ihre Antwort kam sofort. *Jetzt gleich?* Er schnaufte tief. Gott sei Dank! *Sehr gerne. Freu mich.*

13

Oehring brach für ein paar Tage zur abgeschiedenen Jagdhütte in Bärental am Feldberg auf. Seine Frau war nach München zu ihrer Mutter gefahren, und sein Partner Hellstein führte derweil die Geschäfte alleine. Das Wort »Hütte« war eine Untertreibung. Das Haus war die kleine Luxusversion eines Schwarzwaldhauses, mit tief heruntergezogenem Walmdach, großer Terrasse und Blick über die Schwarzwaldhügel. Der dachbalkenhohe Wohnraum war modern, aber gemütlich eingerichtet, mit Natursteinkamin, viel Leder, Schaffellen und unzähligen Kunstbänden, die dekorativ auf den diversen Coffee Tables ausgelegt waren und zum

Blättern einluden. Die offene Küche mit Kochinsel war mit allem ausgestattet, was nötig war, um ein mehrgängiges Dinner für ein Dutzend Personen auszurichten. Um einen alten Refektoriumstisch standen zehn verschiedene Designerstühle, die Henriette auf ihren zahlreichen Reisen zusammengekauft hatte. Seine Frau hatte zweifellos ein Händchen für das Interieur, was sie bei Einladungen auch gerne hörte, aber immer bescheiden abwehrte.

Die einsame Lage war sensationell. Das Haus stand am oberen Rand einer sanft abfallenden großen Lichtung und war nur über einen kleinen privaten Forstweg erreichbar. Fern von allen Wanderwegen konnte man sichergehen, dass man tagelang keine Menschenseele zu Gesicht bekam. Es war heiß. Die Hitze flirrte über der noch ungemähten, summenden, zirpenden, von Schmetterlingen umflatterten Wiese. Die Holundersträucher rund ums Haus blühten, und am Himmel jubilierte eine Lerche. Oehring stieg aus dem Wagen und sog euphorisch diesen unverwechselbaren sommerlichen Hochschwarzwaldwiesenduft und den harzigen, modrigen, stellenweise beerensüßen Geruch aus dem Wald rundherum ein. Balsam für seine Seele. Hier würde er die Ereignisse der letzten Wochen sacken lassen können und wieder etwas zur Ruhe kommen. Erleichtert schloss er die Tür auf, ließ seine Reisetasche im Eingangsbereich fallen und ging in den Wohnraum, wo er Fenster und Terrassentüren aufriss, um den Muff hinauszulassen. Er stellte das Terrassenmobiliar auf, öffnete den Sonnenschirm und inspizierte dann den Kühlschrank. Die Vorräte für eine Woche und Nachschub für die Hausbar hatte er sich gestern vom Hausverwalter hochbringen lassen. Zufrieden nahm er sich ein Bier und ließ sich mit einem erleichterten Seufzer in den Liegestuhl fallen.

Endlich allein! Endlich Ruhe!

Vier Tage lang tat er nichts anderes als schlafen, trinken, essen, ungestört rauchen und lesen. Er bewegte sich lediglich zwischen dem Schlafzimmer, der Küche und der Terrasse hin und her. Dank des starken Schlafmittels konnte er traumlos durchschlafen, erwachte jedoch morgens zermatscht und orientierungslos, was sich erst nach dem ersten Kaffee etwas legte. Doch er genoss das beinahe kreatürliche Dasein, was er sich sonst nie leisten konnte. Er rasierte sich nicht, duschte sich nicht und schlurfte den ganzen Tag in Pyjamahose und T-Shirt durchs Haus. Die Nahrungsaufnahme beschränkte sich darauf, Brote zu belegen und Bierdosen zu öffnen. Heute allerdings würde er den Grill anwerfen, denn es gab noch jede Menge eingelegte Steaks und Gemüse im Kühlschrank, die auf ihre Zubereitung warteten. Sein Zeitgefühl hatte er längst verloren, und er wusste nicht, dass heute Freitagnachmittag war, als er auf der Terrasse den Grill anfeuerte und in der Küche anschließend das Gemüse bereitlegte. Das Wetter war in den vergangenen Tagen immer drückender geworden und über Mittag in eine unerträgliche Schwüle umgeschlagen. Die Sonne markierte eine gleißende Scheibe hinter einem diesigen Schleier, und die dichte, klebrige Hitze trieb ihm den Schweiß aus allen Poren. In der Ferne ballten sich erste Gewitterwolken, doch Oehring wollte nur rasch das Fleisch und das Gemüse brutzeln, wo er den Grill schon in Betrieb genommen hatte. Er schnitt das Gemüse in Scheiben, legte es auf das mit Alufolie bespannte Gitter, bestrich es mit Knoblauchöl und streute eine Prise Meersalz darüber. Als er auf die Terrasse trat, hört er das erste Donnergrollen und verspürte merkwürdigerweise ein gewisses Unbehagen, obwohl er keine Angst vor Gewittern hatte. Musste die drückende Schwüle sein und die beinahe unheimliche Stille, die in diesem Moment einsetzte. Wie auf ein geheimes Kommando hatten alle Grillen ihr Zirpen eingestellt, und in der plötzlichen Lautlosigkeit war das Zischen des Fleisches auf dem heißen Grillrost überlaut. Im gleichen Augenblick hörte er, wie sich ein Fahrzeug näherte, und horchte auf. Wer konnte das sein? Der Besucher schien sich auszukennen. Er ging zielstrebig ums Haus herum und kam die drei Stufen zur Terrasse hoch.

»Claas! Wo kommen Sie denn her? Ich bin auf Besuch nicht eingestellt, wie Sie sehen«, begrüßte Oehring unangenehm berührt den ungebetenen Gast, der – sichtlich verstimmt – seinen unrasierten Geschäftspartner in zerknitterter Pyjamahose und fleckenübersätem T-Shirt musterte.

»Sie sind telefonisch nicht erreichbar, sonst hätte ich mich angemeldet.«

Die Missbilligung in seiner Stimme war unüberhörbar und reizte Oehring zu misslaunigem Widerspruch: »Ich habe ein paar Tage Urlaub genommen und bin privat hier. Ich bin niemandem Rechenschaft schuldig.«

»Da haben Sie recht, aber vielleicht wollen Sie sich dennoch etwas zurechtmachen? Ich habe etwas Wichtiges zu besprechen.«

»Hat das nicht Zeit? Ich bin nächste Woche wieder im Geschäft!«

»Nein!« Kategorisch und unmissverständlich. »Bitte ziehen Sie sich angemessen an!«

Oehring hatte gute Lust, ihn wegzuschicken, immerhin war das sein Haus – okay, Henriettes Haus –, aber er wendete das Fleisch und das Gemüse und zog sich dann zurück. So viel Rückgrat hatte er dann doch nicht, vor allem, weil ihm sein Aufzug selbst unangenehm war. Nach einer raschen Dusche und einer flüchtigen Rasur kehrte er in Shorts und kurzärmeligem Hemd auf die Terrasse zurück, wo Hellstein die mittlerweile gewaltigen Gewitterwolken betrachtete, die in atemberaubender Geschwindigkeit den

Himmel verfinsterten. »Ich nehme an, Sie bleiben nicht zum Essen?«, fragte Oehring sarkastisch und nahm das verkohlte Grillgut vom Rost.

»Ich will nur etwas klären und dann zurück, bevor es richtig losgeht.«

»Was denn? Nehmen Sie doch Platz! Möchten Sie etwas trinken?«

»Danke, nein. Ich möchte lieber gleich zur Sache kommen.«

Oehring wurde heiß und kalt. So hatte Claas Hellstein noch nie mit ihm gesprochen. »Was für eine Sache? Sie machen mich jetzt wirklich neugierig.« Er traf einen einigermaßen entspannten Ton.

»Meine Frau hat letzten Sonntag ein kleines Ölgemälde gekauft. Auf einem Straßenflohmarkt in St. Blasien. Für zwanzig Euro. Sie wissen, wie gerne sie auf Flohmärkte geht. Klingelt da etwas?«

Oehrings Eingeweide zogen sich zusammen. »Nein. Wieso sollte da etwas klingeln?«

»Ein Gemälde, das gewisse Ähnlichkeit mit Franz Marcs *Blauen Pferden* hat.«

»Das klingt interessant ...«, erwiderte Oehring leichthin, innerlich angstvoll verkrampft, »aber wieso erzählen Sie mir das?«

»Das werden Sie gleich hören.« Hellsteins schneidende Stimme ging in einem krachenden Donnerschlag unter. »Am Montag war ich zu einer Partie Golf geladen. Jetzt raten Sie, wer ebenfalls dort war und mit seinem neuesten Erwerb prahlte?«

»Ich verstehe nicht ganz, auf was Sie hinauswollen.«

»Professor Pape. Und er lud mich noch am selben Abend ein, seinen Schatz zu bewundern.«

Oehring schluckte trocken.

»Und was glauben Sie wohl, habe ich in seinem Wohnzimmer gesehen? An prominenter Stelle aufgehängt und gut beleuchtet?«

»Sie werden's mir gleich sagen, nehme ich an?«

»Stellen Sie sich vor ... eine original Ölstudie zum *Turm der blauen Pferde*! Erstklassige Provenienz und erstklassiger Preis, wie er mir freudestrahlend berichtete«, erzählte Hellstein zornbebend. »Da hing das exakte Abbild jenes Bildes vom Flohmarkt! Was sagen Sie dazu? Merkwürdiger Zufall, finden Sie nicht?«

»Das ist in der Tat merkwürdig«, presste Oehring hervor, »ich habe nie etwas an Pape verkauft.« Er stand wie neben sich, während Hellstein immer lauter wurde. Das Donnergrollen wurde bedrohlicher, und die ersten Blitze durchzuckten das finstere Szenario. »Was wird da hinter meinem Rücken gespielt?! Und versuchen Sie ja nicht, es abzustreiten! Ich weiß alles!«, zischte Hellstein mit hochrotem Kopf. »Ich habe vorgestern noch einmal die Frau mit dem Flohmarktstand aufgesucht. Und was denken Sie, hat sie mir erzählt?! Na?! Dass all die Bilder, die sie auf ihrem Stand angeboten hat, über drei Wochen bei uns waren, um sie zu schätzen. Kostenlos. Seit wann schätzen wir kostenlos so einen Bockmist?! Sie haben vermutlich sofort gesehen, dass Sie eine Ölstudie von Franz Marc in der Hand halten, stimmt's?«, höhnte er. »Und von wem haben Sie die Kopie anfertigen lassen? Von Jeltsch? Was für ein Glück für Sie, dass der nun tot ist, habe ich recht?« Hellsteins Stimme triefte vor Sarkasmus. »Pape hat es von einem russischen Geschäftsmann gekauft, Kusnezow, der es erst kurz zuvor erworben hatte! Von Ihnen! Es hat mich einige Überzeugungsarbeit gekostet, bis er mir gestanden hat, dass er es von Ihnen hatte. Stillschweigen sollte er bewahren. Die Geschichte war raffiniert eingefädelt! Kompliment! Das muss ich Ihnen lassen. Wenn Pape ihn nicht zufällig in Baden-Baden getroffen hätte, wo er jedem seinen neuen Marc zeigte, und wäre Pape nicht so hartnäckig und überzeugend gewesen ...« – Hellstein machte eine vielsagende Geste mit Daumen und Zeigefinger – »... dann wäre das Ganze nie herausgekommen! Haben Sie ihm wenigstens das Original verkauft? Und apropos ... Wo ist das Geld?! Auf dem Geschäftskonto ist es nämlich nicht! Nicht nur, dass Sie dieser armen Frau ihr Bild gestohlen haben, Sie haben mich in schändlicher Weise hintergangen und mein Vertrauen missbraucht! Wie oft ist so etwas schon vorgekommen? Haben Sie sich deshalb immer für diesen unverschämten Jeltsch eingesetzt? Weil er ihre Fälschungen gemalt hat?« Hellstein war so wütend, dass die Speicheltröpfchen flogen. »Ich werde Sie anzeigen, Sie werden nirgends mehr einen Fuß auf den Boden kriegen!«

Oehring fühlte sich einem Zusammenbruch nahe. Leugnen war zwecklos. Ein grässlicher Gedanke nach dem anderen schoss ihm durch den Kopf. Henriette würde sich scheiden lassen, so eine Blamage könnte sie nicht verzeihen. Beruflich wäre er ebenfalls erledigt. Seine Reputation wäre auf immer beschädigt. Keine Kunsthandlung, kein Auktionshaus und kein Museum würde ihn mehr anstellen. Das wäre das Aus. Wie hatte er nur so dumm sein können! Warum? Er hatte doch alles! Genau das fragte nun auch Hellstein.

»Wieso?! Nennen Sie mir einen Grund, warum Sie eine so niederträchtige, kriminelle Sache drehen? Sie haben doch alles? War Ihnen die Provision für einen regulären Verkauf nicht genug?«

»Ich weiß es nicht«, erwiderte Oehring wahrheitsgemäß und räusperte sich zwanghaft. So eine unangenehme Situation hatte er noch nie erlebt. Vorgeführt und zur Rede gestellt wie ein Rotzlöffel, doch bei aller Empörung wusste er, dass jetzt nicht Leugnen und Lamentieren angesagt waren, sondern Demut und Reue. Vielleicht gab es ja einen Ausweg. Vielleicht ließe sich Hellstein auf einen Handel ein. Denn wenn er eine große Sache daraus machte und Anzeige erstattete, wäre seine Reputation ebenfalls angekratzt, was unter Umständen das Ende des Hauses Hellstein & Oehring bedeuten konnte. Deshalb legte er einen flehentlichen Ton in seine Stimme und blickte schuldbewusst zu Boden. »Ich kann wirklich nicht sagen, warum. Midlife-Crisis? Langeweile? Übermut? Es war jedenfalls ein Riesenfehler. Das weiß ich schon, seit ich Kusnezow den Handschlag gegeben habe. Das können Sie mir glauben! Es tut mir wahnsinnig leid, und ich kann mich nur tausendmal entschuldigen. Das Geld zahle ich selbstverständlich zurück und ich schwöre beim Leben meiner Frau, dass ich Sie nie zuvor betrogen habe!« Ihm kamen tatsächlich beinahe die Tränen.

»Oh Gott, Martin! Lassen Sie doch das Leben Ihrer Frau aus dem Spiel! Das ist degoutant!«

»Könnten Sie nicht auf eine Anzeige verzichten?«

»Wie stellen Sie sich das vor?!«

»Wenn diese Sache an die Presse gelänge, wäre Ihr Name ebenfalls involviert. *Der Turm der blauen Pferde!* Eines der meistgesuchten verschollenen Kunstwerke! Zwar nur eine Ölstudie, aber das Bild würde dennoch einen Riesenwirbel verursachen! Papes Misstrauen gar nicht zu erwähnen.« Oehring legte seine ganze Überzeugungskraft in seine Worte, denn er glaubte zu bemerken, dass sein Partner so weit gar nicht gedacht hatte.

In dem Moment zuckte ein gewaltiger Blitz über den tiefen Himmel, gefolgt von einem krachenden, ohrenbetäubenden Donner. Eine heftige Sturmbö riss die Liegestühle und den Sonnenschirm mit und warf mit Höllengetöse den großen Grill um. Die glühenden Kohlen kullerten über den Terrassenboden, und Oehring beeilte sich, sie auszutreten.

»Lassen Sie uns hineingehen«, brüllte er gegen einen erneuten Donner an und er schloss die Terrassentür gerade rechtzeitig, bevor ein sintflutartiger Regen losbrach, begleitet von gewaltigen Donnerschlägen und gleißenden Blitzen.

»Claas ... Ich bitte Sie noch einmal demütigst um Entschuldigung und darum, die Angelegenheit ohne Aufsehen zu bereinigen! Sie hätten nichts davon, wenn Sie mich vernichten!«, flehte Oehring gegen das Getöse an.

Hellstein betrachtete angewidert seinen altgedienten Mitarbeiter, dem er so sehr vertraut hatte. Dem er in Kürze seinen Rückzug aus den Geschäften ankündigen und ihn zum alleinigen Inhaber machen wollte. »Wie stellen Sie sich das vor?! Das Bild ist verkauft, und die Kopie ...«

»Ihre Frau besitzt jetzt die Kopie. Niemand weiß davon ...«

»Ich weiß davon!«, erwiderte Hellstein schneidend, »und ich werde mich nicht mit Kunstfälschern und Dieben gemeinmachen!«

»Ich werde mich per sofort als Eigentümer aus der Kunsthandlung zurückziehen und übergebe Ihnen das Geld aus dem Verkauf ... Henriette werde ich das irgendwie beibringen. Vorzeitiger Ruhestand oder so. Neuorientierung. Was auch immer. Ich lasse mir etwas einfallen. Niemand würde je erfahren, was ich getan habe ... Pape hat sein Original, die Kopie besitzt Ihre Frau. Niemand wird je Grund haben, an Ihrer Integrität zu zweifeln«, bat Oehring, der zu seiner unendlichen Erleichterung spürte, dass Hellsteins Höllenzorn etwas nachließ. »Ich werde eine gemeinnützige Organisation nach Ihrer Wahl unterstützen und versuchen, meinen Fehler wiedergutzumachen, das schwöre ich Ihnen, bei allem, was mir heilig ist!«

»Und was ist mit der betrogenen Eigentümerin? Frau Berner?«

»Die Dame hat das Bild in einem Schrankkoffer gefunden, den sie mitsamt einer kleinen Villa in St. Blasien geerbt hat. Den Koffer hatte ein Sommer…«

»Sie hat mir die Geschichte erzählt!«, unterbrach ihn Hellstein harsch, und Oehring fuhr fort: »Dann wissen Sie auch, dass das Bild genau besehen den Angehörigen dieses Mannes gehört. Sie sagte mir, dass die Eltern ihrer Großtante nach dem Krieg vergeblich versucht hätten, die Hinterbliebenen ausfindig zu machen …«

»Martin, Sie versuchen mir gerade Ihre widerliche Geschichte schmackhaft zu machen, lassen Sie das!«

»Claas, bitte hören Sie mir zu! Ich kann diese Riesendummheit nicht ungeschehen machen, aber ich kann versuchen, Ihren Ruf und meine Ehe zu retten! Jeder macht mal einen Fehler! Und jeder hat doch eine zweite Chance verdient, denken Sie nicht? Ich habe aus meinem Fehler gelernt. Gleich am Montag werde ich mich aus dem Geschäft zurückziehen, versprochen, und ich werde Sie nie wieder behelligen! Niemand ist zu Schaden gekommen …« Hier hielt er einen Moment inne, und Hellstein nahm ihn scharf ins Visier: »Hat der Tod von Herrn Jeltsch irgendetwas mit dieser Sache zu tun?!«

»Nein! Natürlich nicht! Das war ein unglückseliger Unfall! Um Himmels willen!« Oehring hob theatralisch die Hände, während draußen die Welt unterzugehen schien. »Bitte denken Sie über meinen Vorschlag nach! Ich bin kein schlechter Mensch, und ich habe nie zuvor etwas Illegales getan! Glauben Sie mir! Bitte!«

Claas Hellstein betrachtete irritiert und resigniert den Mann, mit dem er dreißig Jahre lang zusammengearbeitet hatte. Erst als Chef, dann als Mitinhaber. Den Mann, mit dem er zwar nie per Du, jedoch immer in Wertschätzung verbunden gewesen war. Den Mann, dem er nach der

Herbstauktion sein Lebenswerk übergeben wollte. Der Mann, der hier verstörend fremd vor ihm stand, hatte nichts gemein mit dem makellos gekleideten, höflichen, integren und fachlich herausragenden Martin Oehring. Dr. Martin Oehring, seinem Geschäftspartner, der neunundvierzig Prozent an der Kunsthandlung hielt. Aber es half nichts, er musste darüber nachdenken. So zuwider ihm der Gedanke auch war, eine so unsaubere Sache zu decken. Das unvermeidliche Aufsehen und die Unannehmlichkeiten, die eine Anzeige mit sich bringen würden, waren keine Kleinigkeit.

»Ich werde darüber nachdenken!«, erwiderte er deshalb brüsk und wandte sich zum Gehen, obwohl er sich besser einen Augenblick setzen sollte. Diese scheußliche Sache hatte ihn mitgenommen, aber er wollte keinen Augenblick länger verweilen. »Ich werde Ihnen morgen meine Entscheidung mitteilen. Und Martin ... Sie sollten vorsichtshalber mit allem rechnen.«

Der Regen ließ so unvermittelt nach, wie er begonnen hatte, und Claas Hellstein fuhr den aufgeweichten Waldweg zurück auf die Hauptstraße. Er ließ einen verstörten, sich selbst verfluchenden Oehring zurück, der sich nun überlegen musste, mit was er künftig seine Brötchen verdienen wollte. Und wie er das seiner Frau erklären könnte. Hätte die alte Berner das Bild nur nie vorbeigebracht!

Es war erst kurz nach sechs, aber der Himmel hatte sich nicht wieder aufgeklart. Schwer atmend und aufgewühlt fuhr Hellstein zurück in Richtung St. Blasien, wo sich die Eheleute Hellstein letzten Herbst einen Traum erfüllt hatten – eine kleine Jugendstilvilla in prominenter Lage, unweit der Villa Ferrette. Ihr Altersruhesitz. Kurz hinter Altglashütten musste er in einer Parkbucht kurz raus, weil ihm so unwohl war. Die Aufregung war zu viel gewesen. Nach ein paar Schritten an der frischen Luft fühlte er sich besser. Er rief seine Frau an, die ihn daran erinnerte, dass sie Karten fürs Orgelkonzert hätten – Himmelherrgott, das hatte er ganz vergessen. Er versprach, um sieben zu Hause zu sein, doch in einer der Haarnadelkurven oberhalb von Menzenschwand verlor er wenig später die Kontrolle über seinen Wagen, durchbrach die Leitplanke und stürzte fünf Meter tief die Böschung hinab.

14

Briamonte erfuhr von dem Unfall durch Elisabeth Kaiser, die ein paar Tage nach dem Unglück vor seiner Gartenpforte stand. Eifrig begrüßt von Gismo und seinem wunderfitzigen Gefolge.

»Hä nai! Du hesch zwei Geiße? Wie heiße sie? Vum Benno?«

Er bat sie in den Garten, holte eine Flasche Sprudel aus einem der Getränkekästen, die in der alten, wassergefüllten Badewanne im Garten lagerten, und nahm mit ihr unter dem Sonnenschirm Platz. Die kurze Pause kam ihm gerade recht. Es war unglaublich heiß, und er verlegte gerade die Fliesen im Badezimmer. Nicht seine liebste Beschäftigung bei diesem Wetter.

»Schön häsches do!« Sie hatte Erfahrung mit der Renovierung eines alten Bauernhauses und freute sich über Briamontes Durchhaltevermögen. Nachdem sie sich kurz über alte Kachelöfen und deren Wirtschaftlichkeit und Handhabbarkeit im Vergleich zu einer modernen Zentralheizung ausgetauscht hatten, kam sie zum Grund ihres Besuchs: »Häsch du vo dem Unfall obe g'hört?«

»Was für ein Unfall? Nein. Wo?«

»Obe bim Äule. Der alde Hellstein isch g'storbe …«

»Nein, tut mir leid. Wer ist das?«

»Der, dem die Kunschdhandlung z'Friburg g'hört. Du warsch doch au uf dem Feschd im Juni. Villa Ferrette …«

»Ach ja. Klar.« Briamonte erinnerte sich wieder. »Ich habe mit ihm gesprochen, wegen des Unfalls seines Mitarbeiters.«

»Ebbe weg sellem bin i do. Des isch komisch.«

»Was ist komisch?«

»Im Juni kait der junge Ma vum G'länder, un jetz isch de Alde tot. E bissle viel Todesfäll für ä kleini Kunschdhandlung, findsch nit?«

Briamonte hob die Schultern. »Das ist tragisch. Doch was genau irritiert dich? Sagtest du nicht Unfall? Aber ich sag's dir gleich – ich habe Urlaub. Bin außer Dienst. Drei Monate lang.« Es fiel ihm immer noch schwer, sie zu duzen, aber seit er ihr vergangenen Herbst gewissermaßen das Leben gerettet hatte, bestand sie darauf.

»Oh Mischd! Im Ernscht? Wer kümmert sich jetz um dä Fall?«

»Gibt es einen Fall?«

»Des isches jo! Keiner sait mir ebbis! Ich hab nämlich dä Verdacht, dass des kei Sau interessiert, was für Mordg'schichte do passiere!«

»Mordgeschichten?« Briamonte hob amüsiert die Augenbrauen.

»Muesch nit lache … Ich glaub, der isch umbrocht worre …«

»Der Hellstein?«

»Ja. Der au. Erscht dä junge Ma, jetz dä Alde.«

»Aber war das nicht ein Unfall? Der Sturz des jungen Mannes? Ich erinnere mich genau. Das war eindeutig ein Unfall unter Alkoholeinfluss. Tragisch, aber nichts weiter.«

»Un genau des glaub ich nit. Jetz nimmi. Wo dä Alde au no tot isch.«

»Aber wer sollte ein Interesse haben, die beiden umzubringen? Außerdem: Sagtest du nicht gerade, dass der Alte durch einen Unfall ums Leben gekommen ist?«

»Ja woher soll ich des wisse? Ich hab geschtern uff dä Polizei ag'ruefe, aber die hän nur g'lacht.«

»Wer hat nur gelacht?« Jetzt verfinsterte sich sein Blick. Ausgelacht werden war nicht das, was man bei der Polizei, seinem Freund und Helfer, erleben sollte. »Mit wem hast du gesprochen?«

»Ich hab mich mit dinem Chef verbinde losse ...«

Der Oberindianer also. Verdammt! Briamonte war sauer. »Das tut mir leid. Soll ich mich für dich erkundigen, was in dem Fall passiert?«

»Würdsch du des für mich mache? Des wär subber! Un wenn sie nix mache, dann sag ihne, die solle sich umhöre. Des isch nit normal, dass gli zwei Lüt vu Hellstein un Oehring sterbe.«

»Kennst du sie persönlich?« Eine dumme Frage für eine Museumsdirektorin, die auch gleich gekontert wurde.

»Hä jo! Bue, wa denksch du, vu wem mir vieli vo unsre Bilder hän? Weg sellem denk i doch, dass do ebbis nit stimmt!«

Elisabeth Kaiser, die umtriebige und meist gut gelaunte Direktorin des Petit Salons, des Winterhalter Museums in Menzenschwand, schien ernsthaft besorgt, und das beunruhigte wiederum Briamonte, der sie nur wenige Male so ernst erlebt hatte. »Ich ruf gleich mal an und gebe dir dann Bescheid, ja? Ich habe meine Quellen. Und falls ich erfahren sollte, dass in der Richtung nichts unternommen wird? Was dann?«

»Dann sag dene, die solle ihren Arsch bewege un gugge, dass die die komischi Sach uffkläre!«, beschied sie herzhaft und erhob sich von ihrem Stuhl. »Ich muss jetzt los ... sag'sch mer B'scheid?«

»Mach ich.«

Als er das Gartentor hinter ihr geschlossen hatte, wählte er Schopferers Nummer: »Schopferer, Briamonte hier, sagen Sie, es geht mich nichts an, ich weiß, ich bin gar nicht da, aber könnten Sie mir einen Riesengefallen tun und mir sagen, wer im Falle des Unfalls von Hellstein ermittelt? Der muss erst ein paar Tage her sein. Und … erinnern Sie sich an den Unfall des jungen Mitarbeiters der Kunsthandlung Hellstein & Oehring in der Villa Ferrette vor ein paar Wochen?« Plötzlich fiel ihm der Name wieder ein.

»In der Sache wird nicht ermittelt«, antwortete Schopferer wie aus der Pistole geschossen. »Es war ein Unfall. Oberhalb von Menzenschwand, bei Äule. Haben Sie das nicht mitbekommen?«

»Nein«, gab Briamonte zu. »Ich bin den ganzen Tag beim Renovieren … Gab es eine Untersuchung? Irgendein Verdacht auf Fremdverschulden?«

»Nein. Nichts. Kein Verdacht. Keine Untersuchung. Wieso fragen Sie?«

»Ich hatte eben Besuch von einer Dame, die glaubt, dass da etwas nicht mit rechten Dingen zugeht.«

»Ach ja? Wieso meldet Sie sich nicht bei uns und teilt uns mit, was sie zu sagen hat?«

»Das hat sie getan, aber sie wurde abgewimmelt.«

»Abgewimmelt? Von wem?«

»Raten Sie.«

»Ach so. Ich verstehe.« Am anderen Ende war es einen Augenblick lang still. »Glauben Sie ihr?«

»Natürlich. Sie kennt die Kunsthandlung respektive Hellstein persönlich gut und behauptet, dass da etwas nicht stimmt.«

»Hm. Hat Sie Ihnen gesagt, was genau?«

»Nein. Sie hatte keinen konkreten Verdacht. Leider nicht.

Sagen Sie, könnten Sie veranlassen, dass sich das mal jemand ansieht? Wäre blöd, wenn da etwas übersehen würde, oder nicht?«

»Das wäre in der Tat nicht gut. Ich sehe zu, was ich tun kann, und melde mich wieder. Viel Spaß beim Renovieren übrigens ... Sie kommen doch wieder?«

Briamonte ließ sich wieder auf den Stuhl fallen und beobachtete, wie sich sein Hund und die Zicklein gegenseitig durch den Garten jagten. Geht doch, dachte er amüsiert, wurde aber gleich wieder ernst. Komische Sache, da musste er Elisabeth zustimmen. Zwei Mitarbeiter einer kleinen Kunsthandlung, die innerhalb nur weniger Wochen ums Leben kamen. Schon ungewöhnlich. Nun ja. Er würde erfahren, was Schopferer in die Wege leiten konnte. Einen Augenblick lang sah er noch dem witzigen Spektakel zu, dann raffte er sich wieder auf und kehrte zu seinen Fliesen zurück.

15

Elisabeth Kaiser indessen hatte keine Ruhe. Nachdem sie die Einladungen zur nächsten Veranstaltung im Museum frankiert und zur Post gebracht hatte, fuhr sie hinunter nach Freiburg und betrat, kurz vor Ladenschluss, die Galerieräume in der Altstadt. Oehring erkannte sie sofort: »Frau Kaiser! Welch Glanz in unserer bescheidenen Hütte! Was verschafft mir die Ehre?« Er trug zur schwarzen Anzughose ein blütenweißes Hemd, eine schwarze Krawatte und eine bekümmerte Miene, wie sie mit Argusaugen feststellte. »Sie kommen gerade noch rechtzeitig. Ich war eben im Begriff zu schließen. Was kann ich für Sie tun?«

»Ich wollt mi tiefes Mitg'fühl uspreche.« Sie mochte den

charmanten Schönling nicht. Noch nie. Der aus der Zeit gefallene Hellstein – förmlich, stocksteif und stockkonservativ – war ihr immer lieber gewesen. »Un froge, ob ich Ihne ebbis helfe ka?« Das war natürlich ein Vorwand, denn was hätte sie schon tun können? Aber sie wollte unbedingt Witterung aufnehmen. Sehen, spüren und erahnen, was in dieser altehrwürdigen Kunsthandlung vor sich ging.

»Danke. Sehr freundlich. Es ist eine Tragödie. Seine Frau nimmt es sehr schwer.«

»Des isch ja normal! Wär ja schlimm, wenn nit! Isch die Polizei scho do gsi?«

»Die Polizei? Weshalb?«

»Na, um die beide myschteriöse Todesfäll ufz'kläre!« Bildete sie sich das ein oder reagierte der Mann etwas merkwürdig auf das Wort Polizei?

Oehring lächelte nachsichtig ob dieser absurden Frage. »Da muss ich Sie enttäuschen. Es gibt nichts aufzuklären. Zwei tragische, sinnlose, aber vollkommen unverdächtige Unfälle. Gottes Wege sind mitunter unergründlich.« So einen Schmonzes hatte er schon lange nicht mehr rausgelassen, aber die Frau machte ihn nervös. Polizei! Das fehlte noch!

»Amen«, konterte sie ironisch, und Oehring errötete.

»Mache Sie jetz allei widder?«

»Das werde ich vorerst müssen. Was Herr Hellstein im Falle seines Ablebens verfügt hatte, weiß ich noch nicht, aber ich bin bereit. Herrn Hellsteins Fußstapfen sind ausgesprochen groß, wenn Sie verstehen, was ich meine, aber ich werde versuchen, sie mit all meinen Kräften würdig auszufüllen. Darf ich darauf hoffen, dass Sie dem Hause auch nach Herrn Hellsteins Heimgang gewogen bleiben?«

Elisabeth Kaiser konnte sich das Gesülze nicht mehr länger anhören. Heimgang?! Gewogen bleiben?! Dem het doch ebbert ins Hirn g'schisse!, dachte sie, drehte sich auf dem Absatz um und ließ den verdutzten Oehring grußlos stehen.

Der Besuch zerstörte Oehrings fragile Ruhe, die er seit Tagen genoss. Die Nachricht von Hellsteins Unfalltod hatte ihn in einen erleichterten Rauschzustand versetzt, dem er sich einen Tag lang hingab, um dann gramgebeugt und pflichtbewusst zurückzukehren, der Witwe sein Beileid auszusprechen und ihr seine uneingeschränkte Unterstützung zuzusichern. Frau Kaisers unverblümte Frage nach der Polizei und ihr Gefasel von »mysteriösen Todesfällen« hatten die eiserne Faust um seinen Magen reaktiviert und sein endloses Gedankenkarussell erneut in Gang gesetzt. War das möglich, dass die Polizei Nachforschungen anstellte? Aber an Hellsteins Unfall hatte er doch keine Schuld! Zwar war er Ursache für dessen Aufregung, aber letztendlich hatte sich Hellstein aus freien Stücken hinters Steuer gesetzt, um dann, bedauerlicherweise, die Kontrolle über seinen Wagen zu verlieren. Der Unfall an sich war noch nicht einmal tödlich, schließlich hatte der große Jaguar gar nicht so viel abbekommen. Ein Herzinfarkt war's, wie die Obduktion zweifelsfrei festgestellt hatte. Kein Hinweis auf Fremdverschulden, wie es korrekt hieß. Niemand hatte ihn gefragt, warum Hellstein bei ihm in Bärental war, aber die Frage würde ihm noch bevorstehen, wenn er die Witwe seines verstorbenen Geschäftspartners das nächste Mal besuchen würde. Vielleicht sollte er das so schnell wie möglich erledigen, denn sie war noch im Besitz des Bildes. Das einzige Zeugnis seiner Tat. Solange das noch existierte, war er nicht hundertprozentig sicher. Wer konnte schon vorhersagen, welche gesellschaftlichen Verpflichtungen Frau Hellstein irgendwann zu den Papes führen würden, wo sie sich zweifellos wundern würde und womöglich etwas lostrat, was er nicht mehr unter Kontrolle hatte? Ein sehr unwahrscheinliches Szenario zwar, aber nicht gänzlich unmöglich, da sich die Familien in ähnlichen Kreisen bewegten.

Oehring spürte, wie die Angst wieder an ihm hochkroch, und beschloss, den Stier bei den Hörnern zu packen. Er würde jetzt gleich nach St. Blasien hochfahren, einen weiteren Kondolenzbesuch abstatten und nebenbei sondieren, ob er möglicherweise das Bild haben könnte.

Elisabeth Kaiser zuckelte in ihrer Ente derweil den Schauinsland hoch, noch immer aufgebracht über den aalglatten Schmierenkomödianten, wie sie Oehring in Gedanken titulierte. Wenn der Lackaffe tatsächlich künftig die Geschäfte leiten sollte, dann gued Nachd um sechse. Aber vielleicht würde Frau Hellstein den Anteil ihres verstorbenen Mannes ja an jemand anderen verkaufen? Ihre Miene hellte sich etwas auf. Oder hatte nicht der Sohn der beiden irgendwas mit Wirtschaft studiert? Es könnte nicht schaden, demnächst mal die Fühler auszustrecken. Möglicherweise bei einem kleinen Besuch? Sie hatte ihr nur bei der Beerdigung kondoliert. Immerhin war sie ein recht aktives Mitglied im Winterhalter Verein. Elisabeth Kaisers Laune hob sich merklich. Sie klappte die Scheibe hoch, das Radio lauter und genoss die wunderschönen Serpentinen hoch zum Schauinsland an diesem warmen Sommerabend. Als sie eine Stunde später die Abzweigung nach Menzenschwand nehmen sollte, fuhr sie kurz entschlossen geradeaus weiter nach St. Blasien.

16

Frau Hellstein zeigte sich über Oehrings spontanen Besuch überrascht. Sie führte ihn durch die abgedunkelten, kühlen Räume auf die Terrasse hinter dem Haus. »Eine Limonade für Sie?«

»Sehr gerne, danke, aber bitte keine Umstände.«

Als sie ins Haus zurückkehrte, sah er sich um. Ein Kleinod, diese Villa. Er war bisher nur einmal kurz hier gewesen. Auf der Terrasse blühten Oleander, Azaleen und Hortensien in großen Terrakottatöpfen. Unter einem riesigen Schirm standen zum Stil des Hauses passende gusseiserne Gartenmöbel. Über drei breite Stufen gelangte man auf einen sorgfältig geharkten, von üppigen Rosenrabatten gesäumten Kiesweg, der in den hinteren Teil des Gartens führte, wo eine riesige Linde ihren betörenden Duft in den warmen Sommerabend verströmte. Eine Amsel sang, und irgendwo brummte ein Rasenmäher. Ein kleines Paradies, wie Oehring feststellte. Als Frau Hellstein mit einem Tablett in der Hand in der Terrassentür erschien, sprang er eilfertig auf und nahm es ihr ab.

»Was führt Sie zu mir, Martin?«

»Ich wollte sehen, wie es Ihnen geht, und fragen, ob ich etwas für Sie tun kann. Was auch immer. Henriette lässt Sie übrigens herzlich grüßen.«

»Das ist lieb, danke. Unser Sohn kommt morgen und wird mir helfen, die Papiere meines Mannes durchzusehen.« Sie tupfte sich die Augen, und Oehring sah taktvoll zu Boden. »Wenn ich nur wüsste, was er dort in Äule gemacht hat! Er war bis fünfzehn Uhr in der Galerie und sagte mir, dass er noch etwas erledigen müsse. Aber was? Kurz nach sechs rief er noch einmal an. Ich erinnerte ihn daran, dass wir Karten fürs Orgelkonzert hätten, und er meinte, er wäre spätestens um sieben zu Hause! Stattdessen ist er verunglückt! Das lässt mir keine Ruhe!«

»Das kann ich Ihnen sagen«, begann Oehring und reichte ihr ein frisches Taschentuch. »Er hat mich in der Jagdhütte besucht. Wir haben gegrillt. Das heißt, wir wollten grillen. Das Gewitter hat uns einen Strich durch die Rechnung gemacht. Um sechs, als der Regen nachgelassen hatte, ist er dann aufgebrochen.«

»Er war bei Ihnen in Bärental?«

»Ja. Ich hatte ein paar Tage Urlaub genommen, und wir wollten die Herbstauktion durchsprechen.«

»Ach so. Das war es also.« Frau Hellstein seufzte tief. »Ich hatte mir schon Gedanken gemacht, weil er ein paar Tage vor dem Unfall etwas unruhig war.«

»Unruhig?«

»Na ja, irgendwie besorgt. Angespannt. Übellaunig. Sie wissen vielleicht, dass er nach der Auktion vorhatte, sich ganz zurückzuziehen und Ihnen die Geschäfte zu überlassen?«

»Wirklich? Nein, das wusste ich nicht.« Oehring tat überrascht, obwohl es das war, was er insgeheim gehofft hatte.

»Das hat ihn beschäftigt.«

»Das kann ich mir vorstellen. Es ist schon ein Einschnitt, wenn man vom Berufsleben ins Pensionärsdasein wechselt.«

»Wir hatten noch so viel vor!«

Im selben Augenblick klingelte es an der Tür, und sie ging, um zu öffnen.

»Elisabeth!«

»Magda, ich hab nur welle gugge, wie's dir goht! Ich hoff, ich stör dich nit? Bruuchsch du ebbis?«

»Komm rein, lieb von dir. Ich habe gerade Besuch. Komm,

wir sind draußen auf der Terrasse. Trinkst du eine Limonade mit uns?«

Als Elisabeth Kaiser auf die Terrasse hinaustrat, traute sie ihren Augen nicht.

»Herr Oehring! Lang nit g'sähne!«

Oehring sprang lächelnd auf, konnte seinen Missmut über diese unerwartete Begegnung aber kaum verbergen. Er schüttelte gezwungen lächelnd ihre Hand und verabschiedete sich, bevor sie sich setzen konnte: »Magda, ich muss leider aufbrechen ... eine Verabredung. Danke für die Erfrischung. Sie melden sich, wenn Sie Hilfe brauchen?«

Nach seinem überstürzten Abgang saßen die beiden Frauen noch lange beieinander. Sie lauschten der singenden Amsel, und Frau Hellstein erzählte von ihrem Mann. Über dessen bevorstehenden Ruhestand und die geplante Reise in die USA, wo ihr Sohn mit Frau und Kindern lebte. Elisabeth Kaiser ließ sie reden, hörte ihr mitfühlend zu und wartete geduldig, wenn ihr zwischendrin die Stimme versagte.

»Hätter g'wisst, dasser herzkrank isch?«, fragte sie irgendwann behutsam.

»Ja und nein. Er hatte einen viel zu hohen Blutdruck und sollte Aufregung unbedingt vermeiden, aber er nahm Medikamente und hatte es, so glaubte ich, ganz gut im Griff.«

»Des duet mir so leid! Dä Unfall vo sinnem Mitarbeiter hät ihn sicher arg uffg'regt.«

»Schon, aber nicht so sehr, dass er deshalb einen Infarkt bekommen hätte, glaube ich, denn er hatte immer prophezeit, dass es mit dem jungen Mann irgendwann ein böses Ende nehmen würde. Es hat ihn nicht wirklich verwundert, dass der betrunken übers Geländer gefallen ist, so tragisch das für die Familie des jungen Mannes gewesen ist.«

»Echt jetz? Des isch irgendwie ... ich weiß nit ... truurig.«

»Das stimmt. Die zwei haben sich aber auch nicht besonders gemocht, glaube ich.« Frau Hellstein blickte eine ganze Zeit lang abwesend in den Garten und fuhr dann fort »Mich beunruhig viel mehr, dass er die letzten Tage vor seinem Tod so angespannt war. Irgendetwas hat ihn beschäftigt, aber er wollte mir nicht sagen, was.«

»Wirklich?«

»Ja. Er hatte regelrecht schlechte Laune. So kannte ich ihn gar nicht.«

»Des isch abber echt komisch. Wenn het des a'gfange? Nach dem schreckliche Unfall?«

»Ja, aber erst später. Ich glaube es war etwas Geschäftliches. Er wollte nach der Herbstauktion seinen Anteil der Kunsthandlung an Martin Oehring abgeben und sich zurückziehen.«

»Des hätt mich au beunruhigt«, platzte Elisabeth Kaiser unvermittelt heraus, hielt aber sofort wieder an sich. »Muesch entschuldige. Des isch mir so rusg'rutscht.«

»Wieso hätte dich das beunruhigt?«, hakte Frau Hellstein interessiert nach.

»Na ja …«

»Du musst nicht höflich sein. Nur heraus mit der Sprache! Es geht immerhin um das Lebenswerk meines Mannes.«

»Ganz ehrlich?«

»Ich bitte darum …«

»De Martin Oehring isch en aalglatte Schwätzer, un ich trau ihm persönlich kein Meder über dä Weg. Un wemmer scho bi ehrliche Bekenntnis sin, will ich dir au sage, dass des Museum nit Kunde vu eurem Huus wär, wenn mir nit de Claas ka hette. Mir werres au nimmi si, wenn Martin Oehring dä alleinige Inhaber werre sott. Es duet mir leid, dass ich des so sage mue, de Claas hät sicher si gueti Gründ ka, ihn az'stelle un zum Teilhaber z'mache. Er isch jo immerhin scho lang debi, odder, aber ich mag trotzdem nit mit em schaffe.«

»Herr Oehring ist beinahe dreißig Jahre dabei. Wobei ich den leisen Verdacht hege, dass nicht alleine Martin Oehrings menschliche und fachliche Qualitäten den Ausschlag gegeben haben, sondern gewisse finanzielle Erwägungen, wenn du weißt, was ich meine.«

»Nit ganz, ehrlich g'sait …«

»Martin Oehring ist der Ehemann der Freifrau Henriette von Neuburg-Hallern und hat ein beträchtliches Vermögen im Hintergrund.«

»Du meinsch, dass de Claas ihn zum Teilhaber g'macht het, weg er guet zahlt het?«

»Nun, das ist nur eine Vermutung – nenn es weibliche Intuition. Du weißt, dass ich mich aus seinen Geschäften immer herausgehalten habe, so wie er sich aus meinen. Und bitte versteh mich nicht falsch … Ich habe nichts gegen Martin Oehring. Ich habe ihn nie anders als charmant, überkorrekt und wohlerzogen erlebt und werde selbstverständlich den letzten Willen meines Mannes respektieren, wenn er ihn als Nachfolger bestimmt hätte. Für dich, beziehungsweise das Museum, täte es mir leid …«

»Mir werres sähne … Was wirsch du mache, wenn des Teschdament eröffnet isch? Gehsch du mit dinnem Sohn in d'USA?«

»Himmel, nein! Da müsste ich den ganzen Tag die Kinder hüten, Gott bewahre! Es sind meine Enkel und sie sind wirklich entzückend, aber nur, wenn ich sie nach zwei Stunden wieder abgeben kann! Nein, im Ernst, ich habe noch nicht darüber nachgedacht, aber ich könnte mir vorstellen, dass ich stundenweise wieder arbeiten gehe. Dr. Stein, der junge Pädiater, der meine Praxis übernommen hat, wäre nicht unglücklich, glaube ich. Er hat erst kürzlich nachgefragt, ob ich mir vorstellen könne, ein paar Stunden pro Woche auszuhelfen.«

»Des klingt subber.« Elisabeth Kaiser sah auf die Uhr und nahm ihre Handtasche. »Jetzt muess ich abber los. Loss dich drukke …«

Nachdenklich fuhr sie anschließend nach Menzenschwand zurück, wo ihr Mann im Roten Fuchsen schon auf sie wartete.

»Mensch, ich muss dir ebbis verzelle …«

17

Auch Briamonte genoss den warmen Sommerabend. Er saß mit Kristina auf der idyllischen Terrasse des Restaurants Klosterhof in St. Blasien. Sie nippten an ihren Aperitifs und unterhielten sich über die gewaltigen Dimensionen der Domkuppel, die hinter den alten Klostermauern in den Abendhimmel ragte.

»Es war mir immer schleierhaft, wie dieses Riesending in so einen verschlafenen Ort kommt …«, sinnierte Briamonte.

»St. Blasien war nicht immer so verschlafen.«

»Nicht?«

»Nein. Es war vor über hundert Jahren viele Jahrzehnte lang die Adresse für adelige und reiche Sommerfrischler aus aller Welt. Nicht nur für Lungenkranke.«

»St. Blasien? Ernsthaft? Das habe ich nicht gewusst.«

»Doch, doch. Alles, was Rang und Namen hatte, kam ab Mitte des neunzehnten Jahrhunderts hierher, um die fantastische Luft und Ruhe zu genießen. Großherzog Friedrich I. und seine Frau Luise, zum Beispiel, waren beliebte Gäste und große Förderer. Auch hochrangige Politiker verbrachten hier ihre Sommer … Admiral von Tirpitz zum

Beispiel, oder Franklin D. Roosevelt als Kind und junger Mann.«

»Ach …«

»Hier hat es ein regelrechtes Imperium von Kur- und Luxushotels gegeben, mit allem Drum und Dran.«

»Kaum vorstellbar, wo es doch nicht einmal einen Bahnhof gibt …«, meinte Briamonte. »Woher weißt du das alles?«

»Meine Mutter hat mir ein Buch geschenkt, als ich hierhergezogen bin. Ich leih's dir, wenn ich fertig bin. Ist sehr unterhaltsam. 1906 ging es besonders hoch her. Da gab sich der Hochadel die Klinke in die Hand, weil sich der Großherzog von Luxemburg von seinem Schlaganfall erholte. Hab ich gestern erst gelesen …«

»Verrückte Geschichte. Aber davon hab ich echt noch nie gehört. Nicht mal in der Schule.«

»Ich auch nicht. Aber es steht ja heute kaum noch ein Gebäude aus der Zeit. Die Villa Ferrette gibt es aber noch. Ein Industrieller hat sie 1908 als Familiensitz gebaut.«

»Und ich habe mich schon gewundert, warum so ein Haus hier in St. Blasien steht. Warum ist davon kaum mehr was übrig?«

»So weit habe ich noch nicht gelesen.«

In dem Moment klingelte sein Telefon. Elisabeth Kaiser.

»Darf ich kurz …?«

»Sicher! Ich gehe mir die Hände waschen …«

»Elisabeth, was gibt's? … Aha … Wirklich? … Nein, leider wird nicht ermittelt … Ja, das verstehe ich … aber … ich weiß nicht, was ich … meinen Chef fragen? … Oje, das ist keine gute Idee … Du?! Um Himmels willen! … Halt! Nein! Du bist nicht Miss Marple … Elisabeth, bitte, das ist gar keine gute Idee … Nein, ich meine …« Briamonte stöhnte innerlich auf. »Elisabeth, hör mir zu … ja … ja … also gut, ich verspreche, dass ich nachfragen werde, zufrieden? … Ja gut, mit Nachdruck nachfragen, meinetwegen … Aber keine Alleingänge, ja? Versprochen? … Versprochen?? … Gut … Gute Nacht … Ja … ich gebe dir Bescheid!«

»Wer war das?«, fragte Kristina, als sie zurückkam.

»Elisabeth Kaiser. Wir haben sie auf dem Empfang im Juni getroffen, erinnerst du dich?«

»Ach ja. Was wollte sie? Du hörtest dich ziemlich …«

Briamonte seufzte. »Ich fürchte, ich habe etwas versprochen, was mir noch leidtun wird. Sie glaubt, dass etwas nicht stimmt, mit den beiden Todesfällen der Kunsthandlung Hellstein & Oehring.«

»Den beiden? Ist denn außer dem jungen Mann noch jemand gestorben?«

»Ja, der Seniorpartner, Claas Hellstein. Ich habe es heute erst erfahren. Er hatte einen tödlichen Autounfall, oben beim Äule. Vor einer knappen Woche.«

»Davon habe ich gehört. Er war das?«

»Ja. Und Elisabeth glaubt nun, dass die beiden Todesfälle zusammenhängen und keine Unfälle waren, sondern andere Ursachen hatten.«

»Denkt sie etwa an Mord?« Kristina machte große Augen.

»Weiß ich nicht so genau. Sie sprach wortwörtlich von ›myschteriöse Todesfäll‹ und hat mich gebeten, der Sache nachzugehen.«

»Wirklich?«

»Ja. Sie ist ehrlich besorgt.«

»Und was denkst du? Es gibt keine Ermittlung, oder?«

»Na ja, das sind schon seltsame Zufälle, das gebe ich zu. Heute Nachmittag war sie bei mir und wollte, dass ich mich der Sache annehme …«

»Und wirst du das tun?«

»Äh …« Briamonte geriet ins Stottern. »Da ist etwas, was ich dir noch nicht gesagt habe …«

»Ja?«, fragte sie gedehnt, und er bemerkte sofort, dass sie sich innerlich zurückzog.

»Nichts Schlimmes«, beeilte er sich zu versichern. »Ich habe drei Monate unbezahlten Urlaub genommen …«

»Wie bitte? Wann?«

»Seit letzter Woche.« Er lehnte sich vor. »Ich hatte Angst, es dir zu sagen, weil ich fürchtete, du könntest dich genötigt fühlen, mehr Zeit mit mir zu verbringen.« Jetzt war's raus, und er lächelte schief.

»Was hat der Oberboss dazu gesagt?«

»Aber gerne doch, Herr Kriminalhauptkommissar, jederzeit und so lange sie wollen …«, flappste Briamonte mit verstellter Stimme. »Nein, im Ernst, er war stinksauer.«

»Aber er hat ihn dir genehmigt?«

»Ich habe gedroht zu gehen.«

»Oh.« Sie schwieg lange, dann fragte sie: »Hättest du's getan?«

»Ja.«

»Oh.«

Er sah sie an und spürte, dass es in ihr arbeitete, aber verdammt, er wollte sich nicht mehr verstecken. Deshalb fasste er sich ein Herz, langte über den Tisch und nahm ihre Hand: »Kristina, du weißt, dass du mir sehr viel bedeutest, und ich weiß auch, dass du noch nicht so weit bist, aber ich muss etwas ändern in meinem Leben. Ich muss zufriedener werden und ruhiger werden und ich will aufhören, mir immer über alles Gedanken zu machen. Ich werde in den drei Monaten so viel wie möglich am Haus arbeiten, mich mit meinen Ziegen anfreunden und herausfinden, ob ich weiter Polizist sein oder Schreiner lernen will. Ich würde mich wahnsinnig freuen, wenn ich dich oft sehen könnte, aber noch wahnsinniger, wenn du bereit wärst, zusammen mit mir Pläne zu machen. Ich würde nämlich sehr gerne mein künftiges Leben mit dir verbringen. So. Jetzt ist's raus.« Er verstummte, und sie sah ihn aufmerksam an. Dann lächelte sie.

»Okay.«

»Okay? Was soll das heißen?«

»Okay. Ich glaube, da wäre ich gerne dabei.« Sie drückte schüchtern seine Hand, und Briamonte fühlte sich, als würde sein Herz zerspringen.

18

Das Gespräch auf seiner Dienststelle in Waldshut-Tiengen am nächsten Morgen war schlimmer, als er befürchtet hatte.

»Was fällt Ihnen ein, mit so einer lächerlichen Sache zu kommen und uns durch die Blume zu verstehen zu geben, wir seien unfähig?!«, ätzte sein Chef wutentbrannt.

»Ich habe niemanden als unfähig bezeichnet, bei allem Respekt«, hielt Briamonte dagegen.

»Sie haben gerade eben gesagt, dass ›da möglicherweise etwas übersehen wurde‹, oder nicht?«

»Das ist korrekt, und ich bin hier, um einer guten Bekannten dieser Kunsthandlung eine Stimme zu verleihen, da sie selbst kein Gehör gefunden hat.«

»Wie können Sie es wagen?«, donnerte sein Vorgesetzter. »Sie erpressen sich drei Monate unbezahlten Urlaub und kommen dann daher, um uns zu sagen, dass wir etwas übersehen hätten?!«

»Möglicherweise übersehen ...«, präzisierte Briamonte scharf, dem gerade mächtig der Kamm schwoll. »Dann nehme ich meinen Urlaubsantrag zurück und gehe der Sache nach.«

»Wie stellen Sie sich das vor?! Wir sind hier nicht bei *Wünsch Dir was*!«, brüllte sein Chef. »Niemand wird hier irgendetwas nachgehen, aus dem einfachen Grund, dass es nichts zum Nachgehen gibt! Zwei Unfälle, kein Fremdverschulden. Punkt. Tragisch, kommt aber vor. Und jetzt verlassen Sie mein Büro!«

»Ich frage mich, wer hier was zu verbergen hat. Gut. Wie Sie wollen. Dann richten Sie sich auf eine interne Untersuchung ein. Ich werde eine offizielle Beschwerde in Freiburg einreichen und darum bitten, dass diese beiden Todesfälle untersucht werden. Einen schönen Tag noch!«

Briamonte verließ Türe schlagend das Büro, und als er aus dem Gebäude stürmte, wurde er von seinem Kollegen Schopferer abgepasst, der vor der Pforte wartete: »Kommen Sie! Lassen Sie uns beim Bäcker um die Ecke einen Kaffee trinken!«

»Sie haben auf mich gewartet?«

»Ja. Ich hab Sie gehört. Respekt!«

»Dann haben Sie ja mitgekriegt, was ich tun werde.«

»Wenn Sie meinen …«

»Sie nicht? Sie warten doch nicht ohne Grund auf mich.«

»Stimmt … aber gleich eine Dienstaufsichtsbeschwerde gegen unseren Chef?«

»Schopferer, im Ernst … Dieser Mann ist absolut ungeeignet für diesen Posten! Wir haben genug Stress in unserem Alltag, da muss uns nicht noch zusätzlich das Leben schwer gemacht werden durch einen unfähigen Vorgesetzten! Außerdem kann ich es auf den Tod nicht ausstehen, wenn etwas unter den Teppich gekehrt werden soll! Und wenn ich es richtig interpretiere, haben Sie mich abgepasst, weil Ihnen etwas aufgefallen ist, habe ich recht? Also, rücken Sie schon raus mit der Sprache.«

»Nur eine Kleinigkeit, die mir aber wichtig erscheint und Ihnen wahrscheinlich gerade gut in den Kram passen wird …«

»Nämlich?«

»Der Tod des jungen Mannes ... Der ist doch vom zweiten Stock aus hinuntergestürzt.«

»Ja?«

»Auf dem oberen Geländer wurden verschiedene Fingerabdrücke sichergestellt, aber seine nicht ...« Er machte eine bedeutungsvolle Pause. »Das bedeutet, dass er sich nicht ...«

»... vorgebeugt hat«, ergänzte Briamonte.

»Richtig. Maurer vermutet, dass er hintüber gestürzt ist, sich aber vorher nicht abgestützt hat.«

»Hatte er nicht ein Glas in der Hand?«

»Ja.«

»Da würde ich doch wild spekulieren, dass er rücklings am Geländer lehnte ...«

»Eher unwahrscheinlich. Das war zu niedrig. Der Tote war beinahe eins neunzig groß ...«

»Meinetwegen. Dann stand er mit dem Rücken zum Geländer und hat sich mit jemanden unterhalten ... Ist es das, was Sie mir sagen wollen?« Briamonte kniff die Augen zusammen »Obwohl angeblich niemand mit ihm gesprochen hat. Nicht dort oben ...«

»Genau.« Schopferer nahm seinen Kaffee entgegen und rührte ein Päckchen Zucker hinein. »Ich habe mir alle Protokolle noch einmal angesehen. Zum Zeitpunkt seines Sturzes war angeblich niemand in der Nähe ...«

»Und Sie glauben, dass jemand gelogen hat?«

»Es kann ja kaum anders sein. Wenn Jeltschs Abdrücke nicht auf dem Geländer waren, hat er sich nicht abgestützt, nicht hinuntergesehen und nicht das Gleichgewicht verloren ...«

»Sondern er hat mit dem Rücken zum Geländer gestanden und sich mit jemandem unterhalten. Womöglich kam es zu einem Streit, vielleicht zu einem Gerangel, und der junge

Mann kippte drüber …«, ergänzte Briamonte mit gerunzelten Augenbrauen, »oder er wurde gestoßen.«

»Dann wäre es Totschlag oder sogar Mord …« Schopferer rührte noch immer in seinem Kaffee. »Ich frage mich, warum Maurer die Sache mit den fehlenden Fingerabdrücken nicht nachdrücklicher verfolgt hat.«

»Haben Sie ihn gefragt?«

»Noch nicht.«

»Ist auch nicht sein Job. Das hat jemand bei uns versaut. Und der Autounfall vor einer Woche?«

»Der Mann hat einen Herzinfarkt erlitten. Das ist zweifelsfrei festgestellt worden.«

»Kann der nicht durch irgendetwas hervorgerufen werden?«

»Das weiß ich nicht, das müssten Sie den Rechtsmediziner fragen, der die Autopsie vorgenommen hat.«

»Und das Wrack des Autos? Wurde das untersucht?«

»Nein.«

»Mist! Da hat jemand einen wirklich großen Bock geschossen! Ich meine, der Lautenspiel hätte doch eine Untersuchung anordnen müssen?«

»Meiner Meinung nach schon. Und jetzt?«

»Ich habe eine Idee. Ich nehme meinen Urlaubsantrag zurück, und Sie reichen die Beschwerde gegen ihn ein. Ich sage Ihnen sogar genau, was sie denen erzählen sollen: Trotz neuer, beweiserheblicher Erkenntnisse weigert sich der Erste Kriminalhauptkommissar Hans-Peter Lautenspiel, den Tod zweier Menschen aufzuklären, was den Verdacht auf Inkompetenz und/oder Befangenheit nahelegt, weshalb eine vorgesetzte Dienstelle eine ordentliche Ermittlung in diesen beiden Fällen veranlassen muss.«

»Sie wissen schon, dass das nicht so einfach geht. Das sitzt der locker aus.«

»Nicht, wenn unser ehrenwerter Kriminalhauptkommissar Hans-Peter Lautenspiel schon eine Vorgeschichte hat.«

»Wissen Sie etwas, was ich nicht weiß?«

»Zufällig ja. Er wurde hierher strafversetzt, wegen eines Dienstvergehens.«

»Dienstvergehen? Was denn? Muss ja eine größere Sache gewesen sein.«

»Ja, war es«, erwiderte Briamonte ausweichend. »Kann ich auf Sie zählen?«

»Sie meinen wirklich, ich soll das machen?«

»Genau.«

»Wieso ich?«

»Weil ich befangen wäre, wenn ich das täte, und dann die Ermittlung nicht führen dürfte.«

Schopferer stöhnte abgrundtief.

»Heißt das, Sie machen's?«

»Ich hoffe inständig, dass ich das nicht bereuen werde!«

Nachdem sie ihren Kaffee getrunken hatten, kehrte Briamonte auf die Dienststelle zurück und nahm seinen Urlaubsantrag offiziell wieder zurück – gottlob, ohne seinen Chef noch einmal sehen zu müssen. Anschließend fuhr er mit Schopferer nach Freiburg. Er wartete im Schatten neben dem Auto, während sein Kollege die Dienstaufsichtsbeschwerde gegen seinen Vorgesetzten Lautenspiel einreichte, alle Erkenntnisse der Spurensicherung vorlegte und um eine Übertragung der Ermittlungen an Kriminalhauptkommissar Johann Briamonte ersuchte. Es dauerte knapp eineinhalb Stunden, und als sie wenig später beim Mittagessen im Kybfelsen in Günterstal saßen, bekam Briamonte den Anruf aus Freiburg mit dem offiziellen Auftrag einer Ermittlung. Unterstützung sollte er durch den Kollegen Schopferer erhalten. Feixend legte er auf.

»Perfekt! Es kann losgehen. Sind Sie bereit?«

»Ja«, erwiderte Schopferer einsilbig.

»Können Sie mir alle Unterlagen über die beiden Männer schicken, wenn Sie wieder im Büro sind?«

»Mach ich.«

»Es tut mir wirklich leid, Schopferer, dass ich Sie da hineingezogen habe, aber Sie werden mir zustimmen, dass wir es nicht verantworten könnten, wenn an der Befürchtung von Frau Kaiser etwas dran wäre und wir das schleifen ließen, oder nicht?«

»Schon.«

Briamonte betrachtete ihn aufmerksam. »Darf ich Sie fragen, was Sie bedrückt? Es ist nicht diese Sache allein, oder?«

Schopferer seufzte. »Nein … Es ist eigentlich nichts, was einen niederdrücken müsste.«

»Jetzt machen Sie mich aber neugierig!«

»Meine Frau erwartet Zwillinge …«

»Aber das ist ja fantastisch! Ich gratuliere!«

»Danke. Es ist nur … Wir haben bereits drei Kinder, und ich hatte eigentlich dafür gesorgt, dass die Familienplanung endgültig abgeschlossen ist …«

»Oh …«

»Ja. Das beschäftigt uns natürlich sehr, obwohl Kinder ja etwas ganz Wunderbares sind … Nur auf einen Schlag fünf, das ist eine Herausforderung. Zumal wir ja letztes Jahr erst gebaut haben … Für eine siebenköpfige Familie ist es aber zu klein …«

»Du meine Güte! Wenn ich gewusst hätte, welche Sorgen Sie gerade haben, hätte ich Sie nicht um diesen Gefallen gebeten. Das tut mir leid. Wenn ich Ihnen irgendwie behilflich sein kann …«

»Schon gut. Ich bin ja auch der Meinung, dass es so richtig ist … Aber wenn Sie zufällig von einem Haus hören, das sich ein Polizeibeamter mit fünf Kindern leisten kann, dann wäre ich tatsächlich dankbar.«

»Ihrer Frau geht es aber gut?«

»Ja, sie ist wirklich grandios, obwohl eine Zwillingsschwangerschaft nicht ohne ist, und die drei anderen auch alle erst zwischen eins und fünf sind.«

»Wissen Sie schon, was es wird?«

»Wieder Jungs. Dann wären es fünf …«

»Du meine Güte! Ich bewundere Ihre Frau!«

»Kommen Sie doch mal zum Kaffee, sie würde sich sicher freuen. Ich habe ihr schon von Ihnen erzählt.«

Am Nachmittag saß Briamonte schläfrig unter seinem Sonnenschirm im Garten und ließ seinen Blick nachdenklich über das Tal und die Hügel schweifen. Die Hitze wurde durch eine leichte Brise erträglicher. Er war müde, aber sicher, das Richtige zu tun. Innenausbau und Innenschau mussten jetzt warten, doch er kannte sich gut genug, um zu wissen, dass ihm eine so merkwürdige und unsaubere Geschichte keine Ruhe lassen würde. Schopferer hatte ihm alle Unterlagen gemailt. Briamonte ordnete eine Untersuchung des Jaguars an und bat den Rechtsmediziner, der Hellsteins Autopsie gemacht hatte, um einen Rückruf.

Aber zuallererst wollte er sich mit dem jungen Mann befassen, dessen Tod eindeutig ein paar Fragen aufwarf. Julian Jeltsch, neunundzwanzig Jahre alt, ledig, wohnhaft in Freiburg, St. Georgen. Er hatte eine Schwester, die ebenfalls in Freiburg wohnte und der er als Erstes einen Besuch abstatten wollte. Vielleicht könnte er dann auch gleich die Wohnung des Toten sehen, falls die noch nicht aufgelöst war. Er hatte Mühe, sich aufzuraffen, aber wenn er noch länger faul dösen würde, käme er heute gar nicht mehr los. Er rief seinen Hund, verschloss sorgfältig das Gartentor und machte sich zum zweiten Mal auf den Weg nach Freiburg.

19

Jennifer Jeltsch wohnte in einer kleinen, hübsch dekorierten Dreizimmerwohnung im Stühlinger, einem lebhaften, studentischen Stadtteil mit vielen Cafés und orientalischen Restaurants. Sie zeigte sich etwas irritiert, dass sich die Polizei einen Monat nach dem Tod ihres Bruders für die Umstände des Unfalls interessierte.

»Es sind noch einige Fragen zu klären, bevor der Fall abgeschlossen werden kann.«

»Fragen?« Die junge Frau bat Briamonte und seinen Hund – »Darf er auch mit rein?« – auf den Balkon, wo sie sich eine Zigarette anzündete.

»Sie auch?«

»Nein danke, ich rauche nicht. Frau Jeltsch, als Sie von den Umständen erfuhren, unter denen Ihr Bruder zu Tode kam, waren Sie sehr überrascht?«

»Ich war schockiert, natürlich. Er war mein Bruder, aber … wenn ich ganz ehrlich bin, habe ich eigentlich immer befürchtet, dass er nicht an Altersschwäche sterben wird.«

»Wie meinen Sie das? Was war Ihr Bruder für ein Mensch?«

Sie schnippte die Asche in einen umfunktionierten Unterteller und holte tief Luft. »Mein Bruder war ein Widerspruchsgeist. Einer, der sich nie unterordnen konnte und wollte. Schon als kleiner Junge ist er ständig angeeckt. Als Jugendlicher hat er früh angefangen, Ärger zu machen – Schulschwänzen, Alkohol, Drogen, Fahren ohne Führerschein, üble Freunde – das volle Programm. Das Abi hat er

82

mit Ach und Krach noch hingekriegt, aber er war ständig in Schwierigkeiten. Unsere Mutter ist fast durchgedreht.«

»Und Ihr Vater?«

»Der ist viel unterwegs gewesen. Er war Fernfahrer. Immer wenn er heimgekommen ist, hat er Julian den Hintern versohlt, aber es hat nichts gebracht.«

»Und was ist dann passiert? Eine Lehre als Restaurator, noch dazu bei Hellstein & Oehring, ist ja nicht nichts. Wie kam es dazu, dass er sich geändert hat?«

»Er hat sich nicht groß geändert. Er ist mit Anfang zwanzig spontan und vollkommen unvorbereitet auf eine Weltreise aufgebrochen … mit seiner damaligen Freundin. Fünf Jahre lang hat er nur sporadisch etwas von sich hören lassen, ist nicht einmal zur Beerdigung unseres Vaters gekommen. Irgendwann hat er dann plötzlich vor der Tür gestanden. Was er in diesen fünf Jahren gemacht hat und wo er überall gewesen ist, hat er uns nie erzählt. Auch nicht, was seine damalige Freundin jetzt machte. Aber er schien nach seiner Rückkehr ruhiger zu sein, reifer. Er hatte sich in den Kopf gesetzt, Künstler zu werden und in Basel zu studieren. Aber da er dafür zuerst eine Ausbildung brauchte, hat er sich bei Hellstein & Oehring beworben und die Stelle bekommen. Mehr weiß ich nicht.«

Interessanter Werdegang, dachte Briamonte. »Wissen Sie, ob er dort zufrieden war? Und ob seine … äh Lehrherren mit ihm zufrieden waren?«

»Ich nehme mal an, ja. Sonst wäre er nicht bis ins dritte Lehrjahr gekommen, oder nicht? Aber wie die mit ihm klargekommen sind, weiß ich nicht. Ein umgänglicher Zeitgenosse war er auch nach seiner Rückkehr nicht. Ich hatte nicht viel Kontakt mit ihm. Darf ich Ihnen ein Wasser anbieten? Und dem Hund?«

»Sehr gerne, danke.«

Bis sie wiederkam, blickte er auf die Häuser rundherum. Im Innenhof quietschten und lachten Kinder, die eine Wasserschlacht machten. Am Himmel brummte ein Propellerflugzeug. Als Frau Jeltsch mit dem Wasser zurückkam, fragte er: »Halten Sie es für denkbar, dass Ihr Bruder Feinde hatte?«

»Ob er Feinde hatte?« Sie machte große Augen. »Stimmt etwas nicht? Gibt es etwas, was Sie mir nicht sagen wollen?«

»Ich versichere Ihnen, dass ich Ihnen nichts verheimlichen will. Bei jedem Unfall mit Todesfolge werden routinemäßig gewisse Fragen gestellt, um alle eventuellen Unklarheiten auszuräumen. Nichts, worüber Sie sich Gedanken machen müssen.«

»Ich kannte meinen Bruder nicht besonders gut, aber ich kann mir vorstellen, dass er durch seinen Drogenkonsum zwangsläufig mit gewissen Menschen zu tun hatte … aber Feinde? Keine Ahnung.«

»Wissen Sie zufällig, welche Art Drogen er genommen hat?«

»Aktuell natürlich nicht, aber gekifft hat er, seit er zwölf war, und irgendwelche Pillen hatte immer in der Tasche.«

»Wo er seinen Nachschub herbekam, wissen Sie nicht zufällig?«

»Doch. Vorne. Stühlinger Kirchplatz. Meistens.«

Briamonte nickte. »Hatte Ihr Bruder ein Handy? Er trug keins bei sich.«

»Nein, hatte er nicht. Er war überzeugt, dass die Strahlung schädlich sei.«

»Aha. Und wie stand er zu all den anderen Errungenschaften der heutigen Zeit? Internet und soziale Medien?«

»Er hatte keinen Computer und hat all diese Errungenschaften als – ich zitiere – ›manipulierendes Instrumentarium zur systematischen Volksverdummung‹ abgelehnt.« Sie hob wie entschuldigend die Schultern.

»Interessante Weltsicht.« Dass er Jeltschs Ansichten gar nicht so abwegig fand, zumindest nicht, wenn es um den großen Einfluss bestimmter Social-Media-Kanäle auf Kinder und Jugendliche ging, ließ er unerwähnt. »Sagen Sie, gibt es die Wohnung Ihres Bruders noch?«

»Ja.«

»Darf ich mich dort einmal umsehen?«

»Sicher, ich hab einen Schlüssel. Wir können gleich los, wenn Sie wollen.«

Briamonte betrachtete sie verstohlen, während sie ihre Zigarette ausdrückte. Sie sah aus, als hätte sie es nicht immer leicht gehabt im Leben. Laut seinen Unterlagen war sie achtundzwanzig, wirkte aber älter. Dünn, braun gebrannt, schlecht blondiert, großflächig tätowiert und mit künstlichen knallroten Fingernägeln. Aber unter ihrer verwegenen Schale schien sie ein kluger, reflektierter und aufmerksamer Mensch zu sein.

»Wollen wir? Haben Sie ein Auto?«

»Er wollte schon als Kind JJ genannt werden«, erzählte sie Briamonte zehn Minuten später, als sie die Tür zu der kleinen Souterrainwohnung öffnete und sich dann zum Gehen wandte. »Ich warte lieber draußen.«

Terpentin war das Erste, was Briamonte in den Sinn kam, als er die Tür öffnete. In der seit Wochen nicht gelüfteten Wohnung roch es deutlich nach Lösungsmitteln. Jeltsch wollte Künstler sein. Oder werden. Briamonte sah sich um. Die typische Wohnung eines nicht allzu ordentlichen Junggesellen. Stapel von ungespültem Geschirr in der Spüle der Miniküche, Dutzende leere Flaschen und Bierdosen, die aus einer umgefallenen blauen Ikea-Tasche quollen, und ein von Myriaden kleiner Fruchtfliegen besetzter Mülleimer, der mit leeren Pizzakartons vollgestopft war. Aber über all dem Mief stach das Lösungsmittel heraus, obwohl er den Ursprung nicht fand. Keine Dose, kein Glas, keine Flasche. Briamonte sah sich in dem kleinen Wohnschlafzimmer um. Überall lagen Kleidungsstücke herum, aber nichts wies darauf hin, dass der junge Mann künstlerische Ambitionen verfolgt hätte. Keine Bilder und Fotos an den Wänden, keine Farben, keine Pinsel, keine Staffelei oder sonstiges Material, das man als angehender Künstler benötigte. Nur ein alter Diaprojektor stand auf dem Boden neben der Bettcouch – mit leeren Diarahmen. Auf dem Couchtisch lag eine alte Minolta neben leeren Bierdosen, einem übervollen Aschenbecher, einem angebrochenen Päckchen Tabak, Blättchen, zwei Feuerzeugen und einem kleinen, in zerknüllte Alufolie verpackten Päckchen. Die kleine Nasszelle brachte auch keine neuen Erkenntnisse. Nur Duschgel, ein Rasierapparat und ein Kamm. Briamonte warf noch einen Blick in den Papierkorb, aber der war leer. Hm. Er richtete sich wieder auf und blickte sich um. Die Wohnung eines nicht allzu ordentlichen Menschen, der tatsächlich ohne Computer und ohne Handy ausgekommen war.

Nichts Ungewöhnliches, hätte es nicht so deutlich nach Lösungsmittel gerochen. Briamonte öffnete den Kleiderschrank. Zwei Jeans, jede Menge verwaschene T-Shirts, zwei Wollpullover und eine Daunenjacke – wahllos in die Fächer geknüllt. Irgendetwas stimmte nicht, aber er konnte nicht sagen, was. Ein ziemlicher Saustall, aber bei einem Mann wie Jeltsch eher zu erwarten. Dennoch machte ihn etwas stutzig. Briamonte griff zum Telefon: »Schopferer, würden Sie bitte die Spurensicherung in Jeltschs Wohnung schicken?«

»Mach ich. Haben Sie etwas entdeckt?«

»Eine alte Kamera, liegt auf dem Couchtisch. Maurer soll sich mal ansehen, ob noch ein Film drin ist. Aber irgendetwas ist faul.«

»Wieso? Was denn?«

»Es riecht ganz deutlich nach Terpentin, aber ich weiß nicht, wieso.«

»Er ist doch Restaurator. Vielleicht hat er Aufträge mit nach Hause genommen?«

»Kann ich mir schlecht vorstellen, da wären die beiden Herren sicher auf die Barrikaden gegangen. Die Wohnung ist ein ziemlicher Saustall …«

»Okay … Ich werde Maurer Bescheid geben.«

»Ach, und, Schopferer … die Kleidung des Toten, hat die sich jemand angeschaut?«

»Vermutlich schon, warum?«

»Ich würde gerne wissen, woher Herr Jeltsch den Anzug hatte, den er an dem Abend getragen hat. Er war nicht wirklich der Typ dafür.«

Draußen war die Hitze wie eine Wand, trotz der vorgerückten Stunde. Hier unten in Freiburg war es deutlich heißer als oben in Menzenschwand. Jennifer Jeltsch saß auf den Treppenstufen im Schatten und rauchte, sein Hund lag hechelnd zu ihren Füßen.

»Wissen Sie, ob Ihr Bruder manchmal Arbeit mit nach Hause gebracht hat?«

»Von Hellstein & Oehring? Keine Ahnung. Wie ich schon sagte, ich weiß so gut wie nichts über meinen Bruder.«

»Kennen Sie seine Wohnung?«

»Ich war nur einmal kurz drin, als er eingezogen ist.«

»Er hat nichts da, womit er malen könnte. Sagten Sie nicht, er war Künstler oder wollte es werden?«

»Er hat das gesagt. Ich habe keine Ahnung, tut mir leid. Mein Bruder war ein Energieräuber – ein Mensch, der einen viel Kraft gekostet hat, wenn Sie verstehen, was ich meine. Seine kruden Ansichten, die er jedem mit Vehemenz aufdrücken wollte, und seine Unfähigkeit, andere Meinungen anzuerkennen, waren ziemlich anstrengend. Ich habe meinen Kontakt auf das Nötigste beschränkt.«

»Wer kümmert sich um die Wohnung und seine Sachen?«

»Meine Mutter bezahlte die Miete, und ich habe mich überreden lassen, die Wohnung aufzulösen, wenn sie so weit ist. Deshalb habe ich den Schlüssel. Was passiert jetzt weiter?«

»Die Spurensicherung kommt und sieht sich seine Wohnung an.«

»Er war doch nicht in irgendetwas Illegales verstrickt?«

»Ich fahre Sie jetzt nach Hause und werde Sie informieren, wenn sich etwas Neues ergeben sollte, in Ordnung?«

Nachdem er Jeltschs Schwester nach Hause gebracht hatte, war er noch einmal zurückgekommen und hatte bei den Nachbarn geklingelt. Niemand hatte näheren Kontakt zu Julian Jeltsch gehabt, vielleicht auch, weil in dem Haus ausschließlich Familien lebten und es keine Gemeinsamkeiten gab. Keiner wusste, wo er arbeitete und von was er lebte, und alle waren beschämt, auf diese Weise von seinem Tod zu erfahren, da ihn niemand vermisst hatte. Traurige Figur, dieser Julian Jeltsch.

Auf seinem Rückweg von St. Georgen machte Briamonte einen spontanen Umweg über den Lorettoberg, um im Schlosscafé zu Abend zu essen. Zwanzig Jahre war er nicht mehr hier gewesen, und nun stellte er fest, dass sich kaum etwas geändert hatte. Während seiner vier Semester Jura in Freiburg war er häufig hier oben gewesen. Fühlte sich seltsam an. Kurz nach acht fuhr Briamonte wieder nach Menzenschwand zurück. Sein Hund hielt den Kopf aus dem Beifahrerfester gestreckt und ließ die Ohren im Wind flattern.

Morgen früh musste er der Kunsthandlung einen Besuch abstatten, vielleicht würde er da den Grund für den Lösemittelgeruch in Jeltschs Wohnung finden. Dumm, dass Jeltschs Tod so schnell als Unfall zu den Akten gelegt worden war. Warum war der Papierkorb leer, obwohl Jeltsch offensichtlich kein Putzfanatiker gewesen war? Der Müll war längst abgeholt. Keine Chance mehr herauszufinden, warum der Papierkorb leer war, während der restliche Müll in Ruhe vor sich hin gammelte. Nun ja, nix mehr zu machen. Oben auf dem Schauinsland, in Höhe des Halde-Hotels, hielt er kurz an, um den Hund rauszulassen, die hereinbrechende Nacht über dem Rheintal zu betrachten und Elisabeth Kaiser darüber zu informieren, dass er sich ab sofort persönlich um die Todesfälle der Kunsthandlung Hellstein & Oehring kümmerte.

»Johann, bisch en Schatz!«

20

Am nächsten Morgen lieferte er seinen Hund bei seiner Mutter ab und stand kurz vor zehn auf der gegenüberliegenden Straßenseite der Kunsthandlung Hellstein & Oehring. Als die Turmuhr des Münsters zehn Uhr schlug, kam Martin Oehring um die Ecke und schloss die Tür auf.

»Guten Morgen, Herr Oehring!« Zuckte der gerade zusammen? Nein, er hatte sich sicher geirrt, denn Oehring drehte sich um und schenkte ihm ein strahlendes Lächeln. »Ah! Guten Morgen, Herr …«

»Briamonte.«

»Ja, natürlich! Klangvoller Name. Ich erinnere mich. Kommen Sie herein. Sie wollen doch sicher zu mir?«

Er schaltete die Alarmanlage aus und verschwand hinter

einem Samtvorhang. Briamonte hörte das Mahlwerk einer Kaffeemaschine und dann leise klassische Musik. »Trinken Sie einen Kaffee?«, rief Oehring hinter dem Vorhang.

»Sehr gerne. Espresso, wenn's geht …« Er sah sich um. Gediegener Laden, kein Zweifel. Schwer vorstellbar, dass ein sperriger Zeitgenosse wie Julian Jeltsch ein Mitarbeiter so einer noblen Kunsthandlung gewesen war. Oehring kam hinter dem Vorhang hervor, in der Hand zwei filigrane Tässchen. »Zucker?«

»Gerne.« Briamonte rührte seinen Espresso um und betrachtete in aller Ruhe die Galerie und den tatsächlich nicht ganz so entspannten Martin Oehring, der Schweigen anscheinend schlecht ertrug.

»Sie sind doch sicher nicht wegen des Kaffees gekommen? Kann ich etwas für Sie tun?«

»Ja, das können Sie sicher … Ich war gestern in Herrn Jeltschs Wohnung und habe mich ein wenig gewundert …«

»Gewundert? Über was denn?«

»Über den Umstand, dass ein so … sagen wir mal eigenwilliger und nicht sehr ordentlicher junger Mann bei Ihnen angestellt war. Ich dachte immer, dass Restauratoren einen gewissen Hang zur Sorgfalt haben sollten?«

Oehring lachte gezwungen: »Na ja, Herr Jeltsch war in der Tat ein Original. Darüber haben wir ja bereits gesprochen. Was soll ich sagen …«

»Was mich ebenfalls verwundert hat, ist der penetrante Geruch nach Lösungsmittel in seiner Wohnung, obwohl nichts auf eine künstlerische Tätigkeit hinweist. Hat Herr Jeltsch denn auch Aufträge mit nach Hause genommen?«

»Um Himmels willen, nein! Wir haben eine Werkstatt im Hinterhaus, in der wir alle Arbeiten ausführen. Niemand nimmt etwas mit nach Hause.«

»Haben Sie weitere Angestellte?«

»Wir haben noch einen Restaurator, Herr Hildebrand, der auch unsere Auszubildenden ausbildet.«

»Haben Sie mehrere?«

»Früher ja, aktuell ist Herr Jeltsch der Einzige. War …«

»Ist Herr Hildebrand jetzt da?«

»Sicher. Wollen Sie ihn sprechen?«

»Ja, nachher … Ich wollte wissen, wie die Geschäfte hier weitergehen, wo Herr Hellstein doch einundfünfzig Prozent gehalten hat? Ist seine Frau die Erbin?«

»Das weiß ich noch nicht. Frau Hellstein sagte mir kürzlich, dass Claas … ich meine Herr Hellstein vorhatte, die Geschäfte nach der Herbstauktion an mich abzugeben.«

»Heißt das, dass er sich hätte auszahlen lassen, oder wie darf ich mir das vorstellen?«

»Das kann ich nur vermuten. Genaues weiß ich nicht, denn wie schon gesagt … das hat mir seine Frau erzählt.«

»Haben Sie so viel Kapital, um so eine Übernahme zu bewältigen, wenn ich das so indiskret fragen darf?«

»Selbstverständlich!«

Briamonte stellte das Tässchen auf dem Tresen ab. »Was ich auch noch fragen wollte … Sie haben an dem Unglücksabend ausgesagt, dass Sie Herrn Jeltsch geraten haben, nach Hause zu gehen, weil er betrunken gewesen wäre …«

»Kompliment! Das wissen Sie noch, ohne in irgendwelchen Notizen nachzusehen?«, fiel ihm Oehring ins Wort.

»Und Sie sind ganz sicher, dass Sie ihn danach nicht mehr gesehen haben? Sie wussten also nicht, dass er nicht gegangen war?«, fuhr Briamonte ungerührt fort, während er Oehring unverwandt ansah, was sein Gegenüber merklich verunsicherte.

»Nein. Das heißt, ja. Ich habe ihn nicht mehr gesehen. Und nein, ich wusste nicht, dass er nicht gegangen war. Es waren über hundert Gäste da, an dem Abend … Sie verstehen.«

»Gut.« Briamonte spürte Martin Oehrings Unbehagen, ließ es aber vorerst dabei bewenden. Er würde schon herausfinden, was an dem Abend wirklich geschehen war. »Jetzt würde ich gerne mit Herrn Hildebrand sprechen.«

»Sicher. Kommen Sie mit.«

Sie überquerten einen kopfsteingepflasterten Innenhof und betraten die Werkstatt, wo ein älterer Mann vor einer Staffelei saß und ein Damenporträt von jahrzehntealter Patina befreite.

»Sie dürfen mich alleine lassen«, sagte Briamonte. »Ich schaue nachher noch einmal vorbei.«

Oehring entfernte sich, und Briamonte wandte sich dem Restaurator zu, der ohne aufzusehen weitergearbeitet hatte.

»Guten Morgen, Herr Hildebrand. Mein Name ist Briamonte. Kriminalhauptkommissar Briamonte. Ich hätte ein paar Fragen an Sie.«

Der Mann hatte bei dem Wort Kriminalhauptkommissar aufgesehen, legte ein großes Wattestäbchen weg und nahm den Mundschutz ab.

»Was wollen Sie wissen?«

»In dieser Kunsthandlung hat es in kurzem Abstand zwei tragische Unfälle gegeben …«

Herr Hildebrand schnaubte kaum merklich, und Briamonte sah ihn prüfend an: »Sie sind nicht einverstanden, mit dem Begriff Unfälle?«

»Hm …«

»Haben Sie Anlass zu glauben, dass dem nicht so gewesen ist?«

»Ich war nicht dabei …«, erwiderte der Restaurator ausweichend.

»Aber Sie glauben nicht daran, dass Herr Hellstein, bleiben wir mal bei dem, einen Unfall hatte? Darf ich fragen, warum? Gibt es jemanden, der Ihrem Chef Böses wollte?«

»Wenn Sie so fragen, klingt das komisch.«

»Wie sollte ich Ihrer Meinung nach fragen?«

»Ich weiß es doch auch nicht. Sie sind der Polizist.«

Briamonte betrachtete den Mann, der aussah, als hätte er sein ganzes Leben zwischen staubigen alten Kunstwerken, Farben, Pinseln und Terpentin verbracht. Altmodisch und aufrecht.

»Dann frage ich anders. Wer war denn traurig, als er von Herrn Hellsteins Tod erfahren hat?«

»Ich. Und sicher seine Frau.«

Das war interessant.

»Herr Oehring nicht?«

»Keine Ahnung. Er wirkt jedenfalls nicht so.«

»Sie mochten Herrn Hellstein?«

»Jeder mochte ihn.«

»Kannten Sie sich auch privat?«

»Das nicht, nein.«

»Haben Sie je mitbekommen, dass sich die beiden Geschäftspartner uneins waren oder gar Streit hatten?«

»Nein.«

»Herr Hellstein war fünfundsechzig. Wissen Sie zufällig, ob er vorhatte, in den Ruhestand zu gehen, und wie er seine Nachfolge regeln wollte?«

»Darüber hat er nicht gesprochen.«

»Denken Sie, dass er die Geschäfte an Herrn Oehring übergeben wollte?«

»Möglich.«

»Arbeiten Sie schon lange hier?«

»Ich habe hier gelernt. Bald sind es fünfzig Jahre.«

»Das heißt, dass Sie auch bald in den Ruhestand gehen?«

»Ja.«

»Arbeiten Sie gerne hier?«

»Schon.«

»Wer hat Ihnen die Arbeitsaufträge erteilt? Herr Hellstein oder Herr Oehring?«

»Herr Hellstein. Oehring ist eher der Verkäufer.«

»Ich werde den Eindruck nicht los, dass Sie Herrn Oehring nicht mögen. Warum eigentlich?«

Der Mann zuckte die Schultern.

»Tun Sie sich keinen Zwang an. Nichts von dem, was Sie sagen, verlässt diesen Raum.«

»Er ist ein aalglatter Schwätzer.«

»Deswegen mögen Sie ihn nicht?«

»Reicht das nicht?«

»Und Herr Jeltsch? Mochten Sie den auch nicht?«

»Geht so.«

»Ich habe gehört, dass er sehr begabt gewesen sei …«

»Das stimmt.«

»Hat er sich deshalb so viel herausnehmen können?«

»Vermutlich.«

»Hätten Sie ihm das durchgehen lassen?«

»Sicher nicht.«

»Konnten Sie gut mit ihm arbeiten?«

»Ja. Schon.«

»Was ist Ihnen durch den Kopf gegangen, als Sie von seinem Unfall hörten?«

»Er hatte erst kürzlich einen Bandscheibenvorfall. Vermutlich hat er sich vornübergebeugt, und es hat gekracht?«

»Tatsächlich? Das haben Sie gedacht?«

»Schon. Ja. Warum hätte er sonst über ein Geländer stürzen sollen?«

Briamonte registrierte genau die Schwingungen, die der Mann aussandte. Es herrschte wohl nicht gerade das allerbeste Arbeitsklima bei Hellstein & Oehring, was ihn nicht wunderte, wenn der Angestellte einen der beiden Inhaber als ›aalglatten Schwätzer‹ bezeichnete.

»Hat Herr Jeltsch manchmal von seinen Ambitionen als Künstler gesprochen?«

»Wir haben nie über private Dinge gesprochen.«

»Hat er Aufträge mit nach Hause genommen?«

»Nein!«

»Sicher?«

»Ganz sicher. Wobei …« Er verstummte.

»Wobei …? Ist Ihnen in den letzten Wochen vor Herrn Jeltschs Tod etwas aufgefallen? Was auch immer? Das wäre wirklich hilfreich, denn ich gestehe ehrlich, dass ich mich mit den beiden Todesfällen etwas schwertue …«

Herr Hildebrand sah erst auf seine Hände, dann blickte er Briamonte direkt in die Augen: »Ich will niemanden verleumden oder etwas Schlechtes über einen Toten sagen …«

»Sie sprechen von Herrn Jeltsch?«

»Ja.«

»Herr Hildebrand, wenn Ihnen etwas aufgefallen ist, was mir helfen könnte, die Umstände von Herrn Jeltschs Tod besser zu verstehen, würde ich das gerne wissen.«

»Ich hatte den Verdacht, dass er Sachen aus der Werkstatt hat mitgehen lassen.«

»Was denn?«

»Leinwände, Pinsel, Farben und Lösungsmittel …«

»Um was damit zu tun?«

»Nun ja, wenn er Künstler war, hat er das vielleicht gebraucht. Das Material ist teuer …«

»Haben Sie Ihren Verdacht jemandem mitgeteilt?«

»Ja, Herrn Oehring.«

»Und was hat der dazu gesagt?«

»Nicht viel. Er wollte, dass ich eine Zusammenstellung der Dinge mache, die angeblich fehlen.«

»Sagte er tatsächlich ›angeblich‹?«

»Ja. Als ob er mir nicht glauben würde.«

»Und, haben Sie?«

»Nein. Das wäre viel Aufwand gewesen. Wir führen nicht exakt Buch über das Material, das wir brauchen. Und wo er mir sowieso nicht glaubte … War's das? Ich sollte weitermachen …«

»Ja, danke.«

Briamonte blickte sich um. Die alten Backsteinmauern und die satteldachförmigen Oberlichter aus Eisenstreben und schmutzigem Glas würden ein stylishes Loft hergeben. Allein das Gebäude und das Hinterhaus mit großzügigem Innenhof waren sicher ein Vermögen wert. Er kramte eine alte Quittung aus der Tasche, nahm sich einen Bleistift, der auf dem Arbeitstisch lag, und notierte seine Telefonnummer: »Für den Fall, dass Ihnen noch etwas einfallen sollte.«

Zurück im Laden beobachtete Briamonte den Mann, der schon zum zweiten Mal als ›aalglatter Schwätzer‹ charakterisiert worden war. Das joviale Lächeln verschwand in dem Moment, als er die Tür hinter einem Kunden schloss.

»Herr Oehring, eine Frage hätte ich noch …« Sofort war es wieder da.

»Bitte, fragen Sie.«

»Herr Hildebrand hat den Verdacht geäußert, dass Herr Jeltsch Material aus der Werkstatt entwendet hat.«

»Hat er das?« Die Frage gefiel ihm sichtlich nicht. »Ich fürchte, Herr Hildebrand hat die Dinge nicht mehr ganz so im Blick, wenn Sie wissen, was ich meine …«

»Nein, das weiß ich nicht.«

»Nun, er arbeitet den ganzen Tag mit Lösungsmitteln. Sie verstehen, trotz Atemschutz und so weiter …«

»Wollen Sie damit andeuten, dass er vergesslich wird?«

Jetzt setzte er ein bekümmertes Gesicht auf, und Briamonte beobachtete interessiert, wie geschmeidig Martin

Oehring den Verdacht aufkommen ließ, sein Restaurator wüsste nicht mehr so genau, was in seiner Werkstatt vorging.

»Oh, Gott bewahre! Ich will gar nichts andeuten!«

»Das heißt, das nichts fehlt?«

»Natürlich fehlt nichts!«

»Woher wissen Sie das so genau? Herr Hildebrand hat mir erklärt, dass nicht exakt darüber Buch geführt wird, welches Material für welchen Auftrag verbraucht wird.«

Martin Oehring widersprach empört. »Das ist nicht ganz richtig. Selbstverständlich führen wir Buch über unsere Bestände. Die Kunsthandlung besteht nicht umsonst seit 1920.«

»Das heißt, Sie sind sicher, dass Julian Jeltsch kein Material mit nach Hause genommen hat?«

»Ganz sicher!«

Briamonte war überzeugt, dass er log.

»Herr Hildebrand erzählte auch, dass Herr Jeltsch einen schweren Bandscheibenvorfall hatte und vor seinem Unfall mehrere Wochen krankgeschrieben war. Das haben Sie nicht erwähnt …«

»Äh …« Jetzt geriet der Kunsthändler kurz ins Schlingern »Hatte ich nicht? Na ja, das habe ich dann wohl vergessen.«

»Herr Hildebrand meinte, dass das möglicherweise zu Herrn Jeltschs Sturz über das Geländer geführt haben könnte. Er beugt sich vornüber und zack …« Briamonte sah ihm direkt in die Augen, und Oehring wand sich wie ein Wurm: »Wenn Sie meinen …«

»Ich meine gar nichts. Aber Sie bleiben dabei, dass Herr Jeltsch nichts aus der Werkstatt mitgenommen hat?«

»Das hat er ganz sicher nicht.«

»Nun, dann wünsche ich Ihnen einen schönen Tag!«

»Ist die Sache also erledigt?«

»Wenn Sie glauben, dass Herrn Jeltschs Tod hiermit aufgeklärt ist, muss ich Sie enttäuschen. Einen schönen Tag noch, und danke für den Espresso!«

Als Briamonte aus der Tür war, war Oehring kurz vor einem Schwächeanfall. Großer Gott! Die Polizei! So wie diese verrückte Person es prophezeit hatte! Ob sie dafür verantwortlich war? Aber er hatte ihr doch gar nichts getan! Großer Gott! Der Polizist hatte mit dem alten Hildebrand gesprochen. Was hatte der ihm erzählt? Dass Material aus der Werkstatt verschwunden war? Zum Glück konnte er es nicht nachweisen, aber spätestens bei der Inventur zum Jahresende würde zumindest auffallen, dass das Stillleben fehlte. Er musste unbedingt einen fiktiven Verkauf generieren! Verdammt! Daran hatte er gar nicht gedacht! Am Samstag dann, wenn die Werkstatt nicht besetzt war. So ein Mist! Was jetzt? Hatte ihn doch jemand mit Jeltsch oben an der Treppe gesehen? Oehring lockerte panisch den Krawattenknoten und versuchte, kontrolliert und ruhig zu atmen. Er durfte jetzt nicht die Nerven verlieren. Jeltschs »Unfall« war über einen Monat her. Wenn die Polizei Zweifel an seinem Tod gehabt hätte, würden sie nicht jetzt erst auftauchen. Oder? Wahrscheinlich mussten sie den wilden Spekulationen dieser Verrückten nachgehen. Wie hatte sie es formuliert? Mysteriöse Todesfälle. Gut war immerhin, dass Hildebrand von Jeltschs Bandscheibenvorfall erzählt hat. Somit gab es doch eine plausible Erklärung dafür, dass der Azubi über das Geländer gefallen war. Oder nicht? Verflucht noch mal! Jetzt hatte er sich wirklich in Sicherheit gewähnt und nun das! Und das Bild hing in Magda Hellsteins Arbeitszimmer, der einzige und ultimative Hinweis auf seine Schuld! Solange es existierte, konnten sie ihm immer noch auf die Schliche kommen. Wobei. Hellsteins Tod war ein Unfall aufgrund eines Herzinfarkts gewesen, und Jeltschs Tod könnte ihm nie jemand nachweisen, wenn sie keiner beobachtet hatte. Und das war ja offenbar nicht der Fall, sonst wäre die Polizei schon früher da gewesen. Nur das Bild konnte ihm noch schaden, und die Aussage dieser Frau Berner. Gottlob war sie an dem besagten Abend nicht da gewesen. Nicht auszudenken, wenn sie Papes Prahlereien mitbekommen hätte! Dann wäre er gleich erledigt gewesen. Aber er hatte ja nicht ahnen können, dass dieser Kusnezow das Bild gleich weiterverkaufen würde! Geldgieriger Sauhund! Was hatte er ihm in den Ohren gelegen, wegen seltener Werke! Alles nur Geschwafel! Kunstverstand?! Hätte er sich denken müssen, dass diesem unangenehmen Proleten der schnöde Mammon wichtiger war als ein seltenes, bisher unbekanntes Kunstwerk! Hätte er dieses unselige Bild nur nie gesehen! Aber dafür war es zu spät. Er steckte in Schwierigkeiten. Zwar nicht akut, aber er spürte, wie sich das Unheil am Horizont zusammenbraute. Immerhin war Jeltschs Wohnung sauber. Aus der Richtung hatte er nichts zu befürchten. Er hatte sich persönlich davon überzeugt, dass alle Spuren beseitigt waren. Keine Fotoabzüge, keine Dias. Das übrige Material aus der Werkstatt hatte er höchstpersönlich wieder zurückgebracht. Aber die Kopie selbst! So einen irren Zufall konnte es doch gar nicht geben, und doch hing die Kopie in Magda Hellsteins Arbeitszimmer. Er musste das Bild um jeden Preis in seinen Besitz bringen und dann vernichten! Ohne Kopie gab es keine Verbindung. Aber wie? Magda würde es nicht hergeben. Da war er beinahe sicher. War es doch eine Erinnerung an das letzte schöne Wochenende, das sie mit ihrem Mann verbracht hatte. Oehring trank ein Glas Wasser. Aber was, wenn nicht? Wenn sie das Bild gerade deswegen hergeben wollte? Er sollte zumindest einen Versuch wagen. Wenn er unter einem Vorwand ihr Arbeitszimmer sehen könnte, das Bild »entdecken« und ihr einen guten

Preis bieten würde? Die Villa war noch nicht abbezahlt, wie er wusste. Vielleicht war ihr eine finanzielle Entlastung gar nicht so unrecht? Er könnte ihr eins Komma zwei Millionen Euro bieten. Dann wäre das Geld zwar futsch, aber er hätte seinen Hals gerettet. In dem Augenblick schreckte ihn die Türglocke aus seinen angsterfüllten Gedanken.

Kriminalhauptkommissar Briamonte, schon wieder! Oehring setzte rasch sein gewinnendstes Lächeln auf und versuchte möglichst unauffällig, den Krawattenknoten wieder festzuziehen. »Haben Sie etwas vergessen?«, rief er munter.

Briamonte blickte sich flüchtig um und betrachtete einen Moment lang sein aufgelöstes Gegenüber. »Ich dachte, ich hätte meinen Autoschlüssel liegen lassen, aber da ist er schon … Einen schönen Tag noch. Auf Wiedersehen.«

Briamonte hatte gesehen, was er wollte. Einen nervösen Geschäftsinhaber, der offensichtlich einen Grund hatte, angespannt zu sein. Er lächelte böse. Seine ›Columbo-Methode‹, immer noch einmal hereinzuschneien, wenn die befragten Leute sich wieder sicher wähnten, hatte auch diesmal ihre Wirkung nicht verfehlt. Unschuldige Menschen sahen anders aus. Jetzt musste er nur noch herausfinden, was den smarten Herrn Oehring so beunruhigte.

Briamonte genehmigte sich eine Münsterwurst mit viel Zwiebeln, ehe er sich wieder auf den Heimweg machte. Schade, dass Kristina zu ihrer Mutter gefahren war. Es wäre schön gewesen, mit ihr über den Münstermarkt zu bummeln und anschließend essen zu gehen. Aber das lag ja alles noch vor ihnen. Das erwartungsfrohe Kribbeln war ein ganz neues Gefühl. Seine inneren Schutzwälle wackelten, kein Zweifel. Darauf, dass das mit Kristina und ihm – dem verschlossenen Mann mit dem unverarbeiteten Kindheitstrauma – neben

Freude auch massive Ängste auslösen könnte, war er vorbereitet, aber er spürte gleichzeitig, dass er auf dem richtigen Weg war. Als er beim Käsekuchenstand in der Schlange wartete, klingelte sein Telefon. Michael Maurer von der Spurensicherung.

»Wir haben den Ursprung des Lösemittelgeruchs gefunden … Sie hatten recht.«

»Wirklich? Wo? Was?« Briamonte scherte aus der Reihe aus, um ungestört telefonieren zu können.

»Im Küchenabfluss haben wir jede Menge Ölfarbreste gefunden. Heruntergespült mit literweise Terpentin. Muss unmittelbar vor seinem Tod gewesen sein.«

»Ach!«

»Pinselborsten inklusive … Wenn Sie den Pinsel dazu finden, können wir sie zuordnen.«

»Das ist interessant!« Briamonte war elektrisiert.

»Und es kommt noch besser … Im Papierkorb haben wir einen winzigen Papierschnipsel gefunden. Im Weidengeflecht festgeklemmt. Fotopapier. Man kann noch einen halben Millimeter Farbe sehen. Königsblau, würde ich sagen.«

»Denken Sie, dass das für einen richterlichen Durchsuchungsbeschluss einer Werkstatt reicht?«

»Auf jeden Fall.«

»Maurer, Sie sind ein Genie! Danke!«

Briamonte ließ das Telefon sinken. Jeltsch hatte doch Material mit nach Hause genommen, und der alte Hildebrand hatte sich nicht geirrt. Und da sich nirgendwo die Ergebnisse einer künstlerischen Tätigkeit finden ließen, konnte das nur bedeuten, dass Jeltsch Aufträge zu Hause erledigt hatte. Für Hellstein? Der Restaurator hatte ausgesagt, dass er seine Aufträge von Hellstein erhalten hatte. Nur war der jetzt tot. Briamonte wählte Schopferers Nummer.

»Schopferer, wir haben einen Anhaltspunkt. Maurer hat mich gerade angerufen.«

»Wirklich? Was denn?«

»Die Spurensicherung hat mit Terpentin hinuntergespülte Farbreste sowie Pinselborsten in Jeltschs Küchenabfluss gefunden.«

»Was heißt das jetzt genau?«

»Ich war gerade in der Galerie. Der Restaurator sagte mir, dass er glaube, Jeltsch hätte Material mitgehen lassen, was der Geschäftsführer Oehring vehement bestritten hat.«

»Interessant, aber was hat das mit Jeltschs Tod zu tun?«

»Da ich keinerlei Hinweise auf eine Künstlerkarriere in seiner Wohnung gefunden habe, tippe ich mal ganz verwegen auf Kunstfälschung.«

»Kunstfälschung?!«

»Ja. Noch nie von Beltracchi gehört? Ist eine höchst lukrative und höchst illegale Angelegenheit.«

»Ach der. Sie glauben, dass Jeltsch gefälscht haben könnte?«

»Warum nicht? Ist das so abwegig? Bei den Preisen, die Kunstwerke immer wieder erzielen? Die beiden Herren saßen doch an der Quelle …«

»Stimmt. Das heißt also, dass ich einen richterlichen Durchsuchungsbeschluss für die Kunsthandlung beantragen soll?«

»Exakt! Und nehmen Sie Kontakt mit seiner Krankenkasse auf. Jeltsch hatte offenbar einen Bandscheibenvorfall. Ich möchte wissen, wie schwerwiegend der war, wer sein Physiotherapeut gewesen ist und ob dieser Bandscheibenvorfall möglicherweise zu seinem Sturz geführt haben könnte.«

»Mach ich. Und die Handydatenauswertung?«

»Gibt keine. Jeltsch besaß kein Handy.«

»Interessant. Ein Aluhut?«

»So ähnlich.«

»Und, Schopferer, finden Sie bitte heraus, ob Jeltsch ein Auto hatte oder, falls nicht, wie er nach St. Blasien gekommen ist.«

»Gut. Wird erledigt. Der Boss hat übrigens getobt …«

»Über die Dienstaufsichtsbeschwerde oder meine zurückgezogene Beurlaubung?«

»Beides. Er hat sich krankgemeldet.«

»Das ist doch gut, oder?«

»Sehr gut. Aber meine Frau hat mir wegen der Dienstaufsichtsbeschwerde die Hölle heißgemacht.«

»Das tut mir leid für Sie, aber ich werde sie demnächst untertänigst um Verzeihung und Nachsicht bitten. Mit einem selbst gebackenen Kuchen.«

»Das will ich sehen …«

21

»Martin? Was führt Sie zu mir?«

Frau Hellstein bat ihren unerwarteten Besucher herein und führte ihn auf die Terrasse, wo er gestern schon gesessen hatte.

Oehring setzte sich, kam aber gleich zum Grund seines Besuchs, den er sich auf der Herfahrt gründlich überlegt hatte.

»Magda, Sie wissen, dass Claas bei mir in Bärental gewesen ist, bevor er …«

»Ja, das haben Sie mir gesagt.«

»Er erzählte mir etwas, was mir erst vorhin wieder in den Sinn gekommen ist.«

»Was denn?« Frau Hellstein rückte auf die äußerste Kante ihres Stuhls.

»Nichts, was Sie beunruhigen müsste«, beschwichtigte Oehring sofort, »im Gegenteil. Er teilte mir mit, dass Sie auf einem Flohmarkt ein kleines Ölgemälde gekauft hätten …«

»Ach ja … der kleine Franz Marc.«

»Genau. Ich weiß nicht, ob Sie wissen, dass ich über Franz Marcs Pferde promoviert habe …«

»Nein, das wusste ich nicht.«

»Genau das ist der Grund, weshalb ich hier bin. Claas hat mich gebeten, einen Blick darauf zu werfen.«

»Wirklich? Mich hat er nur ausgelacht, weil ich überzeugt gewesen war, einen echten Marc entdeckt zu haben.«

Oehring lächelte milde. »Da hat er ganz recht gehabt. Ein unsigniertes Gemälde ist selten ein Sensationsfund, und dennoch hat er mich gebeten, es mir einmal anzusehen. Für alle Fälle.« Oehring machte eine Kunstpause. »Er deutete an, dass ein Kunde auf der Suche nach einem Marc sei … Sie wissen, der Markt ist recht überschaubar mit Werken von Franz Marc. Er ist ja – Gott hab ihn selig – nicht alt geworden und hat deshalb nur ein übersichtliches Œuvre hinterlassen.«

»Das weiß ich. Nun, wenn Sie meinen …« Magda Hellstein war irritiert, aber sie bat ihren Gast mitzukommen. »Da ist es.«

Oehring atmete scharf ein und musste an sich halten, nicht zu eilig zur Wand zu stürzen, an der das Bild hing. Er nickte bedächtig und betrachtete mit Kennerblick die Ölstudie. »Darf ich?«

Sie nickte, und er nahm es vom Haken. Er betrachtete es eingehend von allen Seiten und nahm einen sachten Lösemittelgeruch wahr, was Frau Hellstein auch gerade anmerkte: »Verrückt, dass die Farben nach so langer Zeit noch riechen, nicht wahr?«

»Ja, das haben wir oft … Ein Gruß des Künstlers an die

Nachwelt, sage ich immer.« Jetzt musste er aufpassen, dass er es nicht übertrieb. »Es ist in der Tat nicht signiert, aber ich würde es dennoch gerne einigen Untersuchungen unterziehen, wenn Sie erlauben würden.«

»Ja. Sicher … Was hatte mein Mann denn gedacht, was es wert wäre? Denken Sie, dass es ein Original sein könnte?«

»Oh, das sollte ich Ihnen gar nicht sagen, damit Sie sich keine falschen Hoffnungen machen …« Oehring zog in seiner Verzweiflung alle Register.

»Bitte lassen Sie uns wie vernünftige Menschen reden.«

»Er sagte, dass es, falls es sich wider alles Erwarten um ein Original handeln sollte, bis zu einer Million Euro oder sogar mehr wert wäre …«

»Eine Million?!«

»Ja. Aber, wie gesagt – falls. Ich bezweifle das, ehrlich gesagt, aber wir sollten sehen, was die wissenschaftliche Analyse zeigt, meinen Sie nicht?«

»Gut. Wenn mein Mann das so gewollt hat, soll es so sein. Ich werde es in etwas Packpapier verpacken … Unser Sohn wird jeden Augenblick da sein. Wollen Sie warten und ihn noch sprechen?«

Oehrings Magen zog sich wieder zusammen. »Das würde ich sehr gerne, aber ich muss mich sputen. Ein wichtiger Termin, und bin bereits spät dran …«

Als er vom Hof fuhr, sah er Hellsteins Sohn in einem Mietwagen die Straße hochkommen. Er tat, als müsse er seinen Rückspiegel justieren, und atmete erleichtert auf, als er wieder in Richtung Freiburg fuhr. Das war einfacher gewesen als erwartet!

Doch Oehrings Erleichterung währte nur kurz. Als er nach Oberried hinunterfuhr, erreichte ihn der Anruf seines Restaurators, der ihm mitteilte, dass die Polizei gerade seine Werkstatt durchsuchte und Material beschlagnahmte.

Oehring machte einen Schlenker und geriet kurz in den Gegenverkehr. Du lieber Himmel! Mit watteweichen Knien fuhr er beim nächsten Waldweg rechts raus und übergab sich aus der geöffneten Fahrertür.

22

Briamonte wohnte derweil der Durchsuchung bei und stellte fest, dass Franz Hildebrand völlig ungerührt das Geschehen beobachtete. Den Restaurator konnte er, wenn er denn kein begnadeter Schauspieler war, von allen Eventualitäten freisprechen. Martin Oehring war über Mittag außer Haus. Auch gut. Nachdem er gesehen hatte, dass alles nach Plan verlief, kündigte er sich bei Michael Maurer im kriminaltechnischen Labor an, um Jeltschs Anzug unter die Lupe zu nehmen.

Es war ein preiswertes Modell aus einem der günstigen Freiburger Kaufhäuser und war, wie es den Anschein hatte, nie zuvor getragen worden. Die äußeren Taschen und der Schlitz hinten waren noch zugeheftet. Hatte Jeltsch sich tatsächlich einen Anzug gekauft? Für eine Veranstaltung, die für alles stand, was er verachtete? Hatten seine Arbeitgeber darauf bestanden? Dürfte im Notfall herauszufinden sein. Briamonte runzelte die Stirn. Ausgehend von dem, was er über die Geschäftsinhaber und deren Auszubildenden erfahren hatte, war das eher unwahrscheinlich. Warum war er also da gewesen, und wieso hatte er sich extra einen Anzug angeschafft?

»Kommen Sie klar?«, fragte Maurer.

Briamonte sah auf und nickte.

»Teilen Sie Ihre Überlegungen mit mir?«, setzte Maurer nach.

»Gerne. Der Tote war, nach Aussagen seiner Arbeitgeber und seiner Schwester, als Mensch eine … äh Herausforderung. Es gab immer wieder Diskussionen, weil er wohl ein ziemlicher Provokateur war. Warum aber kauft er sich dann extra einen Anzug, um auf das Sommerfest zu gehen, wo er auf die Menschen trifft, die all das verkörpern, was er missbilligt?«

»Vielleicht musste er? Veranstalter war immerhin sein Arbeitgeber.«

»Das kann ich mir schlecht vorstellen. Beide haben ausgesagt, dass es in der Vergangenheit wiederholt unschöne Situationen gegeben habe, bei denen sich Jeltsch danebenbenommen hätte.«

»Aha. Dann hat er sich vielleicht den Anzug ausgeliehen, um seine Arbeitgeber mit seiner Anwesenheit zu ärgern?«

»Da hätte er in Badehose mehr Erfolg gehabt.«

»Stimmt.« Maurer lachte.

»Jeltsch war fast eins neunzig groß. Um einen Anzug auszuleihen, hätte er jemanden finden müssen, der genauso groß war.«

In dem Moment fischte Briamonte einen Umschlag aus der inneren Brusttasche, adressiert an Julian Jeltsch. Handgeschrieben. Eine Einladung zum Sommerempfang.

»Sieh mal einer an! Er war tatsächlich eingeladen. Schwer vorstellbar, aber hier steht's schwarz auf weiß …«

»Was passiert jetzt weiter?«, fragte Maurer.

»Ich wäre Ihnen sehr dankbar, wenn Sie den Anzug und den Umschlag auf DNA-Spuren untersuchen würden.«

»Gibt es denn eine Ermittlung? Ich habe mich schon gewundert, dass sich niemand für die fehlenden Fingerabdrücke auf dem Geländer interessiert hat.«

»Ich interessiere mich jetzt dafür. Seit gestern läuft eine Untersuchung der beiden Todesfälle.«

»Von *beiden*? Gibt es denn noch einen?«

»Ja. Einer der Inhaber, Claas Hellstein, hatte vor einer guten Woche einen Autounfall in Menzenschwand. Herzinfarkt.«

»Interessant.«

»Das kann man wohl sagen ... Einen Moment, ich mach noch ein Foto von dem Umschlag.«

»Ist es eilig?«

»Schwer zu beurteilen. Sagen wir, ich wäre nicht unglücklich, wenn ich bald ein paar sichere Anhaltspunkte hätte, die mir einen Grund zum Weitermachen liefern würden ... Sie halten mich auf dem Laufenden?«

»Mach ich.«

Als Briamonte aus den kühlen Räumen wieder auf die Straße trat, traf ihn die Hitze wie ein Keulenschlag. Einen Augenblick lang stand er unschlüssig vor der Pforte. Sein Magen knurrte, und sein Elan bewegte sich Richtung Nullpunkt, aber er musste noch einmal in die Kunsthandlung, um sich die offizielle Gästeliste geben zu lassen. Und vielleicht konnte ihm Oehring auch sagen, ob er die Schrift auf dem Kuvert kannte.

Er suchte in seinen Taschen den Zettel, auf dem er Oehrings Telefonnummer notiert hatte, und rief ihn an. »Herr Oehring, Briamonte hier. Ich muss Sie noch einmal sprechen. Wann können Sie in der Galerie sein? ... Erst um vier? Gut, dann um vier.«

Er sah auf die Uhr. Das reichte locker. Briamonte setzte sich in das glühend heiße Auto, kurvte den Schauinsland hoch und bog dann bei der Holzschlägermatte links auf den Parkplatz ab. Als er unter dem Sonnenschirm auf der Terrasse saß und über die sanften grünen Schwarzwaldhügel in die Rheinebene hinuntersah, war sein Anflug von schlechter Laune verflogen. Er bestellte ein großes Radler und Wurstsalat mit Bratkartoffeln, dann zog er sein Handy aus der Hosentasche.

»Schopferer, ich habe mir gerade Jeltschs Anzug angesehen. Nagelneu. Als hätte er ihn gerade erst gekauft ... Und raten Sie, was ich in einer der Taschen gefunden habe? Eine Einladung zum Empfang, mit handgeschriebener Adresse auf dem Kuvert.«

»Ach ...«

»Ja. Ich lasse mir nachher die offizielle Gästeliste geben, aber ich würde fast wetten, dass Jeltsch nicht drauf stand.«

Genau so war es. Um vier ließ sich Briamonte von einem sichtlich mitgenommen Oehring die Gästeliste ausdrucken und erfuhr, dass die Adressen auf den Kuverts für gewöhnlich gedruckt und nicht von Hand geschrieben wurden. Alles andere wäre viel zu aufwendig. Wie erwartet stand Julian Jeltschs Name nicht auf der Gästeliste. Als Briamonte dem Mann Jeltschs Einladung zeigte, reagierte der über die Maßen irritiert.

»Erkennen Sie die Schrift? Was denken Sie, wer könnte Ihren Auszubildenden eingeladen haben?«

»Ich habe nicht die geringste Ahnung. Herr Hellstein vielleicht?«

»Warum sollte er das tun? Wo er doch gar nicht auf der Gästeliste stand?«

»Das kann ich Ihnen nicht sagen.«

»Halten Sie es für möglich, dass Herr Jeltsch sich die Einladung selbst geschickt hat? Der Poststempel ist aus Freiburg.«

Oehring zog an seinem Krawattenknoten. Sein geschmeidiges Lächeln war verschwunden, und er wirkte gestresst. »Das würde ich nicht gänzlich ausschließen. Er wusste, warum er nicht eingeladen war.«

»Sie denken, dass er Sie mit seiner Anwesenheit provozieren wollte?«

»Möglich.«

»Warum? Welchen Grund könnte er gehabt haben?«

»Das kann ich leider nicht beantworten.«

»Gut. Das wäre vorerst alles.« Briamonte wandte sich zum Gehen, drehte sich aber an der Tür noch einmal um: »Eine letzte Frage noch ...«

»Ja bitte?«

»Hatten Sie je den Verdacht, dass Herr Jeltsch Kunstwerke fälschte?«

Oehring wurde aschfahl im Gesicht. »Kunstfälschung? Hier in unserem Hause? Ausgeschlossen!«

»Gut. Das wäre dann wirklich alles für heute.«

Am frühen Abend war er zurück in Menzenschwand, wo ihm auffiel, wie angenehm die Temperaturen und der leichte Wind hier oben waren. Als er das Gartentor öffnete, wurde er stürmisch begrüßt. Briamonte tätschelte liebevoll die beiden Zicklein und brachte ihnen frisches Wasser. Er hätte es nie für möglich gehalten, dass die zwei kleinen Geißen sein Herz so sehr erobern könnten, aber genau so war es. Die beiden unbekümmerten, witzigen Tiere entspannten ihn mehr, als jeder Wellnessurlaub auf Bali es vermocht hatte. Einen Augenblick lang dachte er an sein früheres Leben, an seine Ex-Partnerin Anne und ihre jährlichen exklusiven Urlaube, und es schien ihm Lichtjahre entfernt.

Wenig später saß er bei seiner Mutter und Georg auf der Terrasse beim Grillen, den Hund zu seinen Füßen.

»Hast du morgen schon etwas vor?«, fragte seine Mutter.

»Na ja, ich hab mit der Ermittlung zu tun, aber sicher nicht den ganzen Tag. Wieso?«

»Morgen ist dein Geburtstag.«

»Ich weiß. Der magische vierzigste.« Ein Schatten huschte kurz über sein Gesicht, und er bemerkte, dass seine Mutter wusste, an was er gerade dachte.

»Dein Vater hat seinen Vierzigsten nicht erlebt. Hast du daran gerade gedacht?«

»Ja.«

Seine Mutter legte ihre Hand auf seinen Arm. »Du darfst nicht allzu traurig sein. So ist das Leben. Dein Vater ist nicht alt geworden, aber er ist ein glücklicher Mensch gewesen. Das ist das Einzige, was zählt.« Dass sie sich inständig wünschte, dass ihr Sohn auch noch sein Glück finden oder zumindest etwas zur Ruhe kommen würde, behielt sie für sich.

»Du hast recht. Vorhin habe ich festgestellt, dass ich mich in meine kleinen Geißen verliebt habe. Verrückt, oder?« Briamonte bückte sich nach seinem Hund und kraulte ihn liebevoll: »In dich auch, mein Alter.«

»Georg und ich würden dich morgen Abend gerne zum Essen ausführen. Was denkst du?«

»Gerne. Wohin?«

»In den Adler nach Bärental. Kristina ist selbstverständlich auch eingeladen.«

»Das klingt gut. Kristina kommt erst heute Abend zurück. Ich frag sie später.«

»Weiß sie, dass du Geburtstag hast?«

»Nein.«

Briamontes Mutter erhob sich: »Wer mag Dessert?«

»Was gibt's?«, fragten Briamonte und Georg gleichzeitig.

23

Nach einer unruhigen Nacht wurde Briamonte von einem
Höllengetöse geweckt. Zuerst baute er den Motorenlärm
und das Hupen in einen skurrilen Traum ein, als aber sein
Hund nicht aufhörte zu bellen, wurde er endlich wach und
rappelte sich auf, um nachzusehen, wer zum Teufel ein sol-
ches Spektakel veranstaltete. Er zog sich etwas an und öffnete die Haustür.

»Happy Birthday, Johann!«

Ihm fielen fast die Augen aus dem Kopf. Vor dem Gartenzaun stand ein alter, sorgfältig restaurierter, in der Morgensonne blitzender Traktor. Obendrauf seine Mutter und
ein breit grinsender Georg, die Hand auf der Hupe. Eine
große rote Schleife zierte den Überrollbügel. Gismo rannte
aufgeregt kläffend am Zaun hin und her, gefolgt von den
kleinen Ziegen.

Briamonte trat näher: »Ihr seid verrückt!«

Briamontes Mutter kletterte herunter und drückte ihn
über den Gartenzaun hinweg, so fest sie konnte.

»Herzlichen Glückwunsch zum Geburtstag, mein Sohn!
Alles Liebe und Gute für dich!«

»Willst du eine kleine Probefahrt machen?«, fragte Georg,
der ebenfalls heruntergeklettert kam, ihn kräftig umarmte
und ihm dann den Zündschlüssel in die Hand drückte: »Gefällt er dir?«

»Ob er mir gefällt? Ihr seid verrückt!«

»Du wiederholst dich …«

»Natürlich will ich fahren!«

Mit einem Satz schwang sich Briamonte über den Zaun

und kletterte auf die metallene Sitzschale. Du meine Güte! Von so etwas hatte er schon immer geträumt. Grinsend strich er über das Lenkrad und atmete tief den Geruch nach Metall, Schmieröl und Diesel ein, bevor er startete, vorsichtig den ersten Gang einlegte und mit einem Juchzer losfuhr.

»Er hat gejauchzt«, stellte Briamontes Mutter fest.

»Ich hab's gehört ...«

Eine Stunde später saß er mit seiner Mutter und Georg beim Frühstück, als sein Handy klingelte. »Schopferer, was gibt's Neues?«

»Zuerst die Aussage des Rechtsmediziners: Ein Herzinfarkt kann nicht durch ein Medikament oder eine Droge ausgelöst werden. Hellstein ist ganz sicher eines natürlichen Todes gestorben ...«

»Oh, okay ... Dann bleibt als letzter Strohhalm die Untersuchung des Autowracks.«

»So sieht's aus. Im Fall Jeltsch gibt es allerdings erste Merkwürdigkeiten ...«

»Lassen Sie hören.«

»Also einen Bandscheibenvorfall hatte er nicht, zumindest weiß die Krankenkasse von nichts. Auch keine offizielle Krankmeldung.«

»Wirklich?! Das ist ja interessant!«

»Das dachte ich auch. Da frage ich mich doch, warum er dann so lange nicht bei der Arbeit war ...«

»Und warum er dafür keine offizielle Krankmeldung brauchte. Da hat doch jemand sein schützendes Händchen über ihn gehalten!«

»Denke ich auch. Aber dieser ominöse Bandscheibenvorfall ist noch nicht alles«, berichtete Schopferer weiter. »Bei der Durchsuchung der Werkstatt hat die Spurensicherung zwar keine Pinsel gefunden, die zu den Borsten in Jeltschs

Wohnung passen, aber es gibt eine Übereinstimmung mit der Farbe. In der Werkstatt wird mit exakt denselben Farben gearbeitet. Ist nicht so wahnsinnig spannend, Pinsel wären besser gewesen, aber die hat er wahrscheinlich verschwinden lassen.«

»Jeltsch?«

»Sicher. Wer sonst? Er hat dort eindeutig etwas gemalt. Und zwar etwas, wofür er vermutlich lange gebraucht hat und was nicht jeder sehen sollte, sonst hätte er die Farbreste nicht im Ausguss entsorgt. Wie gehen wir jetzt weiter vor?«

»Konnten Sie schon herausfinden, wie Jeltsch nach St. Blasien gekommen ist?«

»Nein, da bin ich noch dran. Aber er hatte weder Auto noch Motorrad, weshalb eigentlich nur Bus und Bahn bleibt ...«

»Oder Mitfahrgelegenheit. Oder Taxi.«

»Genau. Das wird aber noch eine Weile dauern.«

»Kein Problem. Immerhin haben wir, so wie die Dinge gerade liegen, ein mögliches Motiv für einen fremdverschuldeten Tod. Kunstfälschung. Kennt sich auf dem Gebiet jemand aus? In Freiburg, meine ich?«

»Meines Wissens sitzen die Experten dafür in Stuttgart. Wollen Sie einen Durchsuchungsbeschluss für die Geschäftsunterlagen der Kunsthandlung?«

»Ja. Unbedingt. Der Staatsanwalt soll einen Durchsuchungsbeschluss für die Geschäftsunterlagen und die privaten Konten der beiden Herren beantragen. Die werden einen Handel mit gefälschten Bildern kaum über das Geschäftskonto abgewickelt haben. Ich werde gleich zu Hellsteins Witwe fahren und berichte Ihnen dann. Und, Schopferer ... finden Sie heraus, wer sich bei uns mit Kunstfälschung befasst.«

Briamontes Mutter setzte ihre Kaffeetasse ab: »Habe ich richtig gehört … Hellstein & Oehring in einem Atemzug mit Kunstfälschung?!«

»Möglicherweise. Würde dich das überraschen?«

»Mich schon«, warf Georg ein. »Ich habe vor Jahren einen Dubuffet gekauft, das habe ich ja schon erzählt, und hatte einen absolut seriösen Eindruck.«

»Nun. Vielleicht war der Tod des jungen Mannes ja doch nur ein tragischer Unfall.«

»Du ermittelst in diesem Fall?!«

»Ja. Habe ich das nicht erzählt?«

»Nein. Du erzählst nie etwas.«

»Du denkst, dass es kein Unfall war?«, fragte Georg interessiert.

»Ich weiß nicht, was es war. Ich dürfte das gar nicht erzählen, aber es gibt ein paar Ungereimtheiten, die ich gerne klären würde.«

»Ungereimtheiten? Das heißt in deinem Polizistensprech, dass er vielleicht …«

»Das heißt erst mal noch gar nichts, deswegen ermittle ich ja. Ich muss jetzt auch los. Danke für das Frühstück und natürlich für den Traktor! Ich freue mich sehr!« Er wäre am liebsten mit seinem neuen Gefährt nach St. Blasien gefahren, aber fünf Kilometer waren doch ein wenig viel.

Kurz nach elf klingelte er bei Magda Hellstein.

»Frau Hellstein, guten Morgen. Mein Name ist Johann Briamonte. Kriminalhauptkommissar.«

Nachdem sie seinen Dienstausweis studiert hatte, bat ihn Magda Hellstein herein und führte ihn auf die Terrasse.

»Setzen Sie sich. Was kann ich für Sie tun?«

Briamonte kam gleich zur Sache. »Mein aufrichtiges Beileid, Frau Hellstein, aber ich möchte nicht lange um den heißen Brei herumreden. Ich untersuche die Todesfälle von Herrn Jentsch und Ihrem Mann und hätte ein paar Fragen an Sie.«

Sie wirkte beunruhigt, aber gefasst: »Fragen Sie.«

»Frau Hellstein, ist Ihnen vor dem Tod Ihres Mannes etwas Ungewöhnliches aufgefallen?«

»Im Sinne von …«

»War er anders als sonst?«

Sie blickte in den Garten, und er merkte, dass da etwas war.

»Ja. Das war er tatsächlich.« Sie verstummte, und er wartete, bis sie sich wieder gefasst hatte. »Er war unruhig. Gereizt. So kannte ich ihn gar nicht.«

»Sie wissen nicht zufällig, warum?«

»Nein. Leider. Ich habe ihn gefragt, aber er wollte mir nicht sagen, was los war.«

»Gab es vielleicht geschäftliche Probleme? Finanzieller Art vielleicht?«

»Das glaube ich nicht. Er hatte vor, sich nach der Herbstauktion zurückzuziehen und die Geschäfte Martin Oehring zu überlassen.«

»Können Sie sich vorstellen, dass ihn der bevorstehende Ruhestand beschäftigte?«

»Eigentlich nicht. Er freute sich darauf. Wir hatten viel vor, beispielsweise Reisen …«

»Er ist ja oben im Äule verunglückt. Wissen Sie zufällig, wieso er dort war?«

»Herr Oehring sagte mir, dass mein Mann ihn in der Jagdhütte besucht hätte, um die Auktion zu besprechen.«

Briamonte nickte. »Hat ihn eventuell der Unfall seines Mitarbeiters so mitgenommen?«

»Das glaube ich nicht. Es war tragisch, aber mein Mann und Herr Jeltsch haben sich nicht allzu gut verstanden.«

»Ach nein?«

»Nun, der junge Mann war …« Sie lachte kurz auf. »Er war eine unbelehrbare, aber leider talentierte Nervensäge, wie mein Mann sagte.«

»Talentiert wofür? Sie müssen entschuldigen, aber ich habe keine Ahnung, was ein Restaurator macht.«

»Ich auch nicht«, erwiderte sie, »aber mein Mann war froh, dass er ihm nach seiner Pensionierung nicht mehr hätte begegnen müssen.«

»Frau Hellstein, ich muss Sie etwas ganz Bestimmtes fragen.« Briamonte rutschte auf der Kante seines Stuhls herum. »Halten Sie es für möglich, dass Ihr Mann glaubte, Herr Jeltsch hätte Kunstwerke gefälscht?«

Jetzt machte sie große Augen. »Herr Jeltsch?«

»Ja.«

Sie wollte gerade den Kopf schütteln, hielt aber inne, und Briamonte beobachtete sie genau. Eine attraktive, äußerst sympathische Frau, etwa Ende fünfzig, die aussah, als wäre sie die Güte in Person.

»Wenn Sie so fragen …«

»Dann halten Sie es nicht gänzlich für ausgeschlossen?«, formulierte Briamonte vorsichtig.

»Ich weiß es nicht, wirklich nicht. Ich will nichts behaupten oder irgendwelche Gerüchte in die Welt setzen, aber so etwas würde die Unruhe meines Mannes vielleicht erklären.«

»Sie meinen, dass Ihr Mann gewisse Nebentätigkeiten seines Mitarbeiters entdeckt haben könnte?«

»Ich meine überhaupt nichts, aber möglich wäre es doch, oder nicht? Gibt es einen Grund, warum Sie mich das fragen?«

»Nun ja …«

»Sie dürfen nichts sagen, stimmt's? Aus ermittlungstechnischen Gründen, wie es beim *Tatort* immer heißt.«

»So ähnlich. Frau Hellstein, wusste Ihr Mann, dass er herzinfarktgefährdet war?«

»Ja und nein.« Sie seufzte tief und blickte in den Garten. »Er hatte einen hohen Blutdruck, aber er nahm Medikamente. Sein Kardiologe meinte, er solle sich nicht aufregen, dann könne er hundert werden.«

»Glauben Sie, dass er einen Infarkt hatte, weil er sich über etwas aufgeregt hat?«

»Das habe ich mich auch gefragt, aber er war ja, wie gesagt, nur in Bärental, bei Herrn Oehring.«

»Haben Sie mit Herrn Oehring darüber gesprochen?«

»Ja. Er sagte, sie hätten sich über die Herbstauktion unterhalten. Er wusste allerdings noch nicht, dass mein Mann ihn zum alleinigen Geschäftsinhaber machen wollte …«

»Darüber haben sie also nicht gesprochen?«

»Offenbar nicht.«

»Was halten Sie von Herrn Oehring?«

Jetzt sah sie ihn verwundert an: »Wie meinen Sie das?«

»Schätzen Sie ihn? Wie kam Ihr Mann mit ihm aus?«

»Nun, ich kenne ihn als ausgesprochen höflichen und korrekten Menschen. Mein Mann war zufrieden mit ihm, sonst hätte er ihn kaum als Nachfolger erkoren, denken Sie nicht?«

»Ich danke Ihnen. Das wäre vorerst alles. Sie könnten mir allerdings einen großen Gefallen tun und mir, sofern Sie das können, eine möglichst genaue Liste machen, wo ihr Mann in der Woche vor seinem Tod gewesen ist. Vielleicht gibt es einen Terminkalender? Das wäre sehr hilfreich. Dann könnte ich vielleicht herausfinden, was ihn so beunruhigt hat.«

»Ich werde es versuchen und bin Ihnen sehr dankbar, dass Sie das tun wollen. Auch wenn er dadurch nicht zurückkommt. Wie kann ich Sie erreichen?«

Briamonte kramte einen alten Parkschein aus der Hosentasche. »Haben Sie einen Stift?«

24

»Liebling, was ist nur los mit dir? Du bist ein Nervenbündel!«

Henriette von Neuburg-Hallern-Oehring massierte den verspannten Nacken ihres Gatten, der in einem beklagenswerten Zustand war. Oehring saß nach dem Abendessen an seinem Schreibtisch, den Kopf in die Hände gestützt, und überlegte fieberhaft, was er seiner Frau erzählen sollte. Dass die Polizei die Werkstatt auseinandergenommen hatte, weil der Verdacht im Raum stand, dass Jeltsch ein Fälscher war? Lieber nicht. Wenn nichts dabei herauskäme, würde sie es nie erfahren. Oder sollte er sie fragen, ob sie vielleicht wusste, wer Jeltsch auf den Empfang eingeladen hatte? Nein. Besser nichts sagen. Zu seinem Glück war sie geschäftlich immer sehr eingespannt und kümmerte sich nicht allzu sehr um seine beruflichen Angelegenheiten, aber sein Zustand war mittlerweile so besorgniserregend, dass er ihr nicht mehr entging. Er wollte sie nicht unnötig belasten, außerdem hatte er Angst vor allzu bohrenden Fragen, die er zurzeit nicht ohne Notlügen beantworten könnte.

»Geht dir Claas' Tod so an die Nieren?«

Oehring seufzte abgrundtief. »Scheint so. Das hätte ich auch nicht gedacht. Er war wie ein Ziehvater für mich.«

»Das stimmt ... Willst du nicht ein paar Tage verreisen? Ich muss morgen leider nach Zürich und kann dich nicht begleiten, aber vielleicht täte es dir gut, ein bisschen zu segeln und die Seele baumeln zu lassen?«

»Das wäre wunderbar, Liebes, aber erstens macht es ohne

dich keinen Spaß, und zweitens muss ich im Geschäft bleiben. In zwei Monaten ist die Auktion, da gibt es noch so viel vorzubereiten. Ich glaube, dass mich Arbeit am besten ablenkt.«

»Wenn du meinst …«

»Ich glaube schon.« Er nahm die Hände seiner Frau und drehte sich um: »Du bist immer so fürsorglich zu mir, mein Engel …«

»Natürlich! Ich muss doch achtgeben, auf meinen wunderbaren Ehemann.«

Sie küsste ihn auf die Stirn und ließ ihren Gatten mit seinen düsteren Gedanken alleine. Oehring fühlte, dass er nicht mehr lange durchhalten würde. Das Bild hatte er oben im Wald vorerst nur versteckt. Eingewickelt in eine Plane, hinter einer Holzbeige. Nicht entsorgt, weil er nicht wusste, was ihm mehr schaden würde: das Bild oder eben kein Bild. Seit Briamontes fortgesetzten Besuchen kreiste sein angstvolles Gedankenkarussell immer schneller. Wie er es auch drehte und wendete, er war erledigt. Das Schlimmste aber war, dass er nichts wirklich zu Ende durchdenken konnte, weil ihn die Panik fast lähmte. Der drohende Verlust seines bisherigen bequemen Lebens, die damit einhergehende Schmach der gesellschaftlichen Ächtung und nicht zuletzt die Aussicht auf Gefängnis ließen ihn beinahe durchdrehen und sogar den Gedanken an Mord nicht mehr allzu abwegig erscheinen. Tatsächlich hatte er bereits überlegt, ob er Frau Berner beseitigen sollte. Sie war die Einzige, die bezeugen konnte, dass er diese Ölstudie gesehen hatte. Wenn er die ganze unrühmliche Geschichte Hellstein in die Schuhe schieben könnte, wäre er fein raus, denn der konnte sich nicht mehr wehren, ebenso wenig wie Jeltsch, der die Kopie ja angefertigt hatte. Aber der Auftrag dazu hätte ja von Hellstein kommen können. Blieb nur Frau Berner.

Oehring setzte sich gerade hin und starrte schaudernd in den Garten ihrer Villa, wo die Nachbarskatze ein ahnungsloses Eichhörnchen belauerte. Er musste eine Lösung finden! Kusnezow hatte Hellstein alles erzählt. Das war dumm, gefährlich und entgegen ihrer Abmachung. Andererseits konnte der ja nicht ahnen, dass mit dem Bild etwas nicht stimmte, und Hellstein hatte ihm sicher weisgemacht, dass er über die Transaktion Bescheid wusste. Vielleicht könnte er dem Russen mit einer drohenden Ermittlung Druck machen, damit er wenigstens der Polizei gegenüber dichthielt? Eins Komma zwei Millionen Euro in bar und kurz darauf achthunderttausend Gewinn – wenn das nicht nach dubiosen Geschäften und Geldwäsche schrie. Wenn er Kusnezow dazu bringen könnte, im Ernstfall auszusagen, dass er das Bild von Hellstein gekauft hatte, sollte er in dieser Richtung abgesichert sein, und das Geld könnte er notfalls irgendwo ›finden‹. Dumm, dass er bei Magda Hellstein das Bild mitgenommen hatte. Hätte er nur einen Moment länger überlegt, wäre ihm vielleicht noch etwas Besseres eingefallen. Andererseits spielte ihm das vielleicht sogar noch in die Karten. Angenommen, Claas Hellstein hätte das Ganze eingefädelt – hätte er nicht einen Schock erlitten, wenn er gesehen hätte, was seine Frau von einem Flohmarkt mitgebracht hatte? Oehring grinste maliziös. Dazu würde seine Geschichte sogar passen. Dass Claas Hellstein ihn beauftragt hätte, das Bild zu prüfen. Dann würde es auf dem Weg ins Labor verschwinden. Bedauerlich, kam aber vor. Er schnaufte tief durch und sah plötzlich einen Lichtstreif am Horizont. Das könnte seine Rettung sein, alles ganz plausibel und im Nachhinein nicht mehr nachweisbar – wenn Frau Berner nicht wäre. Vielleicht sollte er ihr einen kleinen Besuch abstatten? Unter dem Vorwand, den restlichen Inhalt des ominösen Schrankkoffers sehen zu wollen?

»Liebling, ich muss noch mal in die Galerie! Warte nicht auf mich, es wird sicher spät!«

25

»Oh, guten Abend, Herr ...«

»Oehring.«

»Ach ja, Herr Oehring.«

»Guten Abend, Frau Berner. Bitte entschuldigen Sie diesen Überfall, aber ich war gerade in der Nähe und dachte, Sie könnten mir vielleicht den übrig geblieben Inhalt Ihres Schrankkoffers zeigen? Ein befreundeter Antiquar erzählte mir kürzlich, dass sich auch Briefe derzeit recht gut verkaufen ...«

Oehring merkte, dass die Frau ziemlich zurückhaltend reagierte, kein Wunder, so kurz vor neun Uhr abends, aber da musste er jetzt durch. Oder roch sie die drei Cognacs, mit denen er sich Mut angetrunken hatte? Trotz Pfefferminzbonbons? Er sammelte sich und strahlte sie an: »Ich habe Sie vermisst, bei unserem Sommerfest, wobei Ihnen dadurch diese schreckliche Tragödie erspart geblieben ist ...«

»Ich habe darüber gelesen.« Frau Berner machte keine Anstalten, ihren Besucher hereinzubitten, was ihr kaum zu verdenken war. Vor kaum zwei Wochen hatte Hellstein bei ihr geklingelt, und jetzt stand er hier. Das musste ihr ja komisch vorkommen. Oehring war verunsichert. Was jetzt?

»Ich habe gerade einen Kuchen im Ofen ...«

»Um Himmels willen, ich wollte Ihnen keine Umstände machen. Ich dachte nur, ich könnte noch ein paar Briefe für Sie verkaufen, wo doch der Thoma so wenig gebracht hat. Aber wenn es Ihnen gar nicht recht ist, komme ich gerne ein anderes Mal wieder.«

»Also gut, dann kommen Sie kurz herein ...«

Endlich! Oehring trat über die Schwelle des alten Häuschens, in dem es nach Gemüsesuppe und frisch gebackenem Kuchen roch.

»Haben Sie denn ein paar der Bilder verkaufen können?«

»Ja. Wir haben in der Nachbarschaft einen Straßenflohmarkt veranstaltet, so wie Sie es empfohlen hatten, und ich habe beinahe alles verkauft.«

Wieso nur war sie so zugeknöpft? Hatte Hellstein etwas verlauten lassen? Frau Berner ging voraus in die Küche, wo sie ihm einen Stuhl anbot und dann einen Kuchen aus dem Ofen nahm. Oehring sah sich um und machte einen neuen Versuch: »Also der Schrankkoffer, von dem Sie erzählt haben ...«

»Den gibt es nicht mehr.«

»Ach wirklich?«

»Nein.«

»Das ist aber schade. Was haben Sie mit den Briefen und Büchern gemacht?«

»Hören Sie.« Sie drehte sich um und sah ihm direkt in die Augen. »Ich glaube, Sie sollten doch besser gehen ...«

»Äh, ja ... natürlich.« Oehring war so perplex, dass er einen kurzen Aussetzer hatte. Er hatte gehofft, dass sie mit ihm auf den Dachboden steigen würde, wo er die Gelegenheit hätte, sie die Treppe hinunterzustoßen, aber hier in der Küche war es irgendwie ... Nun. Es nutzte nichts. Es ging um seinen Kragen. Sein Puls schnellte noch höher, und er versuchte blitzschnell zu erfassen, mit was er ... wie er ... Er war kein Mörder, verdammt, aber konnte sich auch nicht sein Leben zerstören lassen, von so einer ... dahergelaufenen alten Jungfer! Also griff er zum Nächstbesten, was er zu fassen bekam – dem Nudelholz, das neben Resten von Apfelschalen und Rosinen auf dem Küchentisch lag –, und schlug in dem Moment zu, als sie sich nach ihrem Kuchen umdrehte.

Das Geräusch war entsetzlich! Oehring ließ das Nudelholz fallen und stieg einer Ohnmacht nahe über die Leiche. Dann versuchte er, so rasch und gut er konnte, einen misslungenen Einbruch zu inszenieren, während sein rasender Herzschlag in den Ohren pochte. Er riss sämtliche Schubladen und Schränke im Haus auf, nahm an Schmuck und Silberbesteck mit, was er tragen konnte (notdürftig eingewickelt in eine Wachstuchtischdecke, die er in einem der Schränke gefunden hatte), und verließ dann keuchend das Haus. Zum Glück hatte er so weit vorausgedacht, dass er den Wagen am Anfang der Sackgasse geparkt hatte. Jetzt konnte er ungesehen einsteigen und davonfahren. Himmel! Er zitterte so stark, dass er die Handschuhe kaum ausziehen konnte. Was hatte er nur getan!

26

Während Martin Oehring endgültig die Grenze des Unsagbaren überschritten hatte und wie betäubt einen einsamen Waldweg suchte, aß Briamonte mit seiner Mutter, Georg und Kristina in Bärental zu Abend. Das Ambiente war wunderbar, und Kristina stellte fest, dass Johann Briamonte nicht nur eine humorvolle Ader hatte, sondern auch ausgelassen lachen konnte.

Weit nach Mitternacht saßen die beiden dann noch unter dem überwältigenden Sternenhimmel und erzählten sich ihre Träume, bis sich Kristina mit einem scheuen Kuss verabschiedete und ihn mit seinem Gefühlschaos alleine ließ.

Kurz vor acht am nächsten Morgen klingelte das Telefon. Polizeidirektion Freiburg.

»Was gibt's?«

»Haben wir Sie geweckt?«

»Nein, nein ...«, schwindelte Briamonte und setzte sich auf.

»Wir haben eine tote Frau in St. Blasien. Eine ältere Dame, die mutmaßlich im Zusammenhang mit einem Einbruch erschlagen wurde.«

»Oh, das tut mir leid. Aber warum rufen Sie mich an?«

»Weil Sie hinfahren sollen. Die Spurensicherung ist schon vor Ort.«

»Wieso ich? Ich bin am Fall Jeltsch und Hellstein dran.«

»Das wissen wir. Sie müssen nur kurz vorbeischauen ... Sie wohnen ja gleich ums Eck.«

Briamonte hielt mit der Hand das Mikrofon zu und fluchte. Dann nahm er es wieder ans Ohr. »Sind Sie noch dran?«

»Ja.«

»Ich fahre gleich los.«

Der hübsche Ort mit dem imposanten Dom lag friedlich in der Morgensonne. Die umliegenden Berge sorgten in dem schmalen Tal für ein gänzlich anderes Klima als im Menzenschwander Tal, das viel flacher und kaum bewaldet war. Während es dort den ganzen Sommer nach frisch gemähten Wiesen und Heu duftete, atmete man in St. Blasien auch bei größter Sommerhitze die würzige Waldluft, für die die kleine Stadt so berühmt war. An diesem strahlenden Sommermorgen im Juli roch es ganz besonders gut, stellte Briamonte fest. Wie es wohl vor über hundert Jahren ausgesehen haben mochte, als sich hier der europäische Hochadel erholte?

Der Tatort war ein kleines Häuschen aus den Vierzigerjahren, verborgen hinter hohen Hecken, am Ende einer Sackgasse. Schöne Lage am Waldrand, mit Exklusivblick auf den Dom. In den umliegenden Gärten tschilpten die Spatzen. Am Türschild stand nur ein Name. Berner. Briamonte trat ein, begrüßte die Kollegen der Spurensicherung und wurde in die Küche verwiesen. Die Leiche war mit einem weißen Tuch abgedeckt.

»Guten Morgen!«

»Ach, Sie sind's«, erwiderte Maurer, der Fingerabdrücke von der Arbeitsplatte nahm. »Mussten Sie dran glauben?«

»Ja, leider.« Briamonte ging in die Hocke, hob das Tuch und betrachtete die Tote. »Können Sie mir schon irgendetwas sagen, was keine reine Spekulation ist?«

»Nicht viel. Das Opfer heißt Ute Berner, ist sechsundsechzig Jahre alt, unverheiratet, kinderlos und hat bis zu ihrer Pensionierung als Hauswirtschafterin in einer psychosomatischen Kurklinik in St. Blasien gearbeitet.«

»Oha! Woher wissen Sie das alles, in der kurzen Zeit?«

»Die Nachbarin. Frau Schell. Sie hat sie gefunden.«

»Verstehe. Wo ist sie?«

»Sie wartet in Haus Nummer 8 auf die Polizei.«

»Gut. Und die Todesursache?«

»Stumpfe Gewalteinwirkung auf den Hinterkopf. Wahrscheinlich.«

»Tatwaffe?«

»Das Nudelholz hier … Wahrscheinlich.«

»Irgendetwas zum Todeszeitpunkt?«

»Ohne mich festlegen zu wollen, schätze ich ganz grob auf gestern Nachmittag bis Mitternacht.«

»Wahrscheinlich«, spöttelte Briamonte freundlich und sah sich in der Küche um. Altmodisch, zweckmäßig und irgendwie trist. Auf dem Herd stand ein Apfelkuchen.

»Sie wurde beim Backen überrascht?«

»Sieht so aus.«

»Ich werde mich mal umsehen ... Darf ich?« Er nahm sich ein Paar Einmalhandschuhe aus der Box, ging durchs Haus und betrachtete die Verwüstungen, die die Einbrecher hinterlassen hatten. Frau Berner hatte alleine gelebt. Das sah man, wobei er den Eindruck hatte, dass die schweren dunklen Möbel noch aus der Zeit ihrer Eltern stammten. Alles wirkte ein wenig aus der Zeit gefallen. Seine Mutter war beinahe gleich alt wie Frau Berner, wirkte aber viel jünger, was sicher auch an Frau Berners kräftiger Statur, der grauen Kurzhaarfrisur und dem beigen geblümten Sommerkleid lag, das eher in die Siebziger passen würde. Auf dem Couchtisch mit braunen Keramikfliesen lagen ein paar Hochglanzbroschüren. Briamonte staunte. Plastische Chirurgie. Lipologie. Gewichtsreduktion. Eine gewisse Dr. Henriette von Neuburg-Hallern warb für ihre exklusiven Schönheitskliniken in Freiburg, München und Zürich. Neues Lebensglück. Erfolg. Gesteigertes Selbstbewusstsein und höhere Selbstwirksamkeit durch Neuerfindung. Zufriedenheit. Dicke Bretter, die die attraktive Frau Doktor da bohrte. Frau Berner in einer Schönheitsklinik? Kaum vorstellbar. Abgesehen davon wirkte die bescheidene Umgebung nicht so, als könnte sie sich eine derart exklusive Neuerfindung ihrer selbst leisten. Hm. Da musste er mal Schopferer dransetzen, vielleicht hatte die Dame ja einen gut gefüllten Sparstrumpf, auf den es die Einbrecher abgesehen hatten.

Er steckte eine der Broschüren ein und kehrte am Schluss seines Rundgangs in die Küche zurück. Maurer sah von der Arbeit auf: »Und?«

»Hm. Sieht tatsächlich wie ein Einbruch aus.«

»Haben Sie daran gezweifelt?«

Briamonte ließ seinen Blick über die zugedeckte Tote auf

dem Boden, das Nudelholz und die kleinen Schildchen der Tatortfotografen schweifen: »Ich weiß nicht. Wissen Sie schon, wie sie hereingekommen sind?«

»Die Tür war nicht aufgebrochen, wenn Sie das meinen. Auch kein Fenster, wobei die ohnehin alle offen waren ... klar, bei der Hitze gestern.«

In dem Moment kamen die Kollegen von der Rechtsmedizin herein, um die Leiche mitzunehmen. Briamonte verabschiedete sich von Maurer: »Ich bin bei der Nachbarin. Sie rufen mich an, sobald Sie im Fall Jeltsch etwas herausgefunden haben, ja?«

»Mach ich. Das wird noch ein, zwei Tage dauern. Die DNA-Analyse ist leider nicht schneller. Übrigens, auf der Einladung waren keine Fingerabdrücke, außer denen von Jeltsch.«

»Ach ...«

»Dachte ich auch. Da hat jemand dafür gesorgt, dass sie nicht zuzuordnen ist. Oder er hat sie sich selbst geschickt.«

»Interessant. Danke. Sie halten mich auf dem Laufenden?«

Die Nachbarin, Frau Schell, die die Tote heute früh gefunden hatte, konnte nur wenig verwertbare Angaben machen. Sie hatte weder etwas gesehen noch gehört, erzählte allerdings, dass Frau Berner außer einem Neffen keine Verwandten hatte und ansonsten sehr zurückgezogen lebte. Also keine Freunde, keine Hobbys. Soweit sie wusste. Frau Berner sei nicht sehr mitteilsam gewesen. Sie hatte sie heute früh gefunden, da ihr aufgefallen war, dass die Zeitung noch im Briefkasten steckte. Ungewöhnlich für diese Uhrzeit, da Frau Berner auch als Rentnerin den Tag stets früh begann. »Ich habe gedacht, sie sei krank, und habe geklingelt ... Oh Gott, es war so furchtbar!«

Briamonte überließ sie bald ihren Tränen und klapperte die übrige Nachbarschaft nach Zeugen ab. Nach einer knappen Stunde kehrte er unverrichteter Dinge zu seinem Auto zurück.

»Schopferer, können Sie bitte herausfinden, wie der Neffe einer gewissen Ute Berner aus St. Blasien heißt und ob sie sonst noch irgendwelche Angehörigen hat? Vielleicht rufen Sie auch ihren ehemaligen Arbeitgeber an? Möglicherweise wissen die mehr? Die Psychosomatische Kurklinik in St. Blasien.«

»Wer ist die Dame?«

»Eine erschlagene Rentnerin aus St. Blasien. Ich war gerade am Tatort.«

»Oh. Aber wieso waren Sie dort? Hat das etwas mit dem Fall Jeltsch zu tun?«

»Nein. Freiburg meinte, ich wäre doch in der Nähe und könne mal vorbeischauen …«

Briamonte hörte, wie Schopferer schnaubte.

»Ich habe dasselbe gedacht, aber es geht schon in Ordnung. Die Spurensicherung ist vor Ort, wir werden sehen. Ach, und noch etwas: Kontaktieren Sie doch bitte eine … Moment …« Er zog das Prospekt aus der Hosentasche. »Eine Frau Dr. Henriette von Neuburg-Hallern, Leiterin einer Schönheitsklinik in Freiburg, und vereinbaren Sie einen Termin für mich.«

»Für Sie? Wollen Sie sich Ihre Zornesfalte glätten lassen?«, flachste Schopferer ungewohnt humorig.

»Ich zeige Ihnen gleich meine Zornesfalte«, drohte Briamonte im gleichen Ton zurück. »Aber im Ernst, ich habe am Tatort Prospekte der besagten Doktorin gefunden, die irgendwie nicht zum Opfer passen. Reine Neugierde.«

27

Nach der grauenhaften Tat war Oehring gestern Abend Hals über Kopf geflüchtet, hatte irgendwo außerhalb auf einem Waldweg angehalten und sich übergeben. Als er wieder klarer denken konnte, hatte er seine ›Beute‹ vergraben. Gegen Mitternacht war er zu Hause angekommen und hatte sich im Gartenpavillon bis zum Morgengrauen betrunken. Als er ins Haus zurückkehrte, war seine Frau schon weg. Nach einer heißen Dusche ließ er sich vom Hausmädchen das Frühstück machen, ein Aspirin und die Zeitung bringen und war um acht wieder auf dem Weg nach St. Blasien. Er musste sich unbedingt bei Tageslicht vergewissern, dass die Gefahr gebannt war, bevor er nachher ins Geschäft ging.

Eineinviertel Stunden später parkte er am Fuß des kleinen Sträßchens und schloss erleichtert aus dem Polizeiaufgebot, dass Frau Berner wirklich tot war. Ihn schauderte bei dem Gedanken an gestern Abend, aber neben dem Entsetzen, das seine Tat bei ihm hervorgerufen hatte, fühlte er auch etwas gänzlich Neues. Macht, Befriedigung und Entschlossenheit. Er würde sich nicht von seinem Platz vertreiben lassen! Von nichts und niemandem, koste es, was es wolle! Zum ersten Mal wusste er, was dieser Satz bedeuten konnte. Als er eben wegfahren wollte, sah er einen alten Defender die kleine Straße herunterkommen und erkannte Kriminalhauptkommissar Briamonte am Steuer. Der auch hier. Das könnte kniffelig werden, denn der Kerl war beinhart und schlau gleichzeitig, aber dank seiner nagelneuen Gemütslage fühlte er sich gewappnet. Sollte er nur kommen. Die Berner konnte nicht mehr aussagen, und es gab nichts, was ihn mit dieser Frau in Verbindung brachte. Den verkauften Thoma hatte er noch nicht verbucht. Er lachte leise. Als hätte er es geahnt! Der Kunde hatte zwar eine Quittung, aber nirgends stand geschrieben, woher das Bild stammte.

Nach einem schnellen Frühstück im Café telefonierte Briamonte mit Kristina, die heute mit einer Freundin verabredet war. Die letzte gewalttätige Attacke ihres Noch-Ehemanns hatte Spuren hinterlassen – physisch und psychisch; seither war sie arbeitsunfähig und hatte viel freie Zeit zur Verfügung. Als er auflegte, entfuhr ihm ein neidischer Seufzer. Er würde jetzt auch lieber auf schattigen Waldwegen wandern und am Feldsee picknicken. Aber es nutzte nichts. Er hatte es so gewollt. Außerdem war am Wochenende noch Zeit. Das Wetter sollte halten.

Der Anruf von Frau Hellstein erreichte ihn, kurz nachdem er nach Menzenschwand abgebogen war, also kehrte er um und saß fünfzehn Minuten später wieder auf ihrer Terrasse.

»Sie haben Neuigkeiten für mich?«

»Ja. Bei der Durchsicht des Kalenders meines Mannes ist mir wieder eingefallen, dass wir am Sonntag vor seinem Tod eine kleine Wanderung gemacht haben und auf dem Heimweg bei einem Straßenflohmarkt vorbeigekommen sind. Ich bin noch kurz drüber gelaufen und habe einen kleinen Franz Marc gekauft, mit dem mich mein Mann den ganzen Abend aufgezogen hat. Deshalb bin ich ganz sicher, dass seine Verstimmung erst an den folgenden Tagen angefangen hat.«

Frau Hellstein ließ das Blatt sinken und blickte in den Garten.

Briamonte wartete voller Mitgefühl, bis sie sich wieder gefangen hatte, und fragte dann behutsam: »Was hat er denn am Montag gemacht?«

»Am Montag war er mit einigen Freunden beim Golf, und

am Abend war er zu einem spontanen Aperitif bei Professor Pape eingeladen.«

»Sie waren nicht dabei?«

»Nein. Ich war in Menzenschwand, bei einer Sitzung des Winterhalter Vereins.«

»An dem Montag kam Ihnen noch nichts merkwürdig vor?«

Frau Hellstein sah ihn aufmerksam an. »Wenn Sie so fragen, ist es mir erst am Dienstag beim Frühstück aufgefallen. Meinem Mann schmeckte der Kaffee nicht, er mochte kaum einen Bissen essen und fuhr anschließend früher als sonst in die Galerie.«

»Haben Sie ihn gefragt, was los ist?«

»Ja, aber er hat nur abgewunken.«

»Haben Sie ihn denn am Montag zwischen Golf und dem Aperitif noch gesehen oder gesprochen?«

»Sicher. Er war zum Mittagessen hier. Es gab Lammkotelett und Salat. Daran kann ich mich noch erinnern.«

»Da erschien er Ihnen noch wie immer?«

»Ja. Er erzählte von der bevorstehenden Reise eines befreundeten Ehepaars, fuhr am Nachmittag wieder runter nach Freiburg und kam erst nach Hause, als ich schon im Bett war.«

»Also muss beim Aperitif bei Professor Pape etwas vorgefallen sein.«

»Das dachte ich mir auch. Aber ich habe mich bisher nicht getraut, ihn anzurufen und ihn zu fragen.«

»Kennen Sie diesen Professor Pape gut?«

»Nein. Nur vom Sehen. Er ist ein Kunde meines Mannes.«

»Dann werde ich mich darum kümmern.«

»Würden Sie? Das wäre schrecklich freundlich!«

»Das gehört zu meiner Arbeit. Darf ich den Aufschrieb kurz abfotografieren?«

Professor Pape also. Briamonte googelte den Namen, bevor er wieder ins Auto stieg. Dr. Henrik Pape, emeritierter Professor für Wirtschaftswissenschaften in Freiburg. Das Gesicht kam ihm bekannt vor, aber er wusste nicht, woher. Er wählte die Nummer, ließ sich verbinden und hatte für halb zwölf einen Termin.

Ein elastischer, lebhafter Siebziger öffnete freundlich die Tür, und Briamonte wusste sofort, wo er den Mann zuletzt gesehen und gesprochen hatte – am Abend des Sommerfestes in der Villa Ferrette, als er die Gäste befragt hatte. Professor Pape war der Herr gewesen, der sich mit Jeltsch unterhalten hatte.

Pape erkannte Briamonte erst, als er sich vorgestellt hatte: »Ach Sie sind es!« Er musterte ungeniert die kakifarbenen Cargohose, das schwarze T-Shirt und die unübersehbar gut trainierten Oberarme seines Gegenübers, der einen großen, struppigen Hund an der kurzen Leine hielt.

»Im Freizeitlook habe ich Sie gar nicht erkannt.«

»Ich binde den Hund unter dem Baum an, wenn ich darf?«

»Nehmen Sie ihn ruhig mit rein, hier drin ist's kühler. Er darf nur unsere Katze nicht sehen …« Er schloss die Tür und sprach weiter. »Claas Hellstein. Ja, der gute alte Claas. Ist sehr schade um ihn. Er war am Montag vor seinem Tod noch hier.«

»Genau dazu habe ich eine Frage. Ist Ihnen an diesem Abend etwas aufgefallen? Ist etwas vorgefallen? Wirkte er aufgeregt?«

»Ob er aufgeregt war? Darauf können Sie Gift nehmen! Er wurde ganz blass vor Neid, als er es gesehen hat!«

»Was gesehen?«

»Kommen Sie mit!«

Er führte Briamonte durch die kühle Diele in ein großes helles Wohnzimmer, wo er voller Stolz auf ein Gemälde zeigte: »Ein bisher unbekannter Franz Marc. Eine Ölskizze zum *Turm der blauen Pferde*. Ein ausgesprochen seltener Schatz.«

Briamonte betrachtete stirnrunzelnd das Bild. Vier Pferdeköpfe in Blau, auf gelbem Hintergrund. Hatte nicht Frau Hellstein vorhin auch von einem kleinen Franz Marc gesprochen? Er nickte nachdenklich, während der stolze Hausherr diskret auf die Uhr blickte.

»Hat Herr Hellstein etwas gesagt? Zu dem Bild, meine ich?«

»Nein. Er ist nur ganz weiß geworden und wollte dann wissen, wo ich das herhatte.«

»Haben Sie es ihm gesagt?«

»Natürlich. Warum nicht? Auch was ich dafür bezahlt habe.«

»Und woher haben Sie es, wenn ich das fragen darf?«

»Von einem russischen Geschäftsmann, dem ich kürzlich in Baden-Baden begegnet bin.«

»Wäre es wohl möglich, den Namen und die Anschrift dieses Herren zu erfahren?«

»Sicher. Er lebt, wie gesagt, in Baden-Baden. Ich werde meinen Assistenten Justus bitten, die Informationen für Sie herauszusuchen. Das Bild hat eine erstklassige Provenienz. Alles ganz legal. Nicht, dass Sie denken, es sei ein wiederaufgetauchtes verschollenes Kunstwerk der Nazi-Raubzüge. Der Mann erwarb es von einem Verkäufer, der anonym bleiben wollte. Bekannt ist lediglich, dass sich das Bild wohl jahrzehntelang in einem Schrankkoffer befand, den die Großeltern des Verkäufers auf dem Dachboden stehen hatten. Über den Krieg dort deponiert und nie abgeholt, von einem Gast, der jahrelang die Sommerferien bei ihnen verbracht hatte. Keine Nachkommen, keine anderen Erben.«

»Aha. Was ist dann passiert? Ich meine, was hat Herr Hellstein dann gemacht?«

»Na ja … Claas, ich meine Herr Hellstein, hatte es auf einmal ganz eilig. Ich habe ihm schon einmal ein Superschnäppchen vor der Nase weggekauft, diesen Ernst Wilhelm Nay dort, das hat er mir lange nicht verziehen.«

»Professor Pape, ich habe noch ein anderes Anliegen. Herr Jeltsch, Julian Jeltsch. Sie erinnern sich an den jungen Mann, der an dem Abend in der Villa in den Tod stürzte?«

»Großer Gott, ja! Wie könnte ich das vergessen!«

»Sie haben an dem Abend ausgesagt, dass Sie sich kurz mit ihm unterhalten hätten. Können Sie sich erinnern, über was genau Sie gesprochen haben? Wussten Sie, wer der junge Mann war?«

»Nein, das wusste ich nicht. Er hatte sich nicht vorgestellt. Ich war im Gespräch mit ein paar Herren, denen ich meine neue Errungenschaft auf dem Handy zeigte … Wir haben uns über den fantastischen Neuzugang meiner Sammlung unterhalten, den ich ausnahmsweise nicht über Hellstein & Oehring gekauft habe. Der junge Mann sprach mich an, als sich die Runde gerade auflöste.«

»Er hat Sie angesprochen? Hat er Ihre Unterhaltung mitbekommen?«

»Offensichtlich, denn er sagte mir, dass er unfreiwillig Zeuge unserer Unterhaltung geworden sei und sich ebenfalls sehr für Franz Marc interessiere.«

»Ach …«

»Ja. Er erzählte mir, dass er Kunststudent und großer Verehrer Franz Marcs sei, und wollte wissen, ob er das Bild auch sehen dürfe, das ich kurz vorher den Herren gezeigt hatte.«

»Und? Haben Sie?«

»Sicher.«

»Wie hat er reagiert?«

»Merkwürdig. Jetzt, da Sie so fragen ... Er war mit einem Mal ganz kurz angebunden und verabschiedete sich recht abrupt. An dem Abend war mir das nicht so aufgefallen, da im selben Augenblick meine Frau mit zwei Gläsern Champagner zurückkehrte. Tut mir leid.«

»Schon gut. Wirkte er betrunken?«

»Nein.«

»Und als Sie später am Abend von seinem Sturz erfuhren ...«

»Ich habe mir nichts dabei gedacht, wenn Sie das fragen wollen. Das hätte ich Ihnen sonst sicher gleich am selben Abend mitgeteilt. Gibt es denn Zweifel an seinem Tod? Stimmt etwas nicht? Wenn die Polizei ermittelt?«

»Dazu kann ich Ihnen leider nichts sagen. Ich versuche lediglich, Herrn Jeltschs letzte Tage und Wochen vor seinem Tod zu rekonstruieren.«

Pape musterte Briamonte mit wachem Blick. Kein Zweifel, dass er dessen ausweichende Antwort richtig interpretierte: »Nun, wenn Sie weitere Fragen haben, wissen Sie ja, wo Sie mich finden. Sie müssen mich jetzt entschuldigen. Ich muss los. Wenn Sie kurz warten wollen, gibt Ihnen mein Mitarbeiter die Adresse des russischen Herrn. War mir ein Vergnügen, Herr ...«

»Briamonte. Darf ich ein Foto von dem Bild machen?«

»Sicher! Auf Wiedersehen.«

Wenige Augenblicke später brachte Justus, Papes Faktotum, die gewünschten Informationen und begleitete Briamonte zur Tür.

Die Hitze war trotz des alten Baumbestands entlang der Straße kaum auszuhalten, und Briamonte machte auf dem Rückweg einen Abstecher bei der Eisdiele, wo er für sich und Gismo ein großes Eis kaufte, bevor er beinahe fluchtartig wieder in den Schwarzwald zurückfuhr.

Auf dem Schauinsland hielt er kurz an, um tief durchzuschnaufen, Juri Kusnezow anzurufen und den Hund rauszulassen.

Von dem russischen Geschäftsmann erfuhr er lediglich das, was er von Pape schon wusste; umso wichtiger war, dass Frau Hellstein das Foto sah. Also fuhr er zum zweiten Mal an diesem Tag nach St. Blasien, wo er eine Stunde später der fassungslosen Frau Hellstein das Foto des Gemäldes zeigte.

»Das ist ganz und gar unmöglich!«, rief sie. »Ganz und gar! Das ist exakt das Gemälde, das ich auf dem Flohmarkt gekauft habe!«

»Wo war der Flohmarkt?«

»Hier, in St. Blasien.«

»Würden Sie die Adresse wiederfinden?«

»Sicher.«

»Wo ist das Gemälde jetzt?«

Plötzlich hielt sie inne, als wäre ihr etwas eingefallen.

»Ja?« Briamonte beobachtete sie elektrisiert, denn vor seinem geistigen Auge kristallisierte sich ein waschechter Kunstfälscherskandal heraus, mit Julian Jeltsch als Hauptdarsteller.

»Gestern erst habe ich es Herrn Oehring mitgegeben. Er sagte mir, mein Mann hätte ihn gebeten, dieses Bild zu überprüfen …«

»Das ist ja interessant. Könnte das ein Grund sein, warum sich Ihr Mann aufgeregt hat? Dass er den Verdacht gehabt hat, einer Kunstfälschung auf der Spur zu sein?«

»Ich weiß es nicht … Es hätte doch gereicht, wenn er die Polizei über seinen Verdacht informiert hätte?«

»Vielleicht fürchtete er, dass sein Auszubildender in diese Sache verwickelt war, und wollte sichergehen? Wird Herr Oehring das Bild untersuchen?«

»Ja. Er ist Experte für Marcs Pferde.«

»Tatsächlich?« Briamonte betrachtete nachdenklich seinen Hund, der, alle viere von sich gestreckt, unter dem Tisch lag. Vielleicht war genau das auch der Grund, warum der smarte Herr Oehring so nervös war. So wie die Dinge lagen, war er im Besitz einer Kopie eines Kunstwerks von Franz Marc. Oder aber Professor Pape. Oder beide. Das überstieg seinen Horizont bei Weitem, da mussten dringend die Kollegen vom Fach hinzugezogen werden.

»Würden Sie mir einen großen Gefallen tun und mit mir dahin fahren, wo der Flohmarkt stattgefunden hat? Vielleicht weiß die frühere Besitzerin etwas mehr über das Bild?«

»Sicher. Jetzt gleich?«

»Wenn es Ihnen nichts ausmacht ...«

Als ihn allerdings Frau Hellstein fünfzehn Minuten später in die kleine Sackgasse am Waldrand lotste, lief es ihm kalt den Rücken runter. »Wissen Sie noch, an welchem Stand Sie das Bild gekauft haben?«

»Ja. Vor dem letzten Haus, ganz hinten rechts.«

Briamonte fuhr an den Straßenrand und wandte sich besorgt zu seiner ahnungslosen Beifahrerin.

»Was ist? Kennen Sie das Haus?« Frau Hellstein registrierte befremdet Briamontes plötzlich sehr ernste Miene.

»Ich bringe Sie wieder nach Hause.«

»Was ist denn los?«

»Frau Hellstein, haben Sie einen Ort, wo Sie für ein paar Tage unterkommen könnten? Kinder? Verwandte?«

»Warum? Jetzt machen Sie mir aber Angst! Bitte sagen Sie mir, was los ist!«

»Die frühere Besitzerin Ihres Bildes ist gestern ermordet worden.«

»Ermordet?! Großer Gott!«

»Frau Hellstein, ich will Sie nicht erschrecken, aber ich kann nicht ausschließen, dass sowohl der Tod Ihres Mannes als auch der Unfall Julian Jeltschs, das Bild und der Mord an seiner früheren Besitzerin in irgendeinem Zusammenhang stehen. Und solange ich nicht weiß, um was es geht, würde ich deutlich ruhiger schlafen, wenn ich Sie an einem sicheren Ort wüsste …«

Er brachte sie zurück nach Hause und wartete, bis sie ein Telefonat gemacht und ein paar Sachen gepackt hatte. Dann brachte er sie zu einer Freundin.

Von seinem Hund scheel beäugt fuhr er anschließend laut fluchend nach Waldshut auf die Dienststelle. Von seinem ersten, spektakulären Fall abgesehen hatte er sich die letzten sechs Monate mit kleinen bis kleinsten Delikten gelangweilt, und ausgerechnet jetzt, wo er eigentlich drei Monate unbezahlten Urlaub genießen könnte, kam so ein Mist ums Eck! Was zur Hölle hatten Jeltsch und Hellstein mit der ermordeten Frau in St. Blasien zu tun? Er spürte eine heiße Welle Überdruss über sich hinwegfluten und haute wütend aufs Lenkrad.

Eine Stunde später, im abgedunkelten Besprechungsraum seiner Dienststelle, hatte er sich wieder etwas abgeregt. Schopferer brachte zwei eisgekühlte Dosen Coke und ein Schälchen mit Wasser für Gismo, bevor er sich setzte.

»Sie wirken so entspannt. Geradezu vergnügt. Was ist passiert? Ist unser Oberindianer endlich vom Teufel geholt worden?«, fragte Briamonte spöttisch.

»Nein. Leider noch nicht.« Schopferer grinste breit. »Meine Schwiegereltern haben beschlossen, sich schon früher als geplant zu verkleinern und uns das große Haus zu überlassen.«

»Das ist ja fantastisch! Freut mich für Sie und Ihre Frau!«

»Danke. Das ist tatsächlich eine riesengroße Erleichterung.«

»Das glaube ich sofort. Leider habe ich anderweitig schlechte Neuigkeiten. Die Dinge entwickeln sich im Fall Jeltsch zu einer größeren Sache, wie es scheint.«

»Der Mord in St. Blasien?«

»Ja. Gerade vorhin habe ich erfahren, dass die Ermordete auf einem Flohmarkt ein kleines Ölgemälde verkauft hat, das haargenau einem Werk gleicht, dass ich heute Mittag in der Sammlung eines gewissen Professor Pape gesehen habe. Eine Ölstudie von Franz Marc, aus dem Jahr 1913. Offenbar eine absolute Rarität. Von einem russischen Geschäftsmann kürzlich erworben, für zwei Millionen Euro.«

»Wie bitte?!«

»Ja. Und es kommt noch besser. Die Käuferin, die auf dem Flohmarkt das doppelte Lottchen gekauft hat, ist die Witwe von Claas Hellstein.« Briamonte lehnte sich zurück und weidete sich an Schopferers Überraschung. »Das ist ein ziemlicher Knaller, finden Sie nicht?«

»Äh … ja … Jetzt noch einmal langsam. Es sind gerade zwei identische Bilder von Franz Marc aufgetaucht?«

»Ja. Eines hat zwei Millionen gekostet, eines zwanzig.«

»Denken Sie, dass sie gefälscht sind?«

»Möglich.«

»Merkwürdiger Zufall.«

»Sie sagen es.«

»Und Sie vermuten einen Zusammenhang zwischen den Todesfällen von Julian Jeltsch, Claas Hellstein, dieser Rentnerin und den beiden Bildern?«

»So sieht es zumindest aus, finden Sie nicht?«

»Hm. Und wie, denken Sie, hängt das alles zusammen?«

»Keine Ahnung. Aber immerhin war unser erster Gedanke an Kunstfälschung wohl nicht ganz abwegig.«

»Sie meinen, dass Jeltsch Werke gefälscht hat, die von der Kunsthandlung verkauft wurden?«

»Warum nicht? Die sitzen doch an der Quelle.«

»Stimmt. Wie wollen Sie jetzt weiter vorgehen? Haben Sie denen in Freiburg schon gesagt, was Sie erfahren haben?«

»Noch nicht. Haben Sie etwas herausgefunden über die Tote?«

»Nicht viel. Keine Vereinsmitgliedschaften, keine Verwandten, keine Schulden, dafür ein Sparbuch mit hundertzwanzigtausend Euro. Nur der besagte Neffe. Die einzige Schwester ist vor drei Jahren verstorben, deren Mann bereits vor zehn Jahren. Eine ehemalige Kollegin aus der Klinik erzählte mir, dass Frau Berner wenig Kontakte gepflegt habe. Sie habe sich in all den Jahren nur einmal zum Bummel über den Weihnachtsmarkt getroffen und sie könne nicht viel über sie erzählen, außer dass sie eine zurückhaltende und zuverlässige Kollegin gewesen war. Nicht unbeliebt, aber so wie es sich anhörte eher unscheinbar.«

»Klingt ein bisschen deprimierend, finden Sie nicht?«

»Schon.«

»Haben Sie zufällig auch etwas über den Neffen herausgefunden?«

»Zufällig ja, wird Ihnen gefallen.«

»Jetzt bin ich aber gespannt.«

»Er wohnt in Bernau, ist Junggeselle, arbeitete als Lkw-Fahrer bei einer Speditionsfirma, hat enorme Schulden und ist seit diesem März arbeitslos.«

»Sieh mal einer an. Klingt, als hätte da jemand ein Motiv.«

»Sehe ich auch so, aber ein merkwürdiger Zufall ist das Ganze schon. Ich meine das mit den Bildern. Werden Sie diesem Neffen einen Besuch abstatten?«

»Natürlich werde ich den aufsuchen. Gleich nachher noch. Wir sollten Unterstützung anfordern. Langsam wird's ein bisschen viel für unser Zweimannunternehmen.«

»Stimmt.« Schopferer schob Briamonte die Adresse des

Neffen rüber und fragte: »Gibt es eigentlich schon Ergebnisse, was diese Einladung und Jeltschs Anzug angeht?«

»Maurer sagt, dass auf Jeltschs Einladung keine Fingerabdrücke außer seinen waren. Die Auswertung der gefundenen Hautpartikel dauert noch.«

»Sieh mal einer an. Scheint, als hätte sich jemand absichern wollen … Was sagt das unserem fabelhaften Bulleninstinkt?«

Briamonte musste unwillkürlich grinsen. Der gut gelaunte Schopferer war wirklich amüsant, trotz der aktuell ziemlich verzwickten Sachlage. »Ohne voreilige Schlüsse ziehen zu wollen, sagt mir mein ›fabelhafter Bulleninstinkt‹, dass Jeltsch nicht unglücklich gestürzt ist, sondern vorsätzlich gestoßen wurde.«

»Totschlag also. Mindestens.«

»Wird sich zeigen, aber mir fallen beim besten Willen keine plausiblen Erklärungen für die fehlenden Fingerabdrücke auf dem Geländer, die Einladung mit nur seinen Abdrücken und die vernichteten Farbreste in seiner Wohnung ein. Und schon gar nicht für ein vermutlich wertvolles Gemälde, das es doppelt gibt. Außer Kunstfälschung.«

»Und wie passt der Neffe der toten Frau Berner da rein?«

»Keine Ahnung. Vielleicht hat er die gefälschten Bilder transportiert?«

Schopferer runzelte zweifelnd die Augenbrauen, und Briamonte hob die Hände.

»Ich weiß es doch auch nicht. Ich fahre auf jeden Fall hin und schaue mir den Mann mal an. Dann sehen wir weiter.«

»Wo ist das Flohmarktbild jetzt eigentlich? Bei Frau Hellstein? Könnte sie ebenfalls gefährdet sein?«, fragte Schopferer plötzlich besorgt. Seine übermütige Laune hatte sich über dem Ernst der Lage verflüchtigt.

»Der Gedanke kam mir vorhin auch schon, deshalb habe ich sie gebeten, vorerst bei einer Freundin zu wohnen, aber das Bild ist jetzt bei Herrn Oehring. Er hat es gestern abgeholt, um es auf Hellsteins Geheiß auf seine Echtheit zu überprüfen.«

»Bei Oehring? Wieso? Das echte hängt bei diesem Professor, dachte ich? Außerdem ist Hellstein doch tot?«

»Schon, aber seine Witwe sagte mir vorhin, dass das der Wunsch Ihres Mannes gewesen wäre und Martin Oehring diesen noch erfüllen wollte.«

»Komisch.«

»Finde ich auch. Wir müssen unbedingt die Kollegen aus dem Kunstressort hinzuziehen. Auf diesem Gebiet kenne ich mich überhaupt nicht aus. Haben Sie herausgefunden, wer dafür zuständig ist?«

»Ja. LKA. Stuttgart. Inspektion 310. Kollege Holz.«

»Haben Sie grad seine Nummer?«

Schopferer schob ihm sein Laptop hin, auf dem er die Seite geöffnet hatte, und Briamonte griff zum Telefon.

Stefan Holz, Kriminalhauptkommissar der Inspektion 310, hörte sich die Geschichte an, stellte ein paar Fragen und entschied dann, dass sie persönlich vorbeikommen würden. Gleich morgen. Alles Weitere dann. Schopferer, der während des Gesprächs hinausgegangen war, kam eben zurück.

»Und?«

»Holz kommt morgen mit einer Kollegin vorbei. Die Bilder müssen sichergestellt werden.«

»Beide?«

»Ja. Wir werden morgen das weitere Vorgehen besprechen. Professor Pape wird nicht begeistert sein.« Briamonte leerte seine Dose und sah auf die Uhr. »Haben Sie diese Frau Doktor erreicht?«

»Ja. Ich habe gerade meine Notizen geholt.« Schopferer blickte auf den Zettel. »Sie kann Sie entweder heute Abend um sieben oder aber morgen früh um acht empfangen.« Er reichte ihn Briamonte. »Kann ich sonst noch etwas tun?«

»Informieren Sie Freiburg, dass die ›Künstler‹ aus Stuttgart morgen kommen, und bitten Sie um personelle Unterstützung in dem Mordfall. Ich bin dann in Bernau.«

28

»Martin, die Polizei war soeben da und wollte das Bild abholen! Den kleinen Marc. Was hat das zu bedeuten? Hat sich mein Mann deswegen so aufgeregt? Hat er deshalb sterben müssen? Stimmt etwas nicht mit dem Bild?«

Oehring traf fast der Schlag. Er wollte gerade die Galerie schließen und stand nun zitternd am Tresen, in der Rechten den Schlüssel, in der linken das Telefon, unfähig, auch nur einen halbwegs klaren Gedanken zu fassen.

»Martin? Sind Sie noch da?«

»Magda, ich rufe Sie gleich zurück ... Ich habe noch einen Kunden da.«

Großer Gott! Die Polizei wusste von dem Bild! Oehrings Herz schlug bis zum Hals, und der Angstschweiß brach jäh aus allen Poren. Seine Hochstimmung und sein Unverwundbarkeitsgefühl waren augenblicklich verpufft. Was jetzt? Verdammt, was jetzt? Oehring drehte fast durch bei dem Gedanken daran, dass die Polizei jeden Moment auftauchen könnte, und war einen Moment lang versucht, den Wagen zu nehmen und zu fliehen. Glücklicherweise schaltete sich sein Verstand wieder ein, bevor er diesen unsinnigen Impuls in die Tat umsetzen konnte. Fliehen wäre das Dümmste, was er tun konnte, da könnte er gleich ein Geständnis ablegen. Nein, er musste sich unbedingt beruhigen und dann gut überlegen, was am vernünftigsten wäre.

Sollte er das Bild herausgeben oder darauf bestehen, dass er eine richterliche Verfügung zu sehen bekam? Was würde ein unschuldiger Mensch tun? Abgesehen davon, dass er es erst aus dem Versteck holen musste? Ihm wurden die Knie weich bei dem Gedanken, dass er es um ein Haar vernichtet hätte. Das wäre das endgültige Aus gewesen. Oehring stöhnte auf. Dann hatte er eine andere Idee: Würde man ihm abkaufen, dass er das Gemälde zur Untersuchung eingeschickt hatte? Dann würde er einen Einlieferungsbeleg der Post vorlegen müssen. Er könnte auf die Schnelle noch etwas verschicken, was ähnliche Maße hatte. Das ginge schneller, als einmal nach Oberried und zurück. Die Hauptpost war bis acht Uhr abends geöffnet. Unglücklicherweise würde das Paket dann ›verschwinden‹. Das kam doch immer wieder vor, oder nicht? Angespannt lief er in den Galerieräumen auf und ab. Was war besser? Was schlimmer? An die Möglichkeit, dass die Polizei so rasch von dem Bild erfahren könnte, hatte er nicht gedacht. Er hatte noch gar keine Gelegenheit gehabt, seine Geschichte zu Ende zu denken! Was sollte er dem Polizisten erzählen? Das Märchen, das er Magda Hellstein erzählt hatte? Besser wäre es. Und wenn dieser Briamonte von Papes Bild auch schon wusste? Zuzutrauen war es ihm. Oehring zerrte an seinem Krawattenknoten. Aber bevor er irgendetwas unternahm, musste er Magda Hellstein zurückrufen. Nicht, dass sie noch misstrauisch wurde.

Er sammelte sich leidlich und drückte die Rückruftaste: »Magda, bitte entschuldigen Sie, jetzt bin ich ganz Ohr … Sie fragten mich vorhin, was Claas zu dem Bild gesagt hat.«

Frau Hellstein, die höchst beunruhigt auf Oehrings Anruf gewartet hatte, wiederholte noch einmal, was sie vorhin schon gefragt hatte: »Hat er deshalb sterben müssen? Schonen Sie mich nicht, Martin, ich bitte Sie … Irgendetwas stimmt doch nicht mit diesem Bild, habe ich recht? Sie kennen sich doch aus?«

»Aber nein, Magda, beruhigen Sie sich … Claas hat mir nur das erzählt, was Sie auch wissen, und zwar, dass dieses Bild, das Sie auf dem Flohmarkt gekauft haben, dem verschollenen *Turm der blauen Pferde* gleicht und dass es vielleicht ja doch wertvoll sein könnte. Man könne ja nie wissen … Mehr war da nicht, es war eher Amüsement als Sorge, wirklich, das versichere ich Ihnen, bei allem, was mir heilig ist!« Oehring hatte Mühe, einen unbefangenen Ton zu treffen.

»Aber Sie wissen ja noch gar nicht alles! Es ist ja nicht nur der Tod meines Mannes! Die Frau, von der ich es gekauft habe, ist gestern ermordet worden! Da stimmt doch etwas nicht! Der Polizist hat gesagt, dass ich für eine Weile bei einer Freundin wohnen soll … Er schien wirklich besorgt zu sein!«

Magda Hellsteins arglos weitergegebene Information traf ihn wie ein Schlag in die Magengrube und verwandelte seine Eingeweide in Brei.

»Sie müssen sich beruhigen, Magda, der Mann tut nur seine Pflicht. Aber jetzt muss ich Schluss machen. Ich melde mich wieder.«

Oehring beendete brüsk das Gespräch und erreichte die Toilette gerade noch rechtzeitig, bevor seine Därme explodierten.

Als er zehn Minuten später zwei Cognac hinunterkippte, um das Zittern unter Kontrolle zu bekommen, schwante ihm, dass er nur eine Chance hatte davonzukommen. Kooperation. Alles andere wäre der pure Wahnsinn. Er musste so schnell wie möglich das Bild holen und sich, wenn die Polizei anrückte, so verhalten, wie ein unbescholtener Bürger es tun würde, der unglücklicherweise in eine unschöne Sache hineingezogen worden war. Gut, dass Sie da sind, Herr Kommissar! Sie nehmen mir einen Weg ab. Gerade eben war ich im Begriff, Ihnen das Bild zu bringen und Anzeige zu erstatten. Gegen Unbekannt – wobei – ich fürchte sehr, dass ich den Urheber dieses Werks nur zu gut kenne – oder so ähnlich. Der Tenor wäre: Jeltsch hatte Kunst gefälscht, und Hellstein sie verkauft. Hinter seinem Rücken. Der Verdacht wäre ihm gerade erst gekommen. Eine Mitwisserschaft musste ihm erst einmal jemand nachweisen. Zur Not müsste er dann auch das Geld ›finden‹. Da Hellstein tot war, konnte man ihm den Mord an Frau Berner nicht anlasten, aber möglicherweise gab es ja noch andere Verdächtige. Spuren hatte er am Tatort sicher keine hinterlassen, die Handschuhe hatte er anschließend vernichtet, und auch das Auto konnte ihm für den Fall der Fälle nicht zugeordnet werden, da er den Wagen seiner Frau genommen hatte, der auf die Klinik zugelassen war und auch von den Mitarbeitern gefahren wurde. Seine Fingerabdrücke hatte er trotzdem sicherheitshalber sorgfältig abgewischt. Sollte er der Polizei etwas von skrupellosen Kunstfälscherbanden aus dem Osten erzählen? Würde man ihm das glauben? War es überhaupt klug, so einen Verdacht anzudeuten? Würden Sie dann nicht Details wissen wollen? Und sich dann wundern, warum ein so seriöses Haus wie Hellstein & Oehring einen solchen Verdacht nie angezeigt hatte? Nein, so ein Hinweis wäre dumm und würde ihm wahrscheinlich noch mehr Fragen und Scherereien bescheren. Abgesehen davon durfte er ja gar nicht wissen, dass es eine Frau Berner überhaupt gab. Trotz dieses Lichtstreifs am Horizont war Oehring kurz vor einem Zusammenbruch. Keines seiner Szenarien war hundert Prozent plausibel. Aber ohne Beweise würde man ihn nicht anklagen können, oder?

Oehring hätte es nie zugegeben, aber er fürchtete sich vor

dem durchdringenden, wissenden Blick dieses Polizisten. Es war, als könne er in sein Innerstes blicken und ihm, ohne dass er es verhindern konnte, seine düstersten Geheimnisse entlocken. Er stöhnte gequält, denn in der aktuellen Situation konnte er sich niemandem anvertrauen. Seinem Jugendfreund nicht, der sich kürzlich erst ob Oehrings labilem Zustand besorgt gezeigt hatte, und auch seinem Anwalt nicht, weil dieser in erster Linie Henriettes Anwalt war. Vielleicht sollte er sich einen eigenen suchen. Aber woher bekam er auf die Schnelle einen kompetenten Anwalt, der nicht irgendwelche falschen Schlüsse zog? Professionalität hin oder her? Er hyperventilierte sich in eine akute Hysterie hinein, die gottlob durch das Bimmeln der Ladenglocke unterbrochen wurde. Der Nachbar aus der Weinhandlung nebenan. Der fehlte noch!

»Mauritz, guten Abend!« Oehring bemühte sich um einen neutralen Gesichtsausdruck und wischte sich über die Stirn. »Was kann ich für Sie tun?«

»Ist alles in Ordnung?«

»Jaja, ich habe nur eben an Claas gedacht und das, was in den nächsten Wochen auf mich zukommt! Keine erfreulichen Aussichten.« Oehring lachte gezwungen.

»Das tut mir aufrichtig leid, Claas' Tod ist ein herber Verlust für uns alle. Deswegen bin ich hier. Wollen Sie nicht nach Ladenschluss auf ein Gläschen Wein vorbeikommen?«

»Das ist wahnsinnig freundlich, aber ich kann nicht. Ich muss noch etwas ausliefern und bin später am Abend noch eingeladen. Morgen gerne.«

Oehring schloss die Tür hinter dem Mann, schnaufte tief durch und machte sich anschließend daran, das Bild zu holen.

29

Während Oehring sich im Vorhof der Hölle wähnte, war Briamonte auf dem Weg nach Bernau, um den Neffen Frau Berners zu befragen. Holger Wehrle wohnte ziemlich abgelegen, und Briamonte fuhr mit heruntergekurbelten Fenstern ein kleines geteertes Sträßchen hügelan, das er noch nie gesehen hatte, vorbei an frisch gemähten Streuobstwiesen und Kuhweiden. Doch auf Wehrles Hof angekommen, war es vorbei mit der Schwarzwaldidylle. Das kleine Gehöft war gut hundert Jahre alt und in erbärmlichem Zustand. Der Putz des bescheidenen Hauptgebäudes blätterte in großen Placken ab, die einst grünen Fensterläden hingen schief in den Angeln, und auf dem Dach fehlten Ziegel. Die ehemaligen Stallungen waren nicht besser. Gesprungene, blinde, von jahrzehntealten Spinnweben überdeckte Fensterscheiben hinter verrosteten Fenstergittern, eine eingeschlagene Stalltür, durch die eben eine magere Katze huschte, und ein teilweise eingestürztes Dach. Im verwahrlosten Innenhof standen ineinander verkeilte rostige landwirtschaftliche Geräte neben einem uralten Ford Escort, auf dessen Motorhaube Moos sprießte; drumherum pickten ein paar armselige, zerrupfte Hühner im Staub. Sogar der ehemalige Misthaufen in der betonierten Grube rottete offenbar seit Jahren vor sich hin. Es stank gottserbärmlich. Briamonte sah sich seufzend um: »Ist jemand zu Hause?« Er war auf der Hut. Einen scharfen Hofhund konnte er jetzt nicht gebrauchen. Gismo hatte er vorsichtshalber bei heruntergekurbelten Fenstern im Auto gelassen. »Herr Wehrle? Sind Sie da?« Er legte ein paar Dezibel zu und ging vorsichtig in Richtung Wohnhaus.

Plötzlich zuckte er zusammen. Vor dem Haus, an einem alten, verblichen Resopaltisch, saß ein Mann, der ihn aus zusammengekniffenen Augen beobachtete. Vor sich eine Flasche Bier, neben sich ein halb leerer Kasten. Er war doch zu Hause, der Idiot. Wieso hatte er nicht reagiert? Briamonte war sauer. »Herr Wehrle? Wieso antworten Sie nicht?«

Der Mann hob nur provozierend das Kinn.

»Herr Wehrle, mein Name ist Briamonte. Kriminalhauptkommissar Johann Briamonte.«

»Ja, und? Was wollen Sie?«

Briamonte atmete tief durch und trat näher. Einen Hund gab es offenbar nicht. Der Mann war Ende vierzig, sah aber aus wie sechzig. Bullig, Halbglatze, unrasiert. Speckiges, schmutzstarrendes Unterhemd und ebenso dreckige Arbeitshose. Die Füße mit den borkigen gelben Zehennägeln steckten in abgelatschten Adiletten. Eine optische und olfaktorische Herausforderung, wie Briamonte schaudernd feststellte.

»Herr Wehrle, ich bin hier, weil ich Sie fragen muss, wo Sie gestern Abend waren.«

»Wieso wollen Sie das wissen?«

»Bitte beantworten Sie meine Frage!«

»Und wenn nicht?«

Wenn nicht, dann zerre ich dich jetzt gleich aufs Revier, du stinkender Kotzbrocken! Du darfst dann bei mir auf der Rückbank sitzen und mein Hund erklärt dir, wo's langgeht, du Arschloch!, dachte Briamonte fuchtig und musste an sich halten, nicht ausfallend zu werden.

»Noch einmal – wo waren Sie gestern Abend? Ich glaube, ich muss Ihnen nicht erklären, was passiert, wenn Sie die Fragen eines Polizeibeamten nicht beantworten. In diesem Fall würde ich Sie jetzt sofort unter dringendem Tatverdacht vorläufig festnehmen lassen. Sie haben die Wahl!«

»Ich will Ihren Ausweis sehen!«

»Bitte … sehen Sie ihn sich gut an!«

Briamonte hielt ihm den Ausweis mit langem Arm hin, und Wehrle reckte unwillig seinen Hals. Als er genug gesehen hatte, steckte Briamonte das Dokument wieder ein, baute sich breitbeinig vor dem Mann auf, so wie er es im Umgang mit den schweren Jungs in Frankfurt gelernt hatte, und starrte ihm ohne zu blinzeln genau in die Augen. Der Kerl war ein harter Hund. Es war heiß, es stank zum Himmel, und Briamonte dachte an den Wasserschlauch zu Hause. Eine ganze Weile hielt der Mann dem eisigen Blick stand, dann gab er nach.

»Ich war hier.«

Na also. Ging doch. »Den ganzen Abend?«

»Ja.«

»Gibt es dafür Zeugen?«

»Die Hühner, haha.« Wehrle lachte ein heiseres Lachen.

»Das heißt im Klartext, dass Sie kein Alibi haben.«

»Alibi? Für was?« Jetzt rückte er auf der Bank hin und her.

»Wann haben Sie Ihre Tante das letzte Mal gesehen?«

»Ute?«

»Gibt's noch eine andere?«

Wehrle schnaubte. »Keine Ahnung. Muss ewig her sein.« In seiner Stimme schwang triefende Verachtung mit, was Briamonte nicht entging.

»Sie mochten Ihre Tante nicht, wenn ich Ihren Tonfall richtig interpretiere?«

»Interpretieren, ach Gottchen, wir sind wohl aus Schlau-bergerhausen«, ätzte der Mann provokant. »Nein, ich mochte sie nicht.«

»Warum nicht?«

»Weil sie eine spießige, rechthaberische und verklemmte

alte Jungfer war, die sich immer für etwas Besseres gehalten hat.«

Briamonte spitzte die Ohren. Er benutzte die Vergangenheits- und nicht die Gegenwartsform. Wusste er, dass sie tot war?

»Sie sagten gerade ›war‹.«

»Ja. Und?«

»Als ob sie tot wäre …«

Wehrle lachte hämisch. »Schön wär's, dann könnte ich die geizige alte Schachtel beerben …«

Aha. Daher wehte also der Wind. Briamonte hätte geschworen, dass er erfolglos versucht hatte, seine Tante um Geld anzugehen. Möglicherweise hatte er die Prospekte der Schönheitsklinik gesehen und war ausgerastet? Das würde erklären, dass keine Einbruchspuren von außen zu sehen gewesen waren. Dem Neffen hatte sie sicher die Tür geöffnet.

»Herr Wehrle … haben Sie Ihre Tante umgebracht?«

Der Mann sprang so unerwartet auf, dass Briamonte unwillkürlich zurückwich. Wehrle umrundete den Tisch und kam drohend auf ihn zu, und Briamonte ging reflexartig in Grundstellung. Jahrelanges Boxtraining. Zwar nie am ungeschützten Gegner, aber hier würde er vielleicht das erste Mal eine Ausnahme machen müssen. Obwohl – die Vorstellung, diesen stinkenden, schwitzenden Kerl zu berühren, auch wenn es nur mit der geballten Faust war, widerte ihn so an, dass er sich auf eine andere bewährte Taktik verlegte. Nicht die allerfeinste, aber meist erfolgreich. »Kommen Sie nur …«, provozierte er seinen Gegner mit erhobenen Fäusten, »geben Sie mir einen Anlass, Ihnen die Nase zu zertrümmern! Ich werde es mit Freuden tun und dann aussagen, dass Sie im Vollsuff unglücklich auf ihre rostige Egge gestürzt sind. Was denken Sie, wem man glauben wird? Kommen Sie! Worauf warten Sie? Trauen Sie sich nicht?«

Wehrles Blick irrte einen Augenblick lang umher, als ob er etwas suchte, das zur Waffe taugte, taxierte dann Briamontes Statur und gab schließlich nach: »Ich werde Sie anzeigen!«

»Tun Sie das, aber vorher beantworten Sie mir meine Frage! Haben Sie Ihre Tante umgebracht?«

»Nein!«

Briamonte ließ die Fäuste sinken. »Gut. Sie werden von uns hören. Halten Sie sich zur Verfügung. Ich rate Ihnen eindringlich, Bernau nicht zu verlassen.«

Als er wieder bei seinem Wagen war, atmete er unvermittelt auf. Eine Schlägerei hätte ihm gerade noch gefehlt. Gismo begrüßte wedelnd sein Herrchen, das schneller als nötig den Hügel hinunterbretterte. Kurz vor der Hauptstraße erreichte ihn ein Anruf aus Waldshut mit guten Nachrichten.

»Unsere Zwei-Mann-Ermittlungsgruppe wurde um zwei Kollegen aufgestockt. Sie erwarten Ihre Instruktionen.«

»Schopferer, Sie sind ein Genie! Aus unserem Verein? Wer ist es?«

»Ja. Bülent Yilmaz und Miriam Strittmatter.«

»Gut. Die sollen bitte Wehrles ehemaligen Arbeitgeber kontaktieren. Ich will wissen, wie lange er dort gearbeitet hat und warum er gekündigt wurde. Dann will ich wissen, warum Wehrle so viele Schulden hat. Glücksspiel? Drogen? Prostituierte? Was auch immer. Und dann sollen sie noch eine Überprüfung von Wehrles Handydaten starten, falls er eins hat. Der Staatsanwalt soll notfalls Druck machen. Wäre fantastisch, wenn er in der Nähe des Tatorts gewesen ist. Und ganz zum Schluss sollen sie sich irgendwie genetisches Vergleichsmaterial von ihm besorgen, damit man es mit den Spuren vom Tatort vergleichen kann … Aber sie sollen aufpassen, der Kerl ist nicht ohne.«

»Wie meinen Sie das?«, fragte Schopferer.

»Das werden die Kollegen schon sehen.«

Der Besuch bei Holger Wehrle hatte tatsächlich eine neue Spur ergeben, weshalb Briamonte noch einmal in Richtung St. Blasien steuerte. Der Wasserschlauch musste warten. Vielleicht konnte Frau Berners Nachbarin Frau Schell etwas zu dem zauberhaften Neffen sagen.

Die Dame kam nach nachdrücklichem Klingeln hinter dem Haus hervor.

»Ach, Sie sind es! Kommen Sie, wir sind gerade beim Grillen.«

Sie bat Briamonte mitzukommen, und er folgte ihr über saftig grünen federnden Rasen mit gepflegten Blumenrabatten ums Haus herum, wo der Hausherr auf der Terrasse mit Schürze und Grillzange an einem gewaltigen Grill hantierte.

»Darf ich Ihnen etwas zu trinken anbieten?«

»Gerne ein Wasser, und sagen Sie, dürfte ich Sie um ein Schälchen Wasser für meinen Hund bitten?«

»Wo ist er?«

»Im Auto.«

»Holen Sie ihn doch, er kann hier im Garten herumspringen ...«

»Wenn das so ist, sehr gerne.«

Zwei Minuten später tobte Gismo unter den amüsierten Blicken der Hausherren herum und wälzte sich auf dem frisch gemähten Gras.

Briamonte, den es dringend nach Hause zog, lehnte dankend die Einladung zum Essen ab und kam gleich zur Sache: »Frau Schell, ich wollte Sie fragen, ob Ihnen in der Zwischenzeit noch etwas eingefallen ist, was uns bei den Ermittlungen helfen könnte? Und ob Sie den Neffen von Frau Berner persönlich kennen?«

»Ach der!«, warf ihr Mann sofort ein: »Ein unangenehmer Zeitgenosse!«

»Inwiefern? Kennen Sie ihn?«

»Kennen *Sie* ihn?«, fragte Herr Schell zurück.

»Ich habe vorhin seine Bekanntschaft gemacht.«

»Dann wissen Sie ja, was ich meine.«

»Aber er sieht nicht nur furchtbar aus, er hat auch einen unangenehmen Charakter ...«, ergänzte Frau Schell schaudernd. »Ich habe Frau Berner immer bedauert.«

»Haben Sie mit ihr über ihn gesprochen?«

»Nun, direkt über ihn gesprochen haben wir nicht, aber ich habe vor einer Weile einen heftigen Streit mitbekommen. Das ist mir wieder eingefallen. Sie erzählte mir daraufhin, dass er sie immer wieder um Geld anging. Er hatte wohl Schulden und war arbeitslos.«

»Wissen Sie zufällig, ob sie ihm Geld gegeben hat?«

»Keinen Cent hat sie ihm gegeben. Sie bezeichnete ihn einmal als arbeitsscheuen Nichtsnutz, der seine Eltern unter die Erde gebracht hätte.«

»So schlimm?«

»Ja.«

»Denken Sie, dass sie Angst vor ihm hatte?«

»Frau Berner? Nein. Das glaube ich nicht.«

Jetzt mischte sich Herr Schell wieder ein. »Letzten Monat hat nicht viel gefehlt, und er wäre handgreiflich geworden.«

»Ach wirklich? Das hast du mir gar nicht erzählt?«

»Kann sein. Hatte ich vergessen.«

»Können Sie mir genauer sagen, was vorgefallen ist?«, fragte Briamonte, hellhörig geworden.

»Ich habe einen lauten Wortwechsel mitbekommen und bin nachsehen gegangen. Frau Berner und er standen an der Haustür und haben sich gestritten. Der Kerl ist erst weggefahren, als ich ihm mit der Polizei gedroht habe.«

»Was hat Frau Berner dazu gesagt?«

»Nicht viel. Bedankt hat sie sich.«

»Sie haben nicht den Eindruck gehabt, dass sie sich von ihrem Neffen ernsthaft bedroht gefühlt hat?«

»Das kann ich nicht sagen … Ich denke, Sie hätte die Polizei gerufen, wenn es so gewesen wäre, nicht?« Herr Schell wandte sich wieder dem Grill zu, und Frau Schell griff nach der Karaffe. »Noch ein bisschen Wasser?«

»Danke.« Briamonte hielt ihr das Glas hin. »Wann haben Sie Herrn Wehrle das letzte Mal hier gesehen?«

Die Eheleute wechselten einen Blick, dann antwortete Herr Schell: »Diese Woche habe ich irgendwann sein Auto gehört.«

»Gehört?«

»Ja, der alte Escort fährt nur auf drei Töpfen.«

»Gesehen haben Sie ihn nicht?«

»Nein, leider. Nur gehört eben … und gerochen. Die Kiste stinkt zum Himmel.«

Wie sein Fahrer, dachte Briamonte. »Können Sie sich erinnern, wann genau das gewesen ist?«

Herr Schell dachte angestrengt nach, musste aber passen. »Nein, leider.«

»Halten Sie es für möglich, dass der Neffe von Frau Berner ihr Mörder sein könnte?«

Die beiden sahen sich an, dann antwortete Herr Schell: »Also wir wissen über diesen Mann nur das, was wir Ihnen gerade erzählt haben, aber … wenn ich das mal so sagen darf: Wenn er es gewesen wäre, würde uns das nicht überraschen. Stimmt's, Schatz?«

Eine halbe Stunde später stand Briamonte endlich unter dem kühlen Strahl des Wasserschlauchs, aus sicherem Abstand beäugt von den beiden Zicklein und umsprungen von seinem ausgelassen nach dem Wasser schnappenden und kläffenden Hund. Ein glühend heißer Tag ging warm und mild zu Ende, und als Briamonte spät am Abend mit Kristina telefonierte, war sein Groll auf diesen Fall nur noch halb so groß.

30

Um fünf Uhr früh lag noch der Morgentau auf den Wiesen und Wäldern. Briamonte joggte nach einer schlaflosen Nacht mit kraftvollen und langen Schritten den Waldweg in Richtung Krunkelbachhütte hoch. Es war angenehm kühl, und die Vögel zwitscherten in den beginnenden Tagesanbruch. Gismo trabte im Zickzack an der langen Laufleine wedelnd voraus, die Nase dicht am Boden. Als er warmgelaufen war und sich seine Atemfrequenz eingependelt hatte, konnte er seine Gedanken laufen lassen. Der Fall beschäftigte ihn mehr, als er gedacht hatte, denn so wie sich die Lage gerade darstellte, war Jeltschs Tod kein Unfall gewesen. Dass sein Tod bereits über einen Monat her war und einer seiner Arbeitgeber ebenfalls nicht mehr lebte, machte das Ganze zusätzlich schwierig. Wieso ist er überhaupt auf dem Sommerfest gewesen, wo er doch gar nicht eingeladen war? Das schien die zentrale Frage zu sein. Welchen Grund hatte er gehabt, sich einen Anzug zu kaufen, wo er doch ein alternativer Langhaarzottel in Jeans und T-Shirt war? Wollte er einen potenziellen Kunden treffen? Hatte er vielleicht in der illustren Runde der Gäste einen Komplizen gehabt? Oder einen Kontaktmann? Oder einen Kunden? Für seine Kunstfälschungen? Und wenn es ein Komplize war, warum hatte er dann Streit? Wieso hatte er sich derart betrunken? Aus Frust? Ein geplatztes Geschäft? Er hatte sich für das Bild von Professor Pape interessiert. Hatte er das vielleicht gemalt? Und selbst wenn – warum hatte er sterben müssen? War sein Tod geplant gewesen? War er vielleicht dorthin gelockt worden? Mit einer handschriftlichen Einladung? Oder hatte er sich die Einladung selbst geschickt? Aber wozu? Um was zu tun? Seine Arbeitgeber zu provozieren? Hatte er allein gehandelt, oder waren seine Arbeitgeber involviert? Und wie war er dort hingekommen ohne Auto? Wurde er mitgenommen? Hatte er ein Auto gemietet? Fragen über Fragen, auf die er noch Antworten finden musste. Sicher schien lediglich, dass Claas Hellstein eines natürlichen Todes gestorben war. Wobei man sich fragen musste, ob nicht irgendeine emotionale Erschütterung diesen ›natürlichen‹ Tod befördert hatte. Falls Julian Jeltsch tatsächlich Kunst gefälscht und der ahnungslose Claas Hellstein das herausgefunden hatte, könnte das seine Unruhe erklären. Was aber, wenn Hellstein beteiligt war und sich Sorgen gemacht hätte, dass das Ganze aufzufliegen drohte? War da etwas schiefgelaufen? Und wenn ja, was? Es gab zwei identische Bilder von Franz Marc, das alleine war schon merkwürdig. Eines hatte zwei Millionen Euro gekostet, das andere zwanzig. Eines mit – vermeintlich – einwandfreier Provenienz und das andere vom Flohmarkt. Konnte der russische Geschäftsmann eine Rolle spielen? Aber was für eine? Er selbst hatte das Bild erst kurz vorher aus – mutmaßlich – seriöser Hand erworben und nur weiterverkauft, weil Pape so hartnäckig gewesen war und so viel bezahlen wollte. Zum Teufel noch mal! Wie hingen diese beiden Bilder zusammen? Es konnte doch kein Zufall sein, dass die beiden Bilder identisch waren! Gab es vielleicht noch mehr? Und, wenn Jeltsch sie gefälscht hatte und sie über die Kunsthandlung vertrieben wurden, wieso hatte man das zweite Bild nicht ebenfalls so lukrativ verkauft? Frau Berner war leider tot und konnte zur Herkunft ihres Bildes nichts mehr aussagen. Sicher war lediglich, dass sie es nicht für teures Geld gekauft hatte. Es gab in ihren Kontobewegungen nicht den kleinsten Hinweis darauf, dass sie in den letzten Monaten eine größere Anschaffung getätigt hatte. Briamonte hielt an, stützte die Hände auf die Knie und schnaufte. Das ergab alles keinen Sinn! An einen ertappten Einbrecher mochte er dennoch nicht glauben. Erstens wurden Einbrecher laut Statistik quasi nie zu Mördern, und zweitens war Frau Berner das denkbar unrentabelste Opfer. Zwar konnte er nicht ausschließen, dass potenzielle Einbrecher bei alten, alleinstehenden Damen einen üppigen Notgroschen in der berühmten Kaffeedose zu finden hofften, aber wieso waren sie dann nicht im Schutz der Dunkelheit eingestiegen, wenn die Hausherrin schlief? Noch dazu im Hochsommer, wo ohnehin alle Fenster offen waren? Die genauen Ergebnisse der Obduktion lagen noch nicht vor, aber Maurer hatte durchblicken lassen, dass Ute Berner wahrscheinlich bereits am frühen Abend ermordet worden war. Aber warum? Wegen ihres Vermögens von immerhin hundertzwanzigtausend Euro, das ihr hoch verschuldeter Neffe erben wollte? Der unsympathische Holger Wehrle, der ein starkes Motiv, kein Alibi und zudem eine ziemliche Wut auf seine Tante gehabt hatte? Aber wäre er dann nicht schlauer vorgegangen? Wäre er dann nicht im Schutze der Nacht eingestiegen und hätte sich vorher ein Alibi verschafft? War vielleicht wieder ein Streit eskaliert? Aber hätten das die Schells dann nicht mitbekommen? Und hätte Frau Berner ihren Neffen, mit dem sie immer wieder Krach hatte, überhaupt ins Haus gelassen und ihm den Rücken zugedreht? Eher unwahrscheinlich. Also wieso hatte sie dann sterben müssen? Wegen des Bildes vielleicht? Aber warum dann? Was hatte es mit diesem Bild auf sich? Sie hatte es doch längst an Magda Hellstein verkauft!

Briamonte richtete sich wieder auf, streckte sich, machte ein paar Dehnübungen und kehrte dann um. Gab es eine

Verbindung zwischen Holger Wehrle und der Kunsthandlung? Kaum vorstellbar. Oder mit Julian Jeltsch? Zu dem schon eher, da beide Männer Drogen konsumierten. Aber wo hätten sie sich begegnen können? Der eine aus Freiburg, der andere aus Bernau? Abgesehen davon: Welche Rolle könnte ein Mann wie Holger Wehrle im Kunstfälschergewerbe haben? Und da war dann noch der nervöse, dauerlächelnde Herr Oehring. Welchen Part hatte er in diesem Stück? Nur die des betrogenen Geschäftspartners? Bis jetzt wies nichts darauf hin, dass er von dieser Sache wusste, wobei er bei dem Wort ›Kunstfälschung‹ ganz blass geworden war! Andererseits war ihm das auch nicht zu verdenken. Ein Kunstfälscherskandal könnte das Image der Kunsthandlung schwer beschädigen. Der Tod seines Geschäftspartners wog sicherlich schwer genug, da könnte so ein Verdacht sogar das Ende bedeuten.

Briamonte zog bergab das Tempo an, und Gismo fiel in Galopp. So ein Mist! Er hatte gehofft, dass der Lauf seine Gehirnwindungen lockern und seine Überlegungen auf neue Wege führen würde, aber er war genauso schlau wie vorher. Immerhin hatte er die zähe Müdigkeit abgeschüttelt, und als die ersten Sonnenstrahlen hinter dem Bergrücken auftauchten, fühlte er sich leidlich für den Tag gewappnet.

Punkt acht saß er im Büro von Frau Dr. von Neuburg-Hallern, die ihn sichtlich erfreut begrüßt hatte und jetzt hinter ihrem Schreibtisch etwas in den Computer tippte.

»Nein, die Dame habe ich nie gesehen … Warten Sie. Ich gebe ihren Namen noch in die Patientenkartei ein, aber nein, tut mir sehr leid, kein Eintrag. Weder hier noch in Zürich oder München.«

Briamonte musterte die attraktive Frau, die mit ihrer perfekten Erscheinung die beste Botschafterin ihrer Schönheitskliniken war. Groß, schlank, elegant, halblanges, aschblondes Haar, perfekte Zähne, offenes, strahlendes Lächeln. Der personifizierte Erfolg.

»Verraten Sie mir, wieso sich die Polizei für diese Dame interessiert?«

Er ertappte sie bei einem Blick auf seinen Ringfinger, was sie mit einem ungenierten Lächeln quittierte. Briamonte, an dem die subtilen Flirtversuche der attraktiven Frau Doktor wirkungslos abprallten, verzog keine Miene. Er stellte fest, dass sie keinen Ring trug, also offensichtlich nicht verheiratet war.

»Das kann ich Ihnen leider nicht sagen, aber vielleicht verraten Sie mir, wie viel eine solche Rundumneuerfindung kostet? Nur ungefähr.«

»Nun, das kommt darauf an … Ich gehe davon aus, es wäre nicht für Sie selbst? Obwohl … Ihre Zornesfalte ließe sich im Handumdrehen glätten und würde Ihnen im Nu eine freundlichere Außenwirkung bescheren.« Sie lachte glockenhell, und Briamonte war sprachlos. Hatte ihm die gewiefte Frau Doktor tatsächlich gerade einen kleinen Beautyeingriff vorgeschlagen?!

»Scherz beiseite. Also, wenn Sie eine Dame mittleren Alters wären, etwa im Format dieser Frau auf dem Foto hier – das wollten Sie doch wissen, oder? –, dann müssten Sie zwischen fünfzig und hunderttausend Euro ausgeben. Wenn Sie nun denken, dass das enorm viel Geld ist, dürfen Sie nicht vergessen, dass sich eine solche Investition in aller Regel auf Ihrem Lohnzettel bemerkbar macht. Zufriedene, selbstbewusste und schöne Menschen haben erwiesenermaßen mehr Erfolg und dadurch auch mehr Geld auf dem Konto. Das mag für den einen oder anderen frustrierend und befremdlich sein, ist aber unter evolutionsbiologischen Gesichtspunkten durchaus nachvollziehbar.«

Briamonte runzelte die Stirn. Die Dame verstand ihr Handwerk, das musste man ihr lassen. »Eine letzte Frage noch.«

»Ja, bitte.«

»Reine Neugierde. Wie hoch ist der Anteil der Damen, die sich im Rentenalter noch einer solchen Rundumerneuerung unterziehen?«

»Es würde Sie überraschen«, wich sie diplomatisch aus.

Briamonte erhob sich. »Danke vielmals, dass Sie sich die Zeit genommen haben.«

Sie geleitete ihn zur Tür und reichte ihm ihre wohlmaniküre Hand. »Für Sie sehr gerne. Falls Sie je weitere Fragen haben …«

Als er die Klinik verließ, war er dezent schlecht gelaunt. Zornesfalte glätten?! Freundlichere Außenwirkung?! Außerdem war er verärgert, dass dieser Termin nicht mehr gebracht hatte. Mit Riesenschritten steuerte er auf das kleine Café beim Martinstor zu, um sich zu sortieren, bevor er die Kollegen aus Stuttgart auf dem Freiburger Polizeirevier traf. Er saß in der schmalen Gasse zwischen den Häusern, trank einen Cappuccino und beobachtete die Spatzen, die sich ziemlich nahe an seinen Hund herantrauten, der gebannt jeden ihrer Hüpfer verfolgte. Frau Berner war also keine Patientin der Schönheitsklinik gewesen. Hätte ihn überrascht, wenn es so gewesen wäre, wobei es unfair gedacht war, wenn er ehrlich war. Warum sollten Frauen wie Frau Berner nicht auch davon träumen, attraktiv und erfolgreich zu sein? Vielleicht hatte sie auch den Wunsch gehabt, noch einen Partner zu finden, um ihren Lebensabend nicht alleine verbringen zu müssen? Aber die Tatsache, dass sie keine Patientin der Schönheitsklinik war, hieß noch nicht, dass sie nicht dennoch ernsthaft vorgehabt hatte, ihre Ersparnisse für eine Rundumerneuerung auszugeben. Wobei er wieder beim Neffen von Frau Berner war. Der Mann hatte ein starkes Motiv und kein Alibi. Er hoffte beinahe, dass man diesem unangenehmen Kerl den Mord nachweisen konnte, denn dann wäre die Geschichte mit den zwei Ölstudien von Franz Marc nur noch halb so schlimm, erst recht mit der Unterstützung der ›Künstlergruppe‹ aus Stuttgart.

Und er könnte sich bald wieder seinem Haus und Kristina widmen.

31

Martin Oehring hatte nach einem aufregenden Abend, an dem er Blut und Wasser geschwitzt und das Bild zurückgeholt hatte, drei Schlaftabletten genommen und war in eine traumlose Bewusstlosigkeit gefallen. Nun saß er verquollen, zerknittert und unrasiert im gestreiften Pyjama vor Milchkaffee und Croissant am Küchentisch. Ein Aufzug, den er sich normalerweise nicht leisten konnte, aber seine Frau war schon weg. »*Pas devant les servants*«, sagte sie immer, »nicht vor den Bediensteten«. Immer *comme il faut* im Hause Neuburg-Hallern-Oehring, auch beim Frühstück.

Die ganze Fahrt über hatte er gestern überlegt, was er der Polizei erzählen würde und wie er dabei rüberkommen wollte. Ausgeruht, entspannt und seriös.

Er kippte den letzten Schluck Kaffee herunter und ging nach oben, um sich zu präparieren.

Auf dem Parkplatz des Polizeireviers traf Briamonte auf die Stuttgarter Kollegen, Stefan Holz und Antonia Blank. Während er sich vorstellte und Hände schüttelte, musterte er verstohlen den Kollegen. Den hatte er sich definitiv anders vorgestellt. Typ graumausiger Museumskurator, aber Holz war alles andere als eine graue Maus. Im Gegenteil. Etwa so alt wie er, groß, kräftig, mit zurückgekämmtem langen Haar, Sonnenbrille, Fünftagebart und einem Zigarillo in der Hand. Als sein Blick nach der Musterung des auffälligen Klaus-Kinski-T-Shirts – *Halt die Schnauze, damit du hörst, was ich jetzt sage* – unter dem offenen Hemd wieder nach oben wanderte, begegnete er Holz' schmunzelndem Blick und grinste. Alles klar. Die Kollegin kam unauffälliger daher, die dunkelblonden Haare waren mit der Sonnenbrille zurückgeschoben. Das waren also die »Künstler«. Als sie im großen Besprechungsraum Platz genommen hatten und Kaffee, Gebäck sowie Getränke bereitstanden, eröffnete Briamonte die Runde. Nach einer knappen Stunde lagen alle Fakten und bisherigen Ermittlungsergebnisse auf dem Tisch, und er übergab das Wort an die Kollegen: »An diesem Punkt würden Sie dann ins Spiel kommen ...«

Holz, der sich zwischendrin etliche Notizen gemacht hatte, sah auf und legte nach einem kurzen Blick zu seiner Kollegin den Stift weg. »Also, wenn ich das Ganze kurz zusammenfassen darf ... Sie korrigieren mich, wenn ich irre ... haben Sie einen Mord, zwei ›Unfalltote‹ und zwei identische Ölgemälde von Franz Marc, von denen eines angeblich aus einem Schrankkoffer stammt.« Briamonte nickte, und Holz fuhr fort: »Und Sie mutmaßen, dass diese Fälle irgendwie zusammenhängen.«

»So isses.«

»Also grundsätzlich werden wir bei solchen Koffer-, Flohmarkt- oder Dachbodenfunden hellhörig.«

»Sie meinen, dass es so etwas nicht gibt?«

»Doch, doch. Im Prinzip ist so etwas schon möglich, aber da bei Kunstwerken die einwandfreie rückverfolgbare Provenienz der Schlüssel für einen lukrativen Verkauf ist, muss bei krummen Touren eben oft der viel zitierte Dachboden der Großmutter herhalten. In Ihrem Fall ist es jetzt so, dass das Kulturgutschutzgesetz greift, da Franz Marc einer der Künstler ist, die als Kulturgut gelten. Wir werden die beiden Bilder sicherstellen und uns um die damit üblicherweise einhergehenden Straftatbestände kümmern.« Er zählte sie an den Fingern auf. »Hehlerei, Betrug, Urkundenfälschung, der eben erwähnte Verstoß gegen das Kulturgutschutzgesetz und nicht zuletzt Steuerhinterziehung. Sie kümmern sich ›nur‹ um die Mord- und Unfallermittlung.«

»Und Kunstfälschung?«

»Ist per se kein Straftatbestand.«

»Wusste ich nicht.«

»Das wissen die meisten Menschen nicht. Sie dürfen Fälschungen oder Kopien anfertigen, so viel Sie wollen, Sie dürfen sie nur nicht als Original verkaufen oder öffentlich ausstellen. Was aber Ihre Todesfälle angeht, sollten Sie in Erwägung ziehen, dass der Tod dieses jungen Mannes …«, Holz sah auf seine Notizen, »dieses Julian Jeltsch möglicherweise eine Verdeckungsstraftat sein könnte, in dem Fall …«

»… dann Mord wäre«, ergänzte Briamonte. »Das habe ich beinahe befürchtet.«

»Exakt.« Holz sah ihn ernst an.

»Wie sieht jetzt das weitere Vorgehen aus?«

»Wir werden beide Bilder heute noch sicherstellen«, meldete sich Antonia Blank zu Wort, »und nach Stuttgart schicken.«

»Und der Beschluss für die Beschlagnahme?«

»Das ist jetzt die Frage … Denken Sie, dass die beiden Herren kooperieren? Das wäre natürlich am einfachsten, aber wenn Sie wollen, kümmern wir uns drum.«

Briamonte zuckte mit den Schultern. »Ich kann mir vorstellen, dass beide Männer die Bilder zur Verfügung stellen, aber wenigstens Professor Pape wird es kaum gefallen.«

»Nein, sicher nicht. Noch weniger würde ihm aber wahrscheinlich gefallen, wenn wir das Bild mit einem richterlichen Beschluss beschlagnahmen müssten.«

»Da haben Sie recht«, erwiderte Briamonte und erhob sich. »Ich lasse Sie kurz alleine und kündige uns an.«

32

»Herr Briamonte! Wie gut, dass Sie kommen!«

Martin Oehring streckte beflissen die Hand aus, und sein strahlendes Lächeln geriet einen Augenblick aus den Fugen, als er die beiden Kollegen aus Stuttgart erblickte, die mit Schutzweste, Waffe, Schlagstock und Reizgas ausgerüstet die Galerie betraten.

»Hier ist es …«

Doch er hatte sich rasch wieder im Griff, Diazepam sei Dank. Mit einem theatralischen Seufzer deutete er auf die Ölstudie, die er auf einer Staffelei drapiert hatte: »Sie nehmen mir eine Riesenlast und sparen mir einen Weg! Seit ein paar Tagen bin ich vollkommen durcheinander, Sie haben das sicherlich bemerkt.« Er lächelte entschuldigend. »Aber ich musste mir erst sicher sein, dass es sich hier um eine gefälschte Ölstudie zum *Turm der blauen Pferde* handelt. Höchstwahrscheinlich angefertigt von einem Mitarbeiter unseres Hauses und beauftragt von …« Hier versagte seine Stimmer, und Stefan Holz beobachtete interessiert die Darbietungskünste dieses Mannes, der offenbar von seinen Gefühlen übermannt wurde.

Briamonte, der dunkel ahnte, dass sie hier zum Besten gehalten wurden, fragte unverblümt: »Wollen Sie andeuten, dass diese Fälschung von Ihrem verstorbenen Geschäftspartner Hellstein in Auftrag gegeben wurde?«

Oehring nickte kummervoll. »Ich fürchte, ja. Ja genau. Sie sprechen aus, was ich noch nicht einmal zu denken wage. Ich kann es noch kaum fassen, aber alle Fakten sprechen dafür, dass Claas Hellstein Fälschungen in Auftrag gegeben hat, die von unserem Auszubildenden Julian Jeltsch angefertigt wurden.«

»Wie außerordentlich tragisch, dass beide Mitarbeiter tot sind und dazu nichts mehr sagen können, nicht?«, meldete sich nun Holz zu Wort. »Ich nehme an, Sie haben Beweise für Ihre Vermutung?«

»Ich rufe gleich Herrn Hildebrand, unseren Werkstattmeister ...« Oehring griff zum Telefon und wählte zwei Ziffern. Während Antonia Blank die Ölstudie von allen Seiten betrachtete und Oehring ungefragt allerhand Fachkundiges zu Franz Marcs *Pferden* zum Besten gab, wechselten Briamonte und Holz nur einen vielsagenden Blick. Fünf Minuten später stand der Meister in der Tür und musterte interessiert den martialischen Aufzug der beiden Polizisten.

Oehring eilte sofort herbei. »Herr Hildebrand, danke, dass Sie so rasch gekommen sind! Bitte entschuldigen Sie, dass ich Sie bei Ihrer Arbeit störe, aber die Herren und die Dame hier sind von der Polizei und wollen gerne wissen, was Sie über Herrn Jeltschs Fälschungen wissen ...«

Der alte Mann blickte von einem zu anderen und antwortete schlicht: »Nichts.«

»Nichts? Sagten Sie nicht, dass Herr Jeltsch Material aus der Werkstatt entwendet hätte?« Oehring lachte um Verzeihung heischend. »Ich weiß, ich habe Ihnen zuerst keinen Glauben geschenkt, ich bitte Sie hierfür inständig um Vergebung, aber jetzt, wo sicher ist, dass Herr Jeltsch ein Fälscher war, können Sie es ruhig der Polizei erzählen ...«

Herr Hildebrand antwortete vollkommen ungerührt: »Ich habe Ihnen, Herr Oehring, erzählt, dass ich vermute,

Jeltsch habe Material aus der Werkstatt mitgenommen. Das Wort ›Fälschung‹ habe ich nie in den Mund genommen.«

Oehring brachte die Antwort etwas aus der Fassung: »Aber als ich Ihnen vorhin diese Ölstudie gezeigt habe, meinten Sie doch auch, dass Herr Jeltsch die gemacht haben könnte.«

»Sie haben mich gefragt, ob dem so sein könne, und ich habe geantwortet, dass es möglich sei, aber mehr nicht.«

Jetzt schaltete sich Stefan Holz ein: »Herr Hildebrand, mein Name ist Stefan Holz, Kriminalhauptkommissar Stefan Holz. Ist es richtig, dass Sie den verstorbenen Julian Jeltsch ausgebildet haben?«

»Ja.«

»Und ist es auch richtig, dass Sie den Verdacht hatten, besagter Herr Jeltsch hätte Material aus der Werkstatt mitgenommen?«

»Ja.«

»Wieso dachten Sie, dass es ausgerechnet er gewesen wäre, der das Material genommen hätte?«

»Es hätte zu ihm gepasst.«

»Inwiefern?«

»Er hat es nicht so gehabt, mit ›dein‹ und ›mein‹.«

»Heißt konkret?«

»Er hat sich immer wieder Zigaretten aus Herrn Oehrings Versteck in der Werkstatt genommen«, Hildebrand warf einen raschen Seitenblick auf seinen Chef, »und sich ungefragt Kaffee gemacht, wenn der Laden über Mittag geschlossen war.«

»Hatte er denn Zugang zu den Ausstellungsräumen?«

»Offensichtlich ja. Ich habe keinen Schlüssel.«

»Stimmt das, Herr Oehring? Hatte Herr Jeltsch Zugang zu diesen Räumen?«

»Äh, nicht dass ich wüsste!«

»Haben Sie irgendwo einen Ersatzschlüssel deponiert?«

»Ja, in der Werkstatt. Gut versteckt, dachte ich zumindest …«

Oehring fasste sich rasch wieder. Die Empörung über Jeltschs Dreistigkeit schlug um in Dankbarkeit, denn das spielte ihm doch deutlich in die Karten.

Holz wandte sich wieder an den Werkstattmeister. »Gut. Eine letzte Frage noch, Herr Hildebrand. Auch wenn Sie das Wort ›Fälschung‹ nicht in den Mund genommen haben, könnten Sie sich vorstellen, dass ihr Auszubildender Bilder gefälscht hat? Rein von seinen Fähigkeiten her?«

Der alte Hildebrand überlegte lange, sagte aber dann: »Schon.«

»Und Herr Hellstein? Könnten Sie sich vorstellen, dass er damit zu tun gehabt haben könnte?«

»Ausgeschlossen!«

Die Antwort kam wie aus der Pistole geschossen, und Holz fiel auf, dass der Mann seinen Chef nicht ansah. Das Verhältnis war offensichtlich nicht das allerbeste.

»Das wäre alles, Herr Hildebrand. Ich danke Ihnen. Sie können wieder an Ihre Arbeit gehen.« Als er die Tür hinter sich geschlossen hatte, wandte sich Holz an Oehring: »Wir werden das Bild mitnehmen und untersuchen. Danke für Ihre Kooperation. Sie werden zu gegebener Zeit von uns hören.«

Als er wieder alleine war, beschlich Oehring das ungute Gefühl, dass er sich nicht allzu gut verkauft hatte. Dieser Briamonte verunsicherte ihn jedes Mal aufs Neue, und der andere war nicht besser. Im Gegenteil. Großer Gott! Mit Waffe und Schlagstock! Ihn schauderte vor Angst. Immerhin hatte er das Wort ›Fälschung‹ mit Jeltschs und Hellsteins Namen in Verbindung gebracht. Das war wichtig. Was seine eigene Beteiligung an dieser Sache anging, musste ihm das erst bewiesen werden. Gut wäre, wenn er bald zufällig das Geld ›finden‹ würde, das er – hinter Hellsteins Rücken – in der Villa Ferrette versteckt hatte.

Zur Mittagszeit waren beide Bilder per Kunstspedition auf dem Weg nach Stuttgart, und Briamonte saß mit seinen Kollegen beim Essen. Er hatte das Rössle gewählt, einen alten Landgasthof in St. Ulrich, etwas außerhalb von Freiburg, wo sie unter Bäumen im Schatten sitzen, essen und ungestört über Dienstliches reden konnten.

Irgendwann ging ein Anruf aus Waldshut ein, es war Schopferer mit den ersten Ergebnissen Holger Wehrle betreffend. Nichts wirklich Verwertbares, aber immerhin war eine Probe seiner DNA auf dem Weg nach Freiburg.

»Wie haben die die so schnell beschafft?«, wollte Briamonte wissen.

»Yilmaz und seine Nase sind unterwegs ins Labor«, berichtete Schopferer und musste lachen. »Er hat eins draufbekommen.«

»Herrgott noch mal, ich habe ihn doch gewarnt!«

»Sehen Sie's pragmatisch – so haben wir Wehrles genetischen Fingerabdruck, und Yilmaz bekommt die Nase gerichtet.«

Briamonte schäumte. »Dieser unvernünftige Kerl! Ich fass es nicht! Wenn er wieder da ist, sollen sich die beiden Hellsteins und Oehrings Umfeld einmal näher anschauen. Werdegang, Geschäftliches, Freunde, Hobbys ... Von der Wiege zur Bahre, zumindest im Fall von Hellstein. Sie wissen schon. Und ich hoffe doch, dass Yilmaz Anzeige erstattet hat?«

»Nein, hat er nicht, aber ich richte es aus.«

»Und Sie, Schopferer, nehmen sich bitte noch einmal diesen Jeltsch vor. Ich will genau wissen, was der Mann gemacht hat, wenn er nicht bei der Arbeit war. Jedes Detail! Ich will wissen, wie seine Finanzen ausgesehen haben, ob er Schulden hatte, bei welchem Pizzadienst er seine Pizzen bestellt hat und wer seine Freunde waren. Und besorgen Sie mir ein Foto von ihm. Ich will mich heute Abend mal auf dem Kirchplatz umsehen ...« Briamonte legte auf und wandte sich wieder den Kollegen zu: »Wie geht's eigentlich weiter, wenn die Bilder in Stuttgart sind?«

»Willst du?« Holz machte seiner Kollegin ein Zeichen.

»Ja, also ...« Antonia Blank stellte ihr Glas ab. »Zuallererst schauen wir in den Datenbanken nach, ob dieses Werk von Marc irgendwo auftaucht. Dann sehen wir nach, ob das Werk in der Vergangenheit irgendwo auf einer Auktion angeboten wurde.«

»Das geht? Stichwort Franz Marc? Sie sind ja nicht signiert ...«, warf Briamonte ein.

»Das stimmt, aber das hat in diesem Fall nicht viel zu sagen. Marc hat die meisten seiner Werke nicht signiert.«

»Okay, und wie kann man dann herausfinden, ob sie echt sind?«

Antonia Blank lachte. »Das ist eben genau der springende Punkt. Das machen nicht wir, sondern die Experten.«

»Wie darf ich mir das vorstellen?«

»Wir werden wahrscheinlich erst einmal die Spezialisten in der Staatsgalerie aufsuchen, oder, Stefan? Die schauen sich alles genau an. Gibt es Galerieaufkleber? Ist die Leinwand aus jener Zeit? Wie sind die Alterungsspuren, wie zum Beispiel Stockflecken? Sind die biologischen Ursprungs oder mit Farbe aufgebracht? Wie sehen die Pigmente der verwendeten Farben aus? Wie ist die Leinwand auf den Rahmen aufgezogen? Wie sehen die Gebrauchsspuren aus? Ist es natürlicher Abrieb oder wurde der künstlich herbeigeführt?«

»Aha.«

»Das sind nur die äußeren Faktoren. Dann kommt natürlich die stilistische Untersuchung. Pinselstrich, Farbgebung, die Dicke des Farbauftrags …« Antonia Blank war in ihrem Element. »Wenn das alles geprüft ist, werden wir sicher das Franz-Marc-Museum in Kochel kontaktieren und hoffen, dass es dort einen Experten gibt, der einen Überblick über das Werkverzeichnis Franz Marcs hat. Falls die Skizze nicht in diesem Verzeichnis aufgelistet wäre, gäbe es als letzte Möglichkeit dann noch ein Archiv mit Fotos. Es wäre nämlich durchaus möglich, dass dieses Bild irgendwo im Hintergrund mit drauf ist und somit als Original identifiziert werden könnte.«

»Das klingt, als dauerte das ziemlich lange.«

»Ja, tut es. Meistens.«

»Und falls sich eines der Werke als Fälschung herausstellt?«

»Dann müssen wir ermitteln, ob eine Straftat vorliegt, und dem nachgehen. Ihre Kunsthandlung also, das heißt Herr Oehring und alle Beteiligten, würden wir eingehend unter die Lupe nehmen.«

»Und was, wenn eines davon echt wäre? Sie müssen entschuldigen, aber auf diesem Gebiet bin ich vollkommen unbewandert.«

»Im Fall, dass eine der Ölskizzen echt wäre, bekämen wir ein Gutachten, in dem stünde, dass das Werk xy mit an Sicherheit grenzender Wahrscheinlichkeit dem Œuvre von Franz Marc zuzuordnen sei. Wir müssten dann im Sinne des Kulturgutschutzgesetzes die Herkunft ermitteln, weil, wie gesagt, bei einem Werk in dieser Preisklasse der Dachbodenoder in diesem Fall der Schrankkofferfund höchst verdächtig ist.«

Das Essen kam, und Briamonte unterbrach ihre dienstliche Unterhaltung für ein zartes Rinderrückensteak mit

Röstzwiebeln und Kartoffelgratin. Nachdem die Teller abgeräumt waren, bestellten sie Espresso, und Holz zündete sich ein Zigarillo an: »Also um auf die beiden Marcs zurückzukommen ... Wenn es sich bei einem der beiden Gemälde um ein Original handeln sollte, müssen wir dann in jedem Fall die Herkunft nachverfolgen und prüfen, ob es möglicherweise restituiert werden muss.«

»Professor Pape meinte, dass dieses Bild garantiert alt wäre, eine einwandfreie Provenienz hätte und nicht restitutionspflichtig wäre.«

»Das ist gut möglich, aber nur weil es alt ist, heißt das noch nicht, dass es sich zwangsläufig um ein Original handelt. Franz Marc ist schon kurz nach seinem Tod kopiert worden ...«

»Wirklich?«

»Ja klar. Alle namhaften Künstler wurden gefälscht, was denken Sie! Die ersten Van Goghs zum Beispiel waren auf dem Markt, kaum dass er kalt war. Ein Riesengeschäft!«

»Hm.« Briamonte packte den kleinen Keks aus, der mit dem Espresso gekommen war. »Was hätte Professor Pape zu erwarten, für den Fall, dass sein Bild eine Fälschung wäre? Müsste er strafrechtliche Konsequenzen fürchten?«

»Wenn er das Bild im sogenannten ›guten Glauben‹ erworben hat, hat er nichts zu befürchten. Allerdings würde es ihm in diesem Fall gar nicht gehören. Rein rechtlich gesehen.«

»Wie bitte?«

»Ist tatsächlich so. Er kann sich das Bild aber ›ersitzen‹.«

»Ersitzen?! Nie gehört.«

Holz grinste. »Gut so. Aber wenn der Mann das Bild arglos gekauft hat, muss er sich nur Gedanken darüber machen, dass er zwei Millionen Euro in den Sand gesetzt hat.«

Nach der angenehmen Mittagspause kehrten sie aufs Revier zurück, wo sich die beiden ›Künstler‹ sofort an die Recherche rund um die beiden Bilder machten und Briamonte zwei Hotelzimmer für sie reservierte.

33

Am selben Abend, kurz vor zehn, hing noch der letzte rosa Hauch des Sonnenuntergangs am Himmel. Der Asphalt strahlte die Hitze des Tages ab, und auf den vertrockneten Rasenflächen des Kirchplatzes saßen junge Leute in Gruppen zusammen. Es roch nach Straßenstaub, Dönerbude und Grillfeuer. Die Dealer lungerten auf den wenigen Bänken herum oder lehnten lässig an der Kirchenmauer, ein Bein angestellt. Den Schirm des Käppis ins Gesicht gezogen, die Hände tief in den Hosentaschen, lief er federnden Schrittes von einem zum anderen und zeigte jedem das Foto auf seinem Handy. »Hast du meinen Freund gesehen?«

Endlich reagierte jemand auf Jeltschs Foto.

»Wer bist du?«

»Ein Freund von JJ.« Zum Glück hatte sich Briamonte an die Bemerkung von Jeltschs Schwester erinnert, wie ihr Bruder schon als Kind genannt werden wollte.

»Hab dich hier noch nie gesehen.«

»Ja … bin auf Besuch. Hast du JJ gesehen oder nicht?«

»Nein, Mann. Schon lange nicht mehr. Kein Plan, wo der abgeblieben ist.«

»Glaubst du, er sitzt?!«

»Was weiß denn ich. Schon möglich. Vielleicht hat er aber auch die fette Kohle gemacht und pfeift sich jetzt das Gras am Strand mit ein paar heißen Bräuten rein.«

Er lachte vielsagend. »Dieses ›Geschäft‹. Hat er dir erzählt, was das sein sollte? Mir hat er nix verraten.«

»Er hat nur gesagt, dass er jetzt wüsste, wie er ein paar selbstgefälligen Bonzen geben kann, was sie verdienen.«

»Was hat er damit gemeint? Er hat doch in dieser Galerie gearbeitet?«

»Schon. Keine Ahnung.«

»Hat er etwa Kunst gefälscht?! Haha, ich lach mich tot! Der alte Fuchs!«

»Ich sag doch … keine Ahnung! Wieso fragst du eigentlich so viel? Bist du ein Bulle?«

Sein Gegenüber wurde plötzlich unruhig, trat von einem Bein aufs andere und blickte immerzu zum Ende des Parks.

Briamonte aber grinste nur, salutierte gelassen und meinte: »Man sieht sich!« Dann schlenderte er davon.

Plötzlich spürte er eine Hand auf seiner Schulter und drehte sich blitzschnell um. Hinter ihm hatten sich vier junge Männer aufgebaut, die aussahen, als hätten sie schlechte Laune und eine kurze Zündschnur: »Können wir dir helfen, Alter?«

Er hob beschwichtigend die Hände: »Ho, entspannt euch, Jungs! Ich bin schon weg!« Sie umringten ihn, und er bekam eine Gänsehaut.

»Du gehst am besten jetzt gleich nach Hause zu Mama und lässt dich hier nicht mehr blicken, klar?! Typen, die zu viele Fragen stellen, wollen wir hier nicht haben«, befahl der Wortführer.

»Immer mit der Ruhe! Ich stelle hier so viele Fragen, wie ich will. Und wenn dir das nicht passt, kannst du ja gehen! Und deine drei Kollegen hier gleich mitnehmen!«

»Pass auf, Mann! Werd nicht frech! Wenn du nicht sofort hier verschwindest, hast du ein Problem.«

»Du drohst mir? Ernsthaft?!« Noch versuchte er, mit Imponiergehabe die vier Möchtegerngangster kleinzukriegen, aber sie rückten immer näher. Aus den Augenwinkeln sah er, wie sich sein vorheriger Gesprächspartner unauffällig davonmachte. Blöd, dass er nicht nach seinem Namen gefragt hatte. Er überlegte gerade, wie er da heil wieder herauskam, als er plötzlich einen Knuff von hinten verspürte und wütend herumfuhr. »Fass mich nicht an!« Im Nu war eine wüste Prügelei im Gange, bei der sich Briamonte zwangsläufig wehrte und in alle Richtungen hart austeilte. Doch in dem Moment, als er den Wortführer am Schlafittchen gepackt hatte, wurde er gestoppt. Eine zum gegenüberliegenden Polizeirevier zurückkehrende Streife hatte die Schlägerei bemerkt und ging dazwischen.

»Halt! Stopp!«, rief Briamonte und versuchte, sich nicht zu heftig gegen den harten Griff des Beamten und die Handschellen zu wehren. »Ich bin ein Kollege! Hier in meiner Hosentasche ... ja doch! ... Ich mach doch gar nichts!«

Eine halbe Stunde später saß er stinksauer und blutend auf dem Revier und wartete darauf, dass er ein Pflaster bekam.

»Ja, ich habe verdeckt ermittelt!«, antwortete er auf die Fragen des Kollegen, der den Bericht schrieb. »Kann ich jetzt erfahren, wer die jungen Männer waren?«

»Ist das ermittlungsrelevant?«

»Ja, das ist ermittlungsrelevant!« Briamonte bemühte sich um einen aggressionsfreien Tonfall. »Das Opfer meines Falls hat hier seine Drogen gekauft und unter dieser Klientel möglicherweise auch soziale Kontakte gepflegt. Es ist enorm wichtig zu wissen, was er wem erzählt hat! Also darf ich jetzt erfahren, wer meine Angreifer waren? Sind sie bereits bekannt?«

»Ja. Sind sie«, der Kollege schien nur unwillig Auskunft zu geben. »Moritz Dierksen und Jakob Hartmann ...«

»Und der dritte? Drei von den vieren haben Sie festgenommen, das weiß ich genau.«

Der Kollege seufzte: »Benedikt Lautenspiel.«

»Lautenspiel? *Der* Lautenspiel, Sohn von Hans-Peter

Lautenspiel aus Waldshut-Tiengen?«, fragte Briamonte ungläubig, während laut scheppernd der Groschen fiel.

»Ja.«

Deshalb hatte sein Chef die Ermittlungen im Fall Jeltsch nicht führen wollen! Sein Sohnemann und Julian Jeltsch kannten sich! Vielleicht sogar gut? So gut jedenfalls, dass der werte Herr Papa Sorge hatte, der zweifelhafte Umgang seines Sprösslings würde bekannt werden!

»Ich muss sofort mit dem jungen Mann sprechen!«

»Benedikt Lautenspiel?«

»Ja, genau!«

»Jetzt?«

»Ja. Jetzt! Wieso? Gibt es ein Problem?«

»Äh …« Der Kollege druckste herum. »Der ist wahrscheinlich schon weg.«

»Weg? Zu Hause? Wie kann das sein? Hat der Kleine eine Standleitung zum väterlichen Anwalt? Der ihn nach solchen Vorfällen gleich abholt?« Briamonte spürte, wie die Wut in ihm hochkochte. »Darf ich raten?! Kommt das häufiger vor?!« Er wurde ungewollt lauter. »Was ist mit den anderen beiden? Sind die auch schon weg?«

»Nein.«

»Klar. Die noch nicht.« Briamonte holte tief Luft. »Sie müssen mich entschuldigen. Ich möchte jetzt bitte die Adresse von Benedikt Lautenspiel haben, und dann werde ich gehen.« Er erhob sich, drückte sich das durchgeblutete Taschentuch auf die Platzwunde an seiner Augenbraue und schnappte sich mit der freien Hand den Notizzettel, den ihm der Kollege zögernd reichte.

»Danke!«

Als er die Tür hinter sich zuknallte, kam jemand mit dem Verbandskasten um die Ecke.

Um kurz vor halb zwölf drückte er den Finger auf die Klingel mit dem Namen Lautenspiel.

»Ja, bitte?«, tönte eine unwillige Frauenstimme aus der Gegensprechanlage.

»Mein Name ist Kriminalhauptkommissar Johann Briamonte, ich möchte mit Benedikt Lautenspiel sprechen!«

»Der schläft schon!«

»Mit Verlaub – das kann nicht sein. Wollen Sie, dass ich Ihnen hier an der Sprechanlage erkläre, warum?« Er hatte die Stimme erhoben und lauschte dann auf das Geräusch aus dem Lautsprecher. Offenbar wurde der Hörer zugehalten. Dann ging der Türsummer. Briamonte stieg die Treppe hoch ins Hochparterre und betrat die aufgeräumte Diele einer noblen Altbauwohnung. Mit einem knappen Nicken ging er an der Frau vorbei geradeaus in Richtung Wohnzimmer, in dessen Türrahmen der Wortführer von vorhin stand. Ein Kühlpad an die Stirn haltend und sichtbar kleinlaut.

»Ist Ihr Mann nicht zu Hause?«, fragte Briamonte eisig.

»Mein Mann ist verreist.« Mit einem vernichtenden Blick auf ihren Sohn schloss sie die Wohnungstür und machte eine einladende Bewegung, wobei ihre Miene ihren Unmut kaum verbergen konnte.

Sie nahmen zu dritt am Esstisch Platz, wo drei benutzte Gläser standen. Den Anwalt hatte er wohl grad verpasst.

»Braucht mein Sohn einen Rechtsbeistand?«

»Sie meinen den, der ihn vorhin abgeholt hat und der gerade erst gegangen ist?«, fragte Briamonte sarkastisch. »Rufen Sie ihn ruhig zurück. Sie scheinen ja eine Flatrate zu haben.«

»Lass gut sein, Mama«, meldete sich nun der Filius zu Wort. »Ist schon gut.«

Frau Lautenspiels Blick fiel auf Briamontes Klammerpflaster über der Augenbraue. »War das mein Sohn?«

»Ja. Das ist Körperverletzung. Tätlichkeit gegen einen Polizeibeamten, um genau zu sein. Nur, um es erwähnt zu haben.«

»Werden Sie Anzeige erstatten?«

»Das kommt ganz auf das Gespräch hier an.«

»Willst du dich nicht wenigstens entschuldigen?«, fauchte sie ihren Sohn an. Ihre resignierten und verbitterten Gesichtszüge verrieten jahrelangen Frust und Ärger mit dem missratenen Sprössling.

»Tut mir leid«, kam es kaum hörbar.

Briamonte beugte sich vor und nahm den jungen Mann grimmig ins Visier, wohl wissend, dass er mit dem Ausdruck furchterregend aussah.

»Benedikt … Ich darf Sie doch Benedikt nennen?«

»Mmh.«

»Wie alt sind Sie?«

»Neunzehn.«

»Also voll strafmündig.« Briamonte verschärfte den Ton. Nur gut, wenn die Mutter ein schlechtes Gewissen hatte und der Vater außer Haus war. Abgesehen davon, dass es ihm wahrscheinlich unmöglich gewesen wäre, in Anwesenheit seines Chefs dessen Sohn zu befragen.

»Kennen Sie diesen Mann?« Briamonte zeigte ihm Jeltschs Foto auf dem Handy.

»Ja. Das ist JJ. Julian Jeltsch.«

»Woher kennen Sie ihn?«

»Vom Kirchplatz.«

»Hat er gedealt?«

»Nein.«

»Was dann?«

»Gekauft.«

»Was genau?«

»Gras und Pillen.«

»Und wieso kennen Sie ihn dann mit Namen? Haben Sie ihm seine Drogen verkauft?«

»Nein.«

»Wieso kennen Sie dann sogar seinen Spitznamen?«

Der junge Mann wand sich wie ein Wurm und warf einen unsicheren Blick auf seine Mutter. »Wir haben halt so rumgehangen …«

»Was genau meinen Sie mit ›rumgehangen‹?«

»Quatschen halt, trinken, Blödsinn machen und so was …«

»Menschen bedrohen und schlagen?«

Benedikt Lautenspiel sah auf seine zerschundenen Hände und schwieg.

»Julian Jeltsch war zehn Jahre älter als Sie. Was genau war so interessant an ihm?«

»Er war cool.«

»Inwiefern? Hat er auch andere Leute bedroht wie Sie und ihre Westentaschengang?«

»Nein.« Er suchte nach den passenden Worten. »Er war auf Weltreise. Viele Jahre lang. Als Aushilfsmatrose. Er hat die ganze Welt gesehen und tausend Frauen geknallt …«

Seine Augen leuchteten einen Moment lang auf, dann brach er ab und warf einen beschämten Blick auf seine Mutter, die sich daraufhin abrupt erhob. »Du kommst sicher alleine klar. Gute Nacht, Herr Kommissar.« Damit verließ sie den Raum.

Briamonte wurde hellhörig. Der Kleine wusste, was Jeltsch während der fünf Jahre seiner Abwesenheit gemacht hat. Interessant. Darüber würde er gerne mehr erfahren, aber er musste den Spannungsbogen aufrechterhalten.

»Was noch?!«, fragte er deshalb kalt.

»Na ja … JJ hatte immer große Pläne.«

»Was für Pläne?«

»Reich und mächtig zu werden und den oberen Zehntausend kräftig in den Arsch zu treten.«

»Warum wollte er das tun? Hat er einen Grund genannt für seinen Hass auf die oberen Zehntausend?«

»Er sagte, sie hätten seine Mutter gefickt.«

»Wörtlich oder metaphorisch?«

Der junge Mann sah ihn fragend an, und Briamonte seufzte innerlich.

»Ich meine, ob sie tatsächlich vergewaltigt wurde oder sie sich in irgendeiner Weise betrogen fühlte.«

»Ach so. Also wirklich. JJ sagte, er wäre eigentlich der Sohn eines reichen Unternehmers, der die Babysitterin seiner Kinder – also JJs Mutter – vergewaltigt und dann schwanger hängen gelassen hat.«

»Wissen Sie, wen er damit meinte?«

»Nein.«

Briamonte runzelte die Stirn. Konnte diese Geschichte wirklich stimmen, oder hatte sich Jeltsch das alles ausgedacht, um bei den jungen Tunichtguten Eindruck zu schinden? Er würde es herausfinden.

»Was wissen Sie über sein letztes Projekt?«

»Er hat mit ein paar großen Scheinchen herumgewedelt, ist aber schon 'ne Weile her. Hab ihn länger nicht gesehen. Keine Ahnung. Irgendein Deal mit seinem Chef. Er wollte nicht mehr verraten, aber er war überzeugt, dass er den idealen Weg gefunden hätte, um künftig keine Geldsorgen mehr zu haben.«

»Welcher der beiden Chefs?«, fragte Briamonte elektrisiert.

»Keine Ahnung. Er hat nur ›Chef‹ gesagt.«

»Sie wissen aber nicht, was genau er damit gemeint hat? Geschäfte? Erpressung?«

»Nein.«

Briamonte sah dem jungen Mann jetzt fest in die Augen: »Du weißt, dass JJ tot ist?«

»Wirklich?!« Sein Erschrecken war echt. »Wann? Wie?«

»Tja.« Briamonte überlegte, wie er seinem Gegenüber etwas Angst machen konnte, ohne zu viel über die Ermittlung preiszugeben, und antwortete kryptisch: »Er ist ganz unglücklich und ganz tief gestürzt.«

Zufrieden sah er, dass er sein Ziel erreicht hatte.

Benedikt Lautenspiel sah ihn entsetzt an. »Sie meinen doch nicht, dass er … er …?«

Briamonte hob mit einem vieldeutigen Blick die Schultern und beugte sich dann vor: »Wenn ich Ihnen einen guten Rat geben darf: Gehen Sie weiter zur Schule und hören Sie auf, sich mit diesem Gangsterscheiß und dem Dreckszeugs Ihr Leben zu ruinieren! Dann kriegen Sie vielleicht auch mal 'ne Frau ab, die Sie knallen können, Sie Maulheld.«

Endlich nach Hause! Briamonte war todmüde und fuhr aus der aufgeheizten Stadt hinaus, die stockdunkle Bergstraße den Schauinsland hoch. Die Fenster weit hinuntergekurbelt inhalierte er tief die immer kühler und frischer werdende Nachtluft und machte oben, an der Abzweigung nach Staufen runter, kurz Halt. Er liebte diese Stelle. In der Rheinebene sah er die flimmernden Lichtinseln der vielen Ortschaften, und am klaren Nachthimmel erhellten Myriaden von Sternen die Nacht. Es roch intensiv nach Heu, und aus dem nahen Wald kam ein kühler, harziger Lufthauch. Trotz der zirpenden Grillen war die Stille so vollkommen, dass er das Rauschen seines eigenen Bluts in den Ohren hörte. In der Ferne tönte eine Kuhglocke.

Plötzlich wurde er von einer tiefen Sehnsucht nach Kristina übermannt, also rief er sie kurz entschlossen an. »Bist du noch wach?«

»Jetzt ja …«, erwiderte sie schlaftrunken, aber hörbar erfreut. »Wo bist du?«

»Noch auf dem Schauinsland. Ich komme grad aus Freiburg, war ein langer Tag.«

»Das tut mir leid. Wann bist du zu Hause?«

»Noch eine knappe Stunde.«

»Sehen wir uns morgen?«

»Sehr gerne! Um acht zum Frühstück bei mir?«

»Perfekt. Ich bringe Croissants mit. Gute Nacht! Ich freue mich!«

Als er um zwei Uhr nachts durch das still daliegende Dorf rollte, fühlte er das erste Mal so etwas wie echte Verbundenheit mit diesem Ort. Da es so spät war, verzichtete er darauf, Gismo abzuholen. Er öffnete leise das Gartentor, holte sich ein Bier aus der Wanne, ließ sich seufzend in den Liegestuhl fallen und blickte staunend in den überwältigenden Sternenhimmel. Was für ein Tag! Und ehe er die Erkenntnisse des Tags als Sprachmemo festhalten konnte, war er eingeschlafen.

34

Briamonte erwachte im Morgengrauen. Steif und frierend zog er um in sein Bett, wo ihn Kristina drei Stunden später aus seligem Tiefschlaf weckte.

Sie frühstückten im Garten, und er musste detailliert erzählen, wo er die Platzwunde und die blauen Flecken herhatte. Kristina lauschte schweigend.

»Und das hatte tatsächlich sein müssen?«

»Du meinst die Prügel? Ich habe mich nur verteidigt!«

»Ich meine deine Undercover-Ermittlung.«

»Wie hätte ich sonst herausfinden sollen, mit wem dieser Julian Jeltsch Umgang hatte?«

»Du hattest keine Ahnung, dass ausgerechnet dieser Be-

nedikt so viel wusste, oder?«, konterte sie ungewohnt bissig.
»Und? Kennst du jetzt wenigstens den Namen von Jeltschs Dealer?«

»Den brauche ich nicht mehr …«

»Also weißt du ihn nicht!«, stellte sie trocken fest.

Briamonte, der sich zuerst rechtfertigen wollte, schloss den Mund wieder und deutete stattdessen auf die beiden Zicklein, die gerade versuchten, an die untersten Äste des Zwetschgenbaums heranzukommen: »Findest du nicht, dass beiden ganz schön groß geworden sind?«

»Du musst jetzt nicht das Thema wechseln, ich habe dir nämlich eine Mitteilung zu machen …«

Er wurde plötzlich ernst. Bitte sag jetzt nicht, dass du's dir anders überlegt hast!

»Ich komme wieder zur Arbeit, ab Montag, und ich werde Teil deines Ermittlungsteams sein. Ist alles schon organisiert. Schopferer hat mir gestern alle Unterlagen gemailt. Eigentlich wollte ich dich auf dem Revier überraschen, aber jetzt weißt du's.«

»Was?!«

Jetzt wurde sie ernst. »Was ist los? Freust du dich nicht?«

»Äh … doch, natürlich! Sehr sogar! Ich bin nur überrascht. Einen Augenblick lang hatte ich befürchtet, dass du …«

»Dass ich's mir anders überlegt hätte? Das mit uns?«

»Ja.«

Sie erhob sich, kam um den Tisch herum und küsste ihn: »Natürlich nicht, du dummer, ängstlicher Mann! Ich liebe dich doch, obwohl ich's dir nicht leicht mache, ich weiß. Das tut mir auch wahnsinnig leid, aber es wird besser, ich spüre es. Meine Therapeutin ist toll und mein Anwalt auch. Der Gerichtstermin ist im September und dann ist die Scheidung durch. Außerdem ist er letzte Woche nach Karlsruhe gezogen, seither fühle ich mich ein Stück weit sicherer.«

Briamonte grinste sie erleichtert an. »Willst du wirklich jetzt schon wieder arbeiten? Der Fall ist echt ätzend!«

»Absolut, ich langweile mich zu Tode! Wie geht's eigentlich weiter? Müsstest du nicht längst unterwegs sein?«

»Heute kommen die Stuttgarter Kollegen nach Waldshut. Wir treffen uns dort um zehn. Komm doch mit. Die werden dir gefallen.«

35

Punkt zehn waren alle vollständig im Besprechungsraum versammelt. Kristina wurde erfreut willkommen geheißen, und Briamonte wich Yilmaz' – er trug eine Nasenschiene – neugierigem Blick aus. Als alle mit Getränken versorgt waren, stellte sich Briamonte ans Whiteboard.

»Guten Morgen! Für alle, die sich wundern, dass unser Team teilweise so lädiert ist, sei vorab erklärt, dass dieser Fall leider, sagen wir, etwas unkonventionelle Ansätze befördert hat. Mich selbst nicht ausgenommen, aber ich wünsche mir, dass wir künftig weniger unorthodox vorgehen und diesen Fall unbeschadet aufklären werden. Dann darf ich ganz herzlich die Kollegen vom LKA Stuttgart begrüßen, Stefan Holz und Antonia Blank, von der Inspektion 310, Kunstkriminalität. Wollen Sie gleich anfangen?« Er übergab das Wort an Stefan Holz, der heute ein T-Shirt mit dem Konterfei und den besten Sprüchen von John Goodman alias Walter Sobchak aus *The Big Lebowski* unter dem offenen Hemd trug. Der Typ war echt eine Nummer.

»Guten Morgen. Unsere ersten Recherchen haben ergeben, dass die sichergestellten Ölstudien in keiner der relevanten Datenbanken aufgeführt sind. Ich werde künftig nur von einem Werk sprechen, da beide Ölstudien beinahe identisch sind und sich auf den ersten Blick nur unwesentlich im Format unterscheiden. Das Bild ist nicht in der Lost-Art-Datenbank aufgeführt, was bedeutet, dass das Werk nicht während der Nazidiktatur entwendet oder enteignet wurde, es war aber auch nicht bei Interpol, Europol oder in unseren eigenen Datenbanken zu finden. Das legt die Vermutung nahe, dass es sich nicht um ein gestohlenes Kunstwerk handelt. Nicht im eigentlichen Sinne zumindest. Leider haben erste Nachforschungen in den Auktionsportalen lot-tissimo und Artprice auch nichts ergeben. So wie es aussieht, lässt sich die Herkunft der Bilder nicht so leicht nachweisen, was unseren Fokus zunächst auf den russischen Geschäftsmann aus Baden-Baden richtet, diesen …«, Holz warf einen Blick in seine Aufzeichnungen, »Juri Kusnezow, der das Bild, das wir bei Professor Hendrik Pape sichergestellt haben, angeblich kürzlich erst von einem anonymen Verkäufer erworben hat. Da Professor Pape uns die Unterlagen zu diesem Bild zur Verfügung gestellt hat, konnten wir feststellen, dass die Provenienz teilweise mit einem Foto aus Franz Marcs Atelier in Sindelsdorf nachgewiesen wurde. Des Weiteren wäre da noch der besagte Schrankkoffer eines einstigen Sommergastes einer Familie Ketterer aus St. Blasien. Angeblich ein Jurist aus München, der ohne Erben verstorben sein soll.«

Briamonte nickte. »Das heißt vermutlich, dass Sie diesen Juri Kusnezow genauer unter die Lupe nehmen und den anonymen Verkäufer des Bildes zu ermitteln versuchen.«

»Genau. Außerdem sehen wir uns die Geschichte der Familie Ketterer an«, ergänzte Antonia Blank, die bisher geschwiegen hatte. »Wir haben schon Kontakt aufgenommen, mit der Stadtverwaltung und dem Museum in St. Blasien, und sind nachher verabredet. Wobei wir natürlich umgehend auch das Archiv des Franz-Marc-Museums anfragen, denn das erwähnte Foto aus Marcs Atelier in Sindelsdorf findet man nicht mal so im Internet.«

»Danke!« Briamonte wandte sich an Schopferer. »Gibt es etwas Neues bezüglich der Durchsuchung der Geschäftsräume und der Konten von Hellstein und Oehring?«

»Ja. Das heißt nein. Es gibt nichts, was auf einen Handel mit Kunstfälschungen hinweist. Die Bilanzen sind jedes Jahr in etwa gleich, und die privaten Konten geben nichts her, was diesen Verdacht erhärten könnte. Die Durchsuchung der Geschäftsräume hat ebenfalls nichts gebracht, außer dem Nachweis, dass die Farben aus Jeltschs Abfluss aus der Werkstatt stammen.«

»Hm ...« Briamonte ergänzte die Notizen auf dem Whiteboard. »Das ist nicht das, was ich erhofft hatte. Und eine Portokasse, gibt es die?«

»Offenbar nein. So wie es sich aktuell darstellt, können wir also ziemlich sicher davon ausgehen, dass es keine nachweisbare Geschäftstätigkeit mit gefälschten Werken gibt. Beide Geschäftspartner haben bis zum Tod von Hellstein in angemessenem Rahmen gelebt und nicht über die Stränge geschlagen. Hellstein hat vor einem Jahr ein Darlehen für seine Villa in St. Blasien aufgenommen, und Oehring ist über seine Ehefrau finanziell mehr als abgesichert.«

»Und Jeltsch?«

»Der hat bescheiden gelebt. Kein Auto, kein Motorrad, keine teuren Hobbys. Nur sein Drogenkonsum dürfte ins Geld gegangen sein. Die Mutter hat seine Miete gezahlt.«

»Über Julian Jeltsch habe ich gestern Abend etwas Interessantes herausgefunden.« Briamonte sah kurz zu Kristina. »JJ, wie er sich genannt hat, hatte engeren Kontakt zu einem jungen Mann, der sich ebenfalls im Umfeld des Stühlinger Kirchplatzes bewegt – Benedikt Lautenspiel.« Er beobachtete den irritierten Blickwechsel seiner Kollegen und fuhr fort. »Er hat mir einige interessante Details aus Jeltschs Vergangenheit erzählt.«

»Wer ist dieser Lautenspiel?«, wollte Holz wissen.

»Unser Vorgesetzter, der die Ermittlungen in diesem Fall verhindern wollte, weshalb wir eine Dienstaufsichtsbeschwerde gegen ihn eingereicht haben. Zurzeit ist er länger krankgeschrieben«, erklärte Briamonte knapp und warf Schopferer einen aufmunternden Blick zu, der sich sichtlich unwohl fühlte.

»Das wird ja immer besser …«, staunte Holz. »Und was hat Ihnen dieser Sohn berichtet?«

»Das ist ziemlich interessant. In Jeltschs Vergangenheit gibt es eine Lücke von mehreren Jahren, zu denen uns selbst seine Schwester nichts sagen konnte. Benedikt hat nun berichtet, dass Jeltsch wohl jahrelang auf diversen Schiffen angeheuert hatte und in der ganzen Weltgeschichte herumgekommen ist, was für unseren Fall an sich nicht relevant ist, aber er hat ebenfalls erzählt, dass Jeltsch sich damit gebrüstet hätte, endlich einen Weg gefunden zu haben, um den – ich zitiere – ›oberen Zehntausend ordentlich in den Arsch zu treten‹.«

»Wusste dieser Benedikt, was Jeltsch damit gemeint hat?«, fragte nun Kristina, und Briamonte überlief ein wohliger Schauer, als er ihre warme, klare Stimme hörte.

»Jeltsch erzählte seinen jungen Bewunderern wohl, dass er eigentlich der Sohn eines reichen Unternehmers wäre, der dereinst seine Mutter vergewaltigt und dann schwanger fallen gelassen hätte. Weshalb er sich nun rächen wolle.«

Ein Raunen ging durch die Gruppe.

»Wusste er, wer das sein sollte?«

»Nein, aber sofern es stimmt, wäre es tatsächlich ein ziemlicher Hammer, wenn ich das so salopp ausdrücken darf. Ich werde nachher gleich Jeltschs Mutter aufsuchen.«

»Wenn das wahr wäre, dann wäre er tatsächlich am richtigen Arbeitsplatz gewesen, um gut betuchten Menschen eins auszuwischen, indem er ihnen Fälschungen andreht. Es könnte auch erklären, wieso er auf der Veranstaltung gewesen ist«, meinte Yilmaz.

»Vielleicht wollte er aber dort auch seinen Vater treffen?«, warf Miriam Strittmatter ein.

»Möglich. Falls diese Geschichte stimmt, könnte das ein Ansatz sein, aber bevor wir in dieser Richtung weiterspekulieren, schlage ich vor, dass wir zuerst die Aussage von Jeltschs Mutter abwarten.«

Briamonte notierte die Informationen in Stichworten am Whiteboard und wandte sich dann an Yilmaz und Strittmatter, die den Hintergrundcheck bei Hellstein und Oehring gemacht hatten: »Was haben Sie über die beiden Geschäftsinhaber herausgefunden?«

Yilmaz überließ seiner Kollegin das Wort. »Also, ich fange mit Claas Hellstein an: Geboren in Hamburg, Studium der Kunstgeschichte dort und in Freiburg. Beruflicher Einstieg in die kleine, unbedeutende Kunsthandlung und Galerie Zum Münster, Übernahme der Geschäftsführung 1980. Umzug in neue, größere Geschäftsräume und Umwidmung in Kunsthandlung Hellstein 1999. Verheiratet mit Magda Hellstein, geborene König, ein Sohn, der in den USA lebt, zwei Enkel.«

»Danke. Das klingt ziemlich unspektakulär«, meinte Briamonte und ließ den Stift sinken.

»Ja. Ähnlich ist es bei Dr. Martin Oehring. Geboren in Freiburg, Studium und Promotion ebenfalls dort. Berufseinstieg bei der Kunsthandlung Hellstein 1991 und Einstieg als Geschäftspartner 1996. Ab da hieß die Kunsthandlung Hellstein & Oehring. Oehring hält neunundvierzig Prozent. Nebenbei ist er Dozent am Kunsthistorischen Institut in Freiburg.«

»Wo hatte er das Geld für die Beteiligung her? Verdient man als Kunsthistoriker so viel?«, wollte Briamonte wissen.

»Seine Ehefrau, mit der er seit dreißig Jahren verheiratet ist, ist vermögend. Sehr vermögend. Frau Dr. Henriette Freifrau von Neuburg-Hallern …«

»Wie bitte?!«, entfuhr es Briamonte ungläubig, und endlich spürte er das wohlbekannte Kribbeln des Jagdfiebers. Der dauerlächelnde Dr. Martin Oehring war also mit der perfekten Frau Doktor verheiratet!

»Sie kennen sie?«

»Ich habe sie aufgesucht, wegen der Prospekte in Frau Berners Wohnzimmer.«

»Und?«

»Sie kennt Ute Berner nicht.«

»Wo sehen Sie dann den Zusammenhang?«

»Keine Ahnung«, gab Briamonte unumwunden zu, »aber es ist definitiv kein Zufall, dass man die Namen aller Beteiligten irgendwie mit der Kunsthandlung in Verbindung bringen kann.«

»Holger Wehrle nicht«, warf Yilmaz ein, der ständig an der Gipsschiene seiner Nase herumfingerte.

»Übers Eck aber schon. Er ist im Fall Berner Erbe und Hauptverdächtiger.«

»Und die Bilder? Oder das Bild?«

»Wie gesagt, keine Ahnung. Das werden wir herausfinden müssen.«

»Darf ich dazu etwas anmerken?«, meldete sich nun Holz zu Wort und räusperte sich. »Also, wenn wir mal von der Annahme ausgehen, dass ein Fälscher ein Vorbild braucht, um eine Kopie anzufertigen, können wir im Falle unserer beiden doppelten Lottchen sicher sein, dass der Fälscher besagtes Vorbild nicht im Internet oder in einem Katalog gefunden hat. Weil es schlichtweg nicht existiert. Klar so weit?«

Briamonte nickte zögerlich.

»Und wenn wir«, fuhr Holz fort, »hypothetisch annehmen, dass eines der beiden Bilder das Original und das andere eine Kopie ist, muss der Fälscher das Original für eine Weile bei sich gehabt haben. Sonst hätte er keine so perfekte Kopie hinkriegen können. Da stimmt ja jeder Kratzer und jeder Stockfleck überein. Klingelt's jetzt?«

»Äh …«

»Deshalb bin ich beinahe sicher, dass sich beide sichergestellten Ölstudien für eine Weile gleichzeitig bei dem Fälscher befunden haben, möglicherweise bei diesem Julian Jeltsch.«

Briamonte sah Holz nachdenklich an und wechselte dann einen Blick mit Schopferer, der offensichtlich dasselbe dachte wie er. »Damit könnten Sie recht haben. Verdammt recht. Und wenn das so ist, müssen wir ganz anders an die Sache herangehen. In diesem Fall müssten wir nämlich überlegen, wie das Flohmarktbild zu Herrn Jeltsch gelangen konnte.«

»Das ist doch ganz klar!«, meldete sich Kristina zu Wort. »Frau Berner hat doch mit ihren Nachbarn einen Straßenflohmarkt veranstaltet …«

»Aber auf dem hat sie das Bild an Frau Hellstein verkauft«, wandte Briamonte ein. »Und zwar nach Jeltschs Tod. Das passt zeitlich nicht.«

»Schon, aber ich meine auch vorher. Ich könnte mir vorstellen, dass sie ein paar Bilder geerbt oder auf dem Dachboden gefunden hat, so etwas in der Art. Möglicherweise dachte sie, dass darunter etwas Wertvolles wäre, und hat sich erkundigt, was die Bilder wert sein könnten.«

Der Groschen fiel endlich auch bei Briamonte. »Du

meinst, dass Frau Berner dachte, sie wäre auf einen echten Franz Marc gestoßen?« Er hatte plötzlich Gänsehaut am ganzen Körper.

»Genau! Und wohin wäre sie gegangen, um das heraus-zufinden?«

»Zu Hellstein & Oehring.«

»Verdammt!«

Stefan Holz sah aus wie ein zufriedener Kater, der einen Vogel unter den Pfoten hatte.

Briamonte wandte sich an Schopferer. »Gibt es einen Be-weis dafür, dass Frau Berner je in der Kunsthandlung gewe-sen ist? Und hat sie geerbt?«

»Nein und nein. Das habe ich bereits geprüft.«

»Und zufällig jemand anderes aus St. Blasien? Oder Ber-nau vielleicht? Holger Wehrle?«

Schopferer zuckte bedauernd die Schultern. »Alles längst gecheckt. Nichts. Tut mir leid.«

»Das ist nicht schlimm«, meldete sich Antonia Blank grin-send zu Wort, »denn wenn wir davon ausgehen, dass Frau Berner mit ihren Bildern, woher sie auch immer stammten, bei Hellstein & Oehring gewesen ist, habe ich so eine Idee, wer so ein Werk ohne Zweifel sofort erkannt hätte.«

»Martin Oehring, der seine Dissertation über Franz Marcs *Pferde* geschrieben hat, wie er uns gestern freundlicherweise mitteilte …«, ergänzte Briamonte zufrieden.

Schopferer hob die Hand. »Angenommen, Frau Berner war in der Galerie, und Oehring hat sie gebeten, die Bilder dazulassen, damit er sie schätzen könne. Dann wäre das Ori-ginal für eine gewisse Zeit in Freiburg gewesen, wo es von Julian Jeltsch kopiert werden konnte. Das mitgenommene Material und der Bandscheibenvorfall! Der Diaprojektor. Das passt alles zusammen. Frau Berner hat die Kopie zu-rückbekommen und sie anschließend auf dem Flohmarkt verscherbelt, weil sie ja tatsächlich nichts wert war. Das Original wurde an Juri Kusnezow verkauft. Julian Jeltsch und Ute Berner wurden ermordet, um all das zu vertuschen ...«, schloss Schopferer zufrieden.

»Von wem?«

»Keine Ahnung. Martin Oehring? Claas Hellstein konnte es nicht gewesen sein. Der war bei Frau Berners Ermordung bereits tot.«

»Oehring? Mit welchem Motiv? Der hat doch Geld wie Heu! Und überhaupt? Mord? Ist das nicht ziemlich weit hergeholt?«, wandte Yilmaz ein.

»Vielleicht hat er Stress mit seiner Frau? Vielleicht will sie sich scheiden lassen, und er muss sich einen Notgroschen für harte Zeiten zurücklegen?«, sinnierte Kristina. »Oder ihn hat der Gedanke gereizt, etwas Kick in sein langweiliges Leben zu bringen? Gemordet wird schon aus weit weniger plausiblen Gründen, wie wir alle wissen ...«

»Na ja, als Mordmotiv scheint mir das auch etwas ... gewagt ...«, meinte Briamonte zweifelnd.

»Eben das müssen wir herausfinden.«

»Sicher. Wir müssen in alle Richtungen offen sein. Also, Miriam, Sie hören sich im Kunsthistorischen Institut ein wenig um. Ich würde gerne mehr über unseren smarten Herrn Oehring wissen. Yilmaz, Sie fragen im Labor nach, wie weit die Untersuchung von Jeltschs Anzug ist, und besorgen sich zum Abgleich eine DNA-Probe von Martin Oehring. Aber bitte ohne weitere Blessuren! Anschließend befragen Sie noch einmal die Nachbarschaft von Frau Berner, ob nicht Martin Oehrings schwarzer Porsche Carrera dort gesehen wurde.«

»Und was kann ich machen?«, fragte Kristina.

»Das entscheide ich am Montag nach Dienstantritt, einverstanden?«

Er bemerkte ihre Enttäuschung und warf ihr einen verständnisheischenden Blick zu, dann wandte er sich an die Kollegen aus Stuttgart. »Sie beide sind bei der Stadtverwaltung in St. Blasien und in Baden-Baden, nehme ich an? Wenn sich nichts anderes ergibt, treffen wir uns morgen früh wieder. Um neun.«

36

Karin Jeltsch, seit sieben Jahren Frührentnerin, wohnte im Stadtteil Haslach in einer kleinen Zweizimmerwohnung mit Balkon. Sie musste in ihrer Jugend eine hübsche Frau gewesen sein, aber davon war nicht mehr viel übrig. Vorzeitig gealtert, verhärmt und erloschen waren die drei Attribute, die Briamonte bei ihrem Anblick spontan in den Sinn kamen. Er lächelte sie freundlich an, als sie ihn ins Wohnzimmer bat, wo trotz der Temperaturen die Balkontür und Fenster geschlossen und die Rollläden heruntergelassen waren. Die Luft war zum Schneiden. Der Fernseher lief, und dem überquellenden Aschenbecher entwand sich ein schmaler Rauchfaden.

Briamonte nahm auf dem angebotenen Sofa Platz, hysterisch verbellt, dann angeknurrt und schließlich interessiert beschnüffelt von einem Chihuahua-Mischling, den sein Frauchen erfolglos zu beruhigen versuchte.

»Sie müssen ihn entschuldigen. Er ist schon alt und hört nicht mehr so gut ...«

»Schon gut. Ich habe auch einen Hund.« Briamonte rückte auf der Sofakante hin und her. Er, der knallharte Verhörspezialist für gewisse Klienten, hatte immer Hemmungen gehabt, in den wunden Punkten anderer Menschen herumzustochern, wenn sie so vom Schicksal gebeutelt worden waren wie diese Frau. Jetzt aber gab er sich einen Ruck: »Frau Jeltsch, ich habe Sie aufgesucht, weil ich noch ein paar Fragen zu Ihrem Sohn habe.«

»Meine Tochter hat mir schon von Ihrem Besuch erzählt«, antwortete sie angespannt. »Sie müssen wissen, dass ich nie an einen Unfall geglaubt habe!«

»Ich hoffe sehr, dass wir den Tod Ihres Sohnes bald aufklären können, aber vorher muss ich noch ein paar wichtige Dinge wissen.«

»Fragen Sie.«

Briamonte holte tief Luft. »Was ist dran an dem Gerücht, dass ihr verstorbener Mann, Manfred Jeltsch, nicht Julians leiblicher Vater war?«

Die Frau wurde weiß wie die Wand. »Woher wissen Sie das?«

»Dann stimmt es also?«

Sie war wie versteinert, und Briamonte seufzte. »Frau Jeltsch«, hob er behutsam an, »würden Sie mir sagen, wer Julians leiblicher Vater war?«

»Was bringt das noch?«

»Lebt der Mann noch?«

»Ja.«

»Wissen Sie, wo? Wie heißt er?«

Sie schwieg.

»Frau Jeltsch, bitte, das könnte für die Ermittlungen eventuell sehr wichtig sein!«

»Dadurch kommt mein Sohn nicht wieder.«

»Nein, das stimmt. Aber ich habe ein großes persönliches Interesse daran herauszufinden, warum Ihr Sohn gestorben ist. Wissen Sie …« Und jetzt passierte etwas, was er sich hinterher nicht mehr erklären konnte. Das Geheimnis, das er seit über dreißig Jahren in seinem innersten, hintersten, verstecktesten Herzenswinkel vergraben hatte, enthüllte er nun dieser wildfremden Frau. »Ich will Ihnen etwas erzählen. Mein Vater ist tödlich verunglückt, als ich sechs Jahre alt war. Und ich fühle mich schuldig an seinem Tod. Ich bin Polizist geworden, um diese Schuld ein wenig abzutragen. Um diese Welt etwas besser und lebenswerter zu machen. Und dazu gehört auch, dass ich Menschen ins Gefängnis bringe, die anderen Menschen leid antun oder angetan haben. Ich bin überzeugt, dass Ihr Sohn nicht aus Versehen übers Geländer gestürzt ist, sondern gestoßen wurde. Ihre Aussagen könnten mir vielleicht helfen herauszufinden, wer das gewesen sein könnte und warum. Und die verantwortliche Person dann zur Verantwortung zu ziehen. Das hat Ihr Sohn verdient, finden Sie nicht?« Briamonte verstummte. Was er dieser Frau gerade offenbart hatte, hatte er noch nie einer Menschenseele erzählt. Nicht einmal seiner Mutter oder Oma Resi.

Frau Jeltsch sah ihn lange schweigend an, während er die goldflirrenden Staubpartikel in den gestreiften dünnen Sonnenstrahlen betrachtete, die durch die Lamellen des Rollladens fielen. Endlich machte sie den Mund auf: »Wie kann sich ein sechsjähriges Kind am Tod seines Vaters schuldig fühlen?«

Briamonte wandte den Kopf und blickte dann auf seine verschränkten Hände: »Ich habe ihn gerufen. Er hat aufgesehen und gewinkt, dann ist er abgestürzt. Er hat ausgesehen, als wollte er noch etwas fragen, dann ist er gestorben.«

»Abgestürzt von wo?«

»Vom Dach. Er war Dachdecker.«

»Dafür sind Sie doch nicht verantwortlich. So was nennt sich Berufsrisiko«, stellte sie nüchtern fest und sagte dann unvermittelt: »Reinhardt Schoch.«

»Wie bitte?«

»Der Mann heißt Reinhardt Schoch. Dr. Reinhardt Schoch.

Er war der Direktor der Kurklinik in Todtnau. Heute ist er pensioniert. Ich war dort Zimmermädchen und ab und zu Babysitterin für seine beiden Töchter. Bis er mich vergewaltigte.«

»Haben Sie ihn angezeigt?«

»Natürlich nicht! Meine Eltern haben beide für ihn gearbeitet!«

»Und er hat Sie ...«

»... fallen gelassen wie eine heiße Kartoffel. Er hat mir zweitausend Mark für eine Abtreibung in die Hand gedrückt, mir gedroht, ja den Mund zu halten, und mich dann fortgeschickt.«

»Was geschah dann?«

»Ich habe mir eine neue Arbeit gesucht. Und dann Julian bekommen. Nachdem ein Jahr später seine Schwester geboren wurde, sind wir nach Freiburg gezogen.«

»Sie waren damals schon verheiratet?«

»Ja.«

»Hat Ihr Mann von der Vergewaltigung gewusst?«

»Wo denken Sie hin? Er hätte den Mann umgebracht!«

»Wie konnten Sie so sicher sein, dass Julian nicht der Sohn Ihres Mannes war?«

»Zu der Zeit war er drei Wochen lang unterwegs gewesen.«

»Dann hat er nicht gewusst, dass Julian nicht sein leiblicher Sohn war?«

»Nein. Aber die beiden haben sich nie gut verstanden, als hätten sie's geahnt. Mein Mann hat massiv darunter gelitten, dass Julian so viele Probleme gemacht hat. Er hat ihn oft verhauen. Ich kann's ihm nicht verdenken, obwohl es mir leidgetan hat. Der Junge war wirklich eine Herausforderung für uns alle.«

»Seit wann wusste Julian, wer sein leiblicher Vater war?«

Jetzt drehte sie den Kopf weg.

»Frau Jeltsch …«

»Ich glaube, das reicht. Mehr gibt es nicht zu sagen.«

Briamonte sah sie aufmerksam an. Da war noch mehr. Er legte sein ganzes Verständnis und Mitgefühl in seine Stimme: »Frau Jeltsch. Ich bitte Sie … Ihr Sohn hat seinen Freunden erzählt, dass er sich an den oberen Zehntausend rächen wolle. Das tut man doch nicht, wenn man keinen Grund hat.«

Frau Jeltsch rang sichtlich mit sich und brach dann unvermittelt in Tränen aus: »Ich habe doch nur das Beste für ihn gewollt!«

»Was meinen Sie damit? Frau Jeltsch?«

Sie wischte sich über die Augen und sah ihn dann resigniert an. »Ist ja eh schon egal. Julian ist tot.«

»Sagen Sie mir, was passiert ist … Ich verspreche Ihnen, dass ich äußerst diskret umgehen werde mit dem, was Sie mir erzählen.«

»Also gut. Als er fünf war, haben wir seinen Vater zufällig getroffen. Schoch wollte ihn bei sich aufnehmen.«

»Wie bitte?!«

»Er hatte in der Zwischenzeit noch zwei Töchter bekommen, aber keinen Sohn, daher wollte er Julian adoptieren.«

Briamonte war baff. »Einfach so? Nachdem er ihn hatte loswerden wollen?«

Sie zuckte mit den Schultern. »Er war ein ausgesprochen hübsches Kind. Extrem schwierig zwar, aber manchmal geradezu charmant. Und er hat seinem Vater sehr ähnlich gesehen.«

»War Ihr Mann bei dieser Begegnung auch dabei? Wie darf ich mir das vorstellen?«

»Nein, nur die Kinder und ich. Wir waren im Steinwasen-Park.«

»Und was passierte dann?«

»Er hat uns zunächst nur auf einen heißen Kakao zu sich eingeladen, dann immer häufiger, bis er Julian einmal übers Wochenende bei sich behalten hat. Julian hat das gefallen. Hundertprozentige Aufmerksamkeit rund um die Uhr, ein großes Haus mit riesigem Garten, Kletterbaum, Gokart und Pool.«

»Und dann?«

»Dann hat sein Vater ihn wohl gefragt, ob er für immer bei ihm wohnen wolle, und Julian war begeistert. Ich habe schweren Herzens zugestimmt. Er wollte ihm eine erstklassige Ausbildung ermöglichen. Reisen. Das volle Programm. Was hätte ich sonst tun sollen?«

»Ihn nicht dorthin lassen.«

»Aber er war doch so gerne dort! Und zu Hause war es endlich ruhiger und entspannter …«

»Was hat Ihr Mann zu diesem … Kuhhandel gesagt?« Ihm fiel kein freundlicheres Wort ein. Kinderhandel schien ihm doch etwas zu hart, und das traf es ja auch nicht.

»Er war Fernfahrer und selten zu Hause. Ich glaube, er war erleichtert, dass es ohne Julian zu Hause friedlicher und stressfreier zuging. In erster Linie für mich. Er war ja kaum da. Außerdem war er froh, über die finanzielle Entschädigung.«

Also doch eine Art Kinderhandel. Briamonte blieb die Spucke weg. Dass so etwas überhaupt möglich war? Mit welcher Begründung wurde so ein Familienwechsel genehmigt? Hatte da nicht das Jugendamt ein Wörtchen mitzureden?

»Und dann?«

»Julian ist nach Todtnau gezogen, zur Familie Schoch. Er hätte im darauffolgenden Herbst dort eingeschult werden sollen, und wir sahen ihn nur noch einmal im Monat.«

Briamonte merkte, dass ihr die Ereignisse noch nach so vielen Jahren zusetzten, aber er musste jetzt die ganze Geschichte wissen.

»Wie hat ihn seine neue Familie aufgenommen? War Frau Schoch ebenso begeistert von der Idee wie ihr Mann? Wusste Sie, dass er der leibliche Sohn ihres untreuen Mannes war?« Ihres kriminellen Mannes, ergänzte er in Gedanken.

»Ich glaube nicht, wobei die Ähnlichkeit schon nicht zu übersehen war.«

»Und die Töchter? Seine Halbschwestern?«

»Sie waren, glaube ich, ganz nett zu ihm.«

»Was passierte dann?«

Frau Jeltsch seufzte. »Schon nach kurzer Zeit waren die Schwierigkeiten auch dort nicht zu übersehen.«

Briamonte nickte aufmerksam, und Frau Jeltsch berichtete mit teilnahmsloser Stimme, was dann geschehen war. Julians Verhalten war immer auffälliger und dann endgültig unhaltbar geworden, nachdem er die Meerschweinchen der Töchter versehentlich im Pool ertränkt hatte. Die geplante Adoption wurde abgesagt. Eines Tages wurde er mit Sack und Pack wieder in Freiburg abgeliefert, der Kontakt brach ab. Ende der Geschichte.

Briamonte lehnte sich seufzend zurück. Ihm fehlten die Worte, aber es stand ihm nicht zu, ein Urteil zu fällen. Dieser Frau war übel mitgespielt worden, und sie hatte lediglich versucht, das Beste aus der Situation zu machen. Ihr Sohn hatte allerdings einen hohen Preis dafür bezahlt. Kein Wunder eigentlich, dass er so geworden war. Man konnte es ihm nicht verdenken.

»Hat Ihr Sohn je darüber gesprochen?«

»Nein. Er hat sich nach einer Weile kaum noch daran erinnert.«

Briamonte fühlte sich plötzlich unendlich müde und resigniert. Das waren genau diese Schicksale, mit denen er nicht mehr konfrontiert werden wollte. Er richtete sich auf und gab ihr zu verstehen, dass er gleich gehen werde.

»Eine letzte Information habe ich noch für Sie, dann lasse ich Sie in Ruhe ...«

»Was denn?«

»Ihre Tochter sagte mir, dass Julian mit zwanzig auf eine Weltreise aufgebrochen ist und dann lange verschwunden war. ...«

»Ja, es war schrecklich.«

»Ein Freund Ihres Sohnes hat mir kürzlich erzählt, dass Julian jahrelang auf diversen Schiffen angeheuert und die ganze Welt gesehen hat. Wussten Sie davon?«

»Nein. Er hat mir nie verraten, was er in der Zeit gemacht hat und wo er gewesen war.« Ihre Augen füllten sich wieder mit Tränen, und sie zündete sich eine neue Zigarette an.

Briamonte betrachtete den Hund, der schnarchend in seinem Hundebettchen vor der Balkontür lag. Die staubflimmernden Lichtstrahlen waren verschwunden.

»Wissen Sie, wo Reinhardt Schoch wohnt?«

»Immer noch in Todtnau, soviel ich weiß.«

Sie hatte also seinen Werdegang verfolgt.

Briamonte erhob sich. »Bleiben Sie sitzen, ich finde alleine raus. Sobald ich Neuigkeiten habe, melde ich mich bei Ihnen.«

Als er aus der Haustür trat, atmete er tief durch. Das Wetter hatte umgeschlagen. Der Himmel hatte sich zugezogen. Es war unerträglich schwül, und ein Gewitter lag in der Luft. Er fühlte sich merkwürdig ausgehöhlt. Das Schicksal der Familie Jeltsch ließ ihn nicht kalt, aber noch mehr bewegte ihn die Tatsache, dass er vorhin wie nebenbei ausgesprochen hatte, was er so lange als tonnenschwere Bürde mit sich herumgetragen beziehungsweise so lange verdrängt hatte. Vorsichtig tastete er sich in sein Inneres vor, spürte nach, jeden Augenblick diesen wohlbekannten unerträglichen Schmerz befürchtend – und stellte fest, dass er an diesen Unfall denken konnte, ohne dass er schier umkam vor Schuldgefühlen. War es möglich, dass er endlich etwas Abstand gewann? Dass sein versehrtes Kinderherz endlich zu heilen begann? Außerdem hatte Frau Jeltsch etwas angesprochen, an was er nicht eine Sekunde lang gedacht hatte: Vielleicht sollte er sich endlich seiner Mutter anvertrauen. Mit einem Blick auf den dunkler werdenden Horizont bat er die Kollegen in Waldshut, die Gästeliste vom Sommerempfang auf den Namen Reinhardt Schoch zu überprüfen und seine Adresse zu ermitteln. Anschließend rief er seine Mutter an. »Mama, bist du heute Nachmittag zu Hause? Ich muss mit dir reden.« Dann machte er sich auf den Weg zurück in den Schwarzwald.

37

»Hören Sie«, Martin Oehring legte so viel Nachdruck wie möglich in seine Stimme, »Sie bekommen zweihunderttausend, wenn Sie sich an unsere Vereinbarung halten … Nein, mehr geht nicht, weil ich das Geld ›finden‹ und der Polizei aushändigen muss … Nein, ausgeschlossen … Hören Sie, ich kann Sie auch hochgehen lassen, denn ich weiß, aus welchen Quellen das Geld stammt … Das ist mir bewusst, aber das Risiko gehe ich ein … Steht unsere Abmachung also? … Gut. Dann um fünf an der Raststätte Renchtal … Ein schwarzer Porsche Carrera. Ich werde tanken.«

Als er den Hörer auflegte, war er buchstäblich in Schweiß gebadet. Schwer atmend zog er ein frisches Hemd an, das er für Notfälle immer im Schrank hatte, hängte einen Zettel in die Tür – *Heute wegen Krankheit geschlossen* –, informierte seinen Werkstattmeister Hildebrand, dass er heute Nachmittag geschäftlich unterwegs, aber telefonisch erreichbar sei, stellte die Alarmanlage scharf, schloss ab und machte sich auf den Weg nach St. Blasien, um das Geld zu holen.

38

Briamonte hatte eben die Abzweigung zum Gießhübel passiert, als sich das Gewitter so heftig entlud, dass er in eine Parkbucht rausfahren musste, weil seine Scheibenwischer die Wassermassen nicht mehr bewältigen konnten. Das unverkleidete Blechdach seines Defenders verstärkte das Prasseln des Starkregens zu einem so ohrenbetäubenden Lärm, dass er die krachenden Donnerschläge mehr spürte als hörte. Während der gleißenden Blitzentladungen, die die schwer sturmgepeitschten Tannen um ihn herum sekundenlang in geisterhaftes Licht tauchten, schaltete er das Radio aus und verharrte angespannt. Faradayscher Käfig hin oder her, vor einem umstürzenden Baum würde ihn seine alte Kiste nicht schützen können. Aber kaum eine halbe Stunde später hatte sich das Unwetter so weit abgeschwächt, dass er weiterfahren konnte. Die Straße dampfte und war von abgerissenen Blättern und Zweigen bedeckt, doch als er oben seine Lieblingsstelle passierte, kam bereits wieder die Sonne hervor.

Die Altersresidenz lag in einem idyllischen kleinen Park etwas außerhalb von Todtnau, wo eben die Gartenmöbel abgetrocknet und die Sonnenschirme wieder aufgespannt wurden. Dr. Reinhardt Schoch fand er auf seinem Zimmer. Briamonte betrachtete ernüchtert den Greis, der ganz offensichtlich schon lange nicht mehr Herr seiner Sinne war.

»Hatte Dr. Schoch kürzlich Besuch von einem jungen Mann?«, wandte er sich an den Mitarbeiter, der ihn nicht aus den Augen ließ. Polizei in den noblen Hallen, das wurde gar nicht gern gesehen.

»Er bekommt regelmäßig Besuch«, erwiderte der Mann ausweichend.

»Das habe ich nicht gefragt. War unter den Besuchern ein junger Mann? Knapp dreißig? Groß? Pferdeschwanz?«

»Das müssen Sie die Chefin fragen.«

»Und wo finde ich die?«

»In ihrem Büro.«

»Und wo ist das Büro?« Herrgott noch mal! Warum zur Hölle waren in diesem Fall denn alle so bockig? Ohne ein weiteres Wort verließ er das Zimmer und fragte sich zum Büro der Heimleitung durch. Am liebsten hätte er diesen Faden fallen gelassen, aber er konnte nach dem Gespräch mit Frau Jeltsch nicht ausschließen, dass es im Umfeld des leiblichen Vaters und der Halbgeschwister jemanden gab, der einen Grund gehabt hatte, Julian Jeltsch umzubringen. Doch eine Stunde später war klar, dass er diese Spur nicht weiterverfolgen musste. Julian Jeltsch hatte tatsächlich seinen Vater aufgesucht, erst im Frühjahr diesen Jahres, aber ohne ein Wort mit dem schwer dementen Mann wechseln zu können. Er hatte sich als sein Sohn vorgestellt und war dann wieder gegangen, ohne jemand anderem aus der Familie zu begegnen. Dr. Schoch hatte in der Folge dann hin und wieder von einem Sohn gebrabbelt, aber da seine Familie vehement bestritten hatte, dass überhaupt ein Sohn existiere, war das Thema für die Einrichtung erledigt gewesen.

Nach eineinhalb Stunden war Briamonte nicht viel weiter als vorher. Immerhin wusste er, dass Jeltsch tatsächlich seinen Vater aufgesucht hatte und sich, möglicherweise, als Stellvertretung für seinen dementen Vater irgendwelche reichen Männer für seine wie auch immer gearteten ›Rachepläne‹ auserkoren hatte. Da Briamonte mittlerweile der Magen knurrte, kehrte er auf dem Heimweg in einer alten Gastwirtschaft in Geschwend ein, bevor er sich auf den Heimweg machte, um das angekündigte Gespräch mit seiner Mutter zu führen.

39

Während Briamonte auf dem Weg nach Todtnau war, öffnete Martin Oehring so leise wie möglich das Portal der Villa Ferrette mit dem Schlüssel, den er noch nicht zurückgegeben hatte. Angespannt lauschte er am Fuß der großen Treppe der Eingangshalle auf irgendein Anzeichen, dass er nicht alleine wäre, und erschreckte sich vor der fast lebensgroßen Mohrenlampe auf dem obersten Treppenabsatz beinahe zu Tode. Aber als sich sein rasender Herzschlag wieder beruhigt hatte, hörte er, dass alles still war. Zwei Stufen auf einmal nehmend hastete er dann die teppichbespannten Stufen des hinteren Treppenhauses hoch, schaudernd vorbei an der vermaledeiten Stelle, und stieg die steile Treppe ins Dachgeschoss hoch, wo er im Einbauschrank des kleinen *Long Island Zimmerchens* mit den himmelblauen Holzvertäfelungen Kusnezows Geld versteckt hatte. Fluchend zerrte er den kleinen Koffer heraus, den er ins oberste Fach gewuchtet hatte, und legte ihn aufs Bett. Mit fliegenden Fingern zählte er zweihunderttausend Euro ab und stopfte sie in die mitgebrachte Aktentasche. Sein Herz klopfte zum Zerspringen, und der Angstschweiß hinterließ große Flecken unter den Achseln. Dann wischte er seine Fingerabdrücke am Schrank sowie dem Schlüssel ab und schloss die Schranktür. In dem Moment hörte er ein Geräusch und fuhr erschrocken herum.

Im Türrahmen stand eine junge Frau, die ihn aufmerksam betrachtete.

»Oh, hallo! Sie haben mich aber erschreckt! Ich dachte, ich wäre alleine …«, scherzte er angespannt. Um Himmels willen, seit wann stand sie schon da? Er spürte die Schweißtropfen rinnen und hörte den kleinen Nachttischwecker ticken.

»Sind Sie ein Gast des Hauses?«, fragte sie zurück, und ihm schien, als hätte er sie schon einmal irgendwo gesehen.

»Ich habe nur eben meine Sachen gepackt. Ich reise wieder ab.«

Sie warf einen Blick auf den Koffer, der neben der Aktentasche auf dem Bett lag: »Sie haben hier übernachtet?«

»Sicher. Das tue ich häufiger. Innere Einkehr. An diesem Ort einfach wundervoll. Sie auch? Ich habe Sie hier noch nie gesehen?« Sein Puls war derart in die Höhe geschnellt, dass er nur mit Mühe den Impuls unterdrücken konnte, aus dem Zimmer zu stürmen. Aber er wusste nicht, wie lange sie dort schon gestanden hatte, weshalb er versuchte, den unverfänglichen Plauderton aufrechtzuerhalten. Wo hatte er sie nur schon einmal gesehen?

»Ich bin dann mal wieder weg. Ich hoffe, ich habe Sie nicht allzu sehr erschreckt. Einen schönen Tag noch!« Ihre Stimme war warm und klar.

Plötzlich wusste er es! Die Erkenntnis traf ihn wie ein Schlag in die Magengrube, und sein Herz machte ein paar unheilvolle Extraschläge. Sie war die Begleiterin dieses Polizisten gewesen! Großer Gott! Er erinnerte sich an die Stimme und daran, dass er trotz aller Anspannung an diesem Abend ihre natürliche Schönheit bewundert hatte, die so anders war als die der Damen, mit denen er üblicherweise zu tun hatte. Himmel! Sie wusste, wer er war! Was hatte sie hier zu suchen? War sie auf ihn angesetzt worden? Was jetzt?! Verflucht! Was jetzt? Verkrampft und blöde grinsend sah er zu, wie sie kehrtmachte und unauffällig ihren Schritt beschleunigte.

Sie hatte ihn also erkannt! Verdammt! Auf gar keinen Fall durfte sie dieses Haus verlassen! Auf dem dichten Teppichboden lautlos und behände wie eine Katze eilte er ihr hinterher, und als er sie kurz vor der steilen Dachbodentreppe am Arm packte, schrie sie erschrocken auf. Oehring, der das Überraschungsmoment auf seiner Seite hatte, gelang es nach kurzem, heftigem Gerangel die junge Frau die Treppe hinunterzustoßen, an deren Fuß sie leblos liegen blieb. Schwer atmend stieg Oehring hinunter und betrachtete sie beinahe schon bedauernd. Er beugte sich hinunter, um zu sehen, ob sie noch atmete, dann richtete er sich seufzend wieder auf. Schade um so eine Schönheit. Aber warum musste sie auch hier herumschnüffeln? Er atmete tief durch und versuchte sich zu sammeln. Was jetzt?! Sein erster Impuls war, sie zu verstecken. Aber dann wäre klar, dass sie keinen Unfall gehabt hatte. Wenn er sie so liegen ließ, könnte ihn niemand mit ihrem Tod in Verbindung bringen. Er widerstand der Versuchung, ihr Handy einzustecken, das aus ihrer Tasche gefallen war, um eine eventuelle Ortung unmöglich zu machen, aber er beließ schweren Herzens alles, wie es war, und verließ mit der Aktentasche und dem Koffer in der Hand das Haus.

40

Briamontes Vorsatz, mit seiner Mutter zu sprechen, geriet hinter jeder Kurve mehr ins Wanken. Sollte er es wirklich riskieren, das alles wieder aufzuwühlen? Jetzt, nachdem er es jahrzehntelang erfolgreich verdrängt hatte? War es nicht genug, wenn er nach so langer Zeit weitgehend schmerzfrei daran denken konnte? Wie würde seine Mutter reagieren, wenn sie erführe, dass er am tödlichen Unfall seines Vaters schuld war? Wäre das nicht ein Schock für sie? Würde das ihre Mutter-Sohn-Beziehung nicht nachhaltig verändern? Vielleicht sollte er stattdessen lieber mit Oma Resi reden.

Als er kurz darauf sein Gartentor öffnete und die in der Sonne funkelnden Regentropfen auf den Grashalmen betrachtete, überkam ihn ein so friedliches Gefühl von Heimkommen, dass er versucht war, sein Vorhaben aufzugeben. Wem nutzte das alles? Musste man immer über alles reden? Seine beiden Zicklein kamen angesprungen, und er beschloss, sich erst einmal einen Espresso zu machen, bevor er Gismo abholte. Vielleicht hatte sie es ja schon vergessen, dass er mit ihr reden wollte.

Sie hatte es nicht vergessen. Von Gismo umwedelt stand Briamonte unschlüssig auf der Terrasse seiner Mutter, die nicht vorhatte, ihn einfach so davonkommen zu lassen.

»Setz dich! Georg ist noch unterwegs, wir sind also ungestört.«

»War nicht so wichtig.«

Seine Mutter betrachtete ihn prüfend, als ob sie taxieren wollte, welche Geschütze sie jetzt auffahren sollte, dann entschied sie sich für Konfrontation. »Doch, ist es! Mir ist es wichtig, dass du dich jetzt setzt und mir endlich erzählst, was dich beschäftigt!«

Briamonte gehorchte teilweise. Er pflanzte sich schweigend in den Korbsessel und blickte über die zirpenden Wiesen auf die umliegenden Berge. »Ich glaube, es ist besser, wenn nicht.«

»Für wen besser?« An seinem ernsten und angespannten Gesicht erkannte sie, dass es diesmal um mehr als um schwierige Herzensangelegenheiten ging.

»Für uns alle.«

»Johann, was auch immer es ist ... sag es mir! Bitte! Ich bin deine Mutter und würde dir so gerne einen Teil deiner Sorgen abnehmen oder mit dir tragen!«

Er seufzte und schwieg.

»Vertraust du mir nicht?«

»Doch. Schon.«

»Was hält dich also davon ab, mir zu erzählen, was dich bedrückt? Es ist der Tod deines Vaters, stimmt's?«, fragte sie hellsichtig.

Briamonte starrte in den friedlichen Sommerabend.

»Du fühlst dich schuldig. Hab ich recht?« Mitleidig betrachtete sie das scharfe Profil ihres Sohns, die ergrauten Schläfen und seinen zusammengepressten Mund. Sie spürte, dass sie ins Schwarze getroffen hatte. Seufzend lehnte sie sich vor und legte so viel Überzeugungskraft, wie sie konnte, in ihre Stimme: »Johann, was auch immer du denkst, du trägst keine Schuld am Tod deines Vaters!«

Er schwieg weiter eisern, und sie fuhr fort: »Die Kinderpsychologin hat damals schon gesagt, dass du ein Opfer der sogenannten magischen Logik warst, was häufig bei Kindern auftritt. Ein Phänomen, das bewirkt, dass sich Kinder für alle möglichen und unmöglichen Ereignisse verantwortlich fühlen. Für die Scheidung der Eltern, den Tod des Haustieres und so weiter ...«

Briamonte seufzte abgrundtief und betrachtete seinen Hund, der sich zu seinen Füßen hingestreckt hatte: »Das weiß ich alles. Aber ich bin wirklich verantwortlich. Nicht nur eingebildet.«

»Du weißt, dass das nicht wahr ist!«, widersprach sie ihm in beschwörendem Ton.

»Doch. Du weißt nicht ...« Er verstummte und holte dann tief Luft. »Ich habe ihn gerufen. Er hat aufgesehen, gewinkt und ist dann abgestürzt.« Jetzt war's raus. Briamonte starrte auf seine fest verschränkten Hände und bemerkte den erschrockenen Blick seiner Mutter nicht. Als er nach langem Schweigen aufblickte, sah er, dass sie weinte. Unbeholfen langte er nach ihrer Hand und drückte sie: »Es tut mir so unendlich leid, Mama! Kannst du mir das je verzeihen?«

»Warum hast du mir das nie erzählt?«

»Wie sollte ich? Ich war schuld an Papas Tod! Du hast so geweint!«

»Johann! Nein! Dich trifft doch keine Schuld! Dein Vater ist abgestürzt, weil seine Zeit gekommen war! Er wusste, dass er keinen ungefährlichen Beruf hatte, aber das Risiko ist er eingegangen, jeden Tag aufs Neue. Außerdem war er davon überzeugt, dass jeder Mensch seine vorbestimmte Zeit auf Erden hat, die durch nichts und niemand beeinflusst werden kann. Oh mein Gott, mein armer Junge!« Ihr versagte die Stimme. Das war also der Grund für seine Veränderung gewesen! Für seine nicht enden wollende Trauer, die Depressionen und den vollkommenen Rückzug von der Welt. Deshalb hatte er sich so unendlich schwergetan im Leben! Und sie hatte es nicht gesehen!

»Wieso um Himmels willen hast du dich mir nicht früher anvertraut? Oder der Therapeutin? Die offizielle Ermittlung zum Unfallhergang hat ergeben, dass er wohl auf einem liegen gelassenen Werkzeug ausgerutscht ist. Ein Unglück, das zu jeder anderen Zeit auch hätte passieren können. Du bist am allerwenigsten verantwortlich für seinen Tod!«

»Wenn ich ihn nicht gerufen hätte, wäre er nicht abgestürzt.«

»Nein und noch mal nein!«

Briamonte sah sie schweigend an.

»Oh Gott, Johann, es tut mir so unendlich leid! Ich hätte erkennen sollen, warum du dich so verändert hast! Kannst du mir verzeihen? Ich bin dir in meiner eigenen Trauer eine schlechte Mutter gewesen.«

»Nein, bist du nicht.«

»Wenn ich mir vorstelle, dass du all die Jahre diese Bürde mit dir herumgeschleppt hast und ich es nicht geschafft habe, dich davon zu befreien!« Sie tupfte sich die Augen.

»Du bist die beste Mutter, die man nur haben kann!«

»Verzeihst du mir?«

»Da gibt es nichts zu verzeihen. Wirklich nicht. Ich hab's dir ja nie gesagt. Ich hab's verdrängt und gehofft, dass es besser würde. Eines Tages. Wurde es aber nicht. Abgesehen davon dachte ich, du würdest umkommen vor Kummer, wenn du's wüsstest. Dann hätte ich gar niemanden mehr gehabt.«

»Komm her!«

Sie zog ihn aus dem Sessel hoch und nahm ihren großen Sohn dann fest in den Arm. »Ab jetzt keine Geheimnisse mehr, versprochen?«

»Ich versprech's! Keine Geheimnisse mehr! Eines noch – die entfleuchten Hasen bei Oma Resi – das war ich. Ich wollte nur die Jungen streicheln …«

»Komm, lass uns ein paar Schritte mit Gismo gehen.«

41

Ganz langsam tauchte sie aus ihrer tiefen Bewusstlosigkeit auf, und mit den ersten Gedanken kamen die Schmerzen. Durch den ganzen Körper zuckende, scharfe, stechende und stumpfe Schmerzen. Bei dem Versuch, sich zu bewegen und sich zu sortieren, stöhnte sie auf. Ihr Kopf schien platzen zu wollen, und sie glühte und fror gleichzeitig. Wo waren die Arme, wo die Beine? Sie schlug die Augen auf, die in den zugeschwollenen schmerzenden Augenhöhlen pulsierten, aber sie konnte nichts sehen. Vollkommene Dunkelheit! Bitte, lieber Gott, lass mich nicht blind sein! Eine kleine Bewegung des Kopfs wurde mit einem scharfen Stich im Genick quittiert, und sie schrie auf. Beinahe wieder ohnmächtig werdend riss sie die Augen auf und schärfte verzweifelt alle Sinne. Sie tastete mit den Fingerspitzen, die sie vor Schmerzen kaum bewegen konnte, witterte und lauschte in die Dunkelheit. Realisierte, dass sie verdreht halb auf dem Rücken lag, den linken Arm unter dem Körper eingeklemmt, den Kopf zur rechten Seite geneigt. Es roch fremd. Nach Staub, abgestandener Luft und Holz. Sie wusste nicht, wo und wie sie hierhergekommen war. Hilfe! Oh Gott! Hilf mir! Was ist passiert? Wo bin ich? Heiße Tränen rollten über ihr Gesicht und versickerten im dichten Teppichflor. Sie holte tief Luft und schrie, bis sie nicht mehr konnte.

42

Nach einer unruhigen, kurzen Nacht erwachte Briamonte gerädert und angespannt. Ein zügiger Lauf durch die Morgendämmerung milderte seine Unruhe nicht, und als es nach der Dusche und einem raschen Espresso endlich acht Uhr war, wählte er Kristinas Nummer. Warum hatte sie sich gestern nicht mehr gemeldet? War sie sauer, dass er sie vor Montag nicht hatte einsetzen wollen? Oder hatte ihr die Besprechung auf dem Revier klargemacht, dass sie noch nicht so weit war? Nach fünfmal Klingeln ging die Mailbox dran. Seufzend legte er auf und fuhr nach Waldshut.

Die morgendliche Lagebesprechung war kurz. Antonia Blank berichtete, dass sie im Stadtarchiv in St. Blasien tatsächlich eine Familie Ketterer gefunden hatte, die bis in die

Fünfzigerjahre Gäste beherbergt hatte, jedoch nie einen aus München, was die Herbergsbücher aus diesen Jahren zweifelsfrei zeigten. Und die Urenkelin der Familie hatte sich beim besten Willen an keinen Schrankkoffer auf dem Dachboden erinnern können, mal ganz abgesehen davon, dass ein Dachboden in dem Sinne gar nicht existiert hatte. Diese Information aus den Legitimitätsunterlagen des Bildes war also falsch, mithin der erste handfeste Hinweis auf eine gefälschte Provenienz. Vom Franz-Marc-Museum dagegen gab es noch keine Neuigkeiten. Das Archiv hatte die Existenz des fraglichen Fotos zwar bestätigt, was sie aber nicht weiterbrachte, da dieses Foto seit Jahrzehnten unzähligen Fachpersonen und Studierenden zur Verfügung stand. Die eigentliche Expertin war in Urlaub und würde erst in drei Wochen wieder zurück sein.

Als Antonia Blank geendet hatte, übergab sie das Wort an ihren Kollegen. Holz berichtete, dass Juri Kusnezow gestern wohl sehr kurzfristig zu einer dringenden Geschäftsreise mit unbestimmter Dauer aufgebrochen war, wie dessen blutjunge Ehefrau angesichts der Polizei etwas verunsichert berichtet hatte, und Holz hatte umgehend eine umfassende Überprüfung des Russen veranlasst.

Miriam Strittmatter wusste zu berichten, dass sich Dr. Martin Oehring im Kunsthistorischen Institut einem ausgezeichneten Ruf und außerordentlicher Beliebtheit erfreute, insbesondere unter den meist weiblichen Studentinnen. Die als künftige Erstsemesterstudentin getarnte junge Polizistin erfuhr, dass der smarte Dr. Oehring immer ein offenes Ohr für die Sorgen seiner anvertrauten Schützlinge habe, und glaubte ein gewisses Buhlen um dessen Aufmerksamkeit unter den jungen Frauen zu bemerken. Nur eine schien dem Charme des Mannes nicht erlegen zu sein, der eher weniger durch außerordentliches Fachwissen glänzte als durch außerordentlich gutes Aussehen und umwerfenden Charme, wie sie sagte. Yilmaz, der in dem Moment zu spät in die Besprechung platzte, lieferte noch einen interessanten Punkt zu dem Mühlstein, den Briamonte Dr. Oehring bald ans Bein zu binden gedachte. Es gab einen Treffer mit seiner DNA und den gefundenen Spuren auf Jeltschs Revers. Also hatte er ihn zweifelsfrei berührt! Aber hatte er ihn auch gestoßen? Seinen Porsche hatte am Abend von Frau Berners Ermordung allerdings niemand gesehen oder gehört. Schade.

Nach der Besprechung verabschiedete Briamonte die Kollegen Holz und Blank, die von Stuttgart aus weiterermitteln wollten, und setzte Yilmaz und Strittmatter auf die Autovermietungen und Taxis rund um Freiburg an. Er selbst würde nach Freiburg fahren, um Martin Oehring mit seinen DNA-Spuren auf Jeltschs Revers zu konfrontieren. Kristina ging noch immer nicht an ihr Handy, und er legte seufzend auf.

43

Das Klingeln ihres Telefons weckte sie aus einem fiebergeschüttelten Halbschlaf. Die Kopfschmerzen hatten sich verschlimmert, und das dumpfe Pochen hatte sich auf den gesamten Körper ausgebreitet. Im gleichen Augenblick kam auch die Panik zurück, aber sie war immerhin so weit bei klarem Verstand, dass sie ihren Handyklingelton erkannte und wusste, dass sie das retten könnte. Sie öffnete angsterfüllt erneut die Augen – und registrierte überrascht das Tageslicht, das ihr ermöglichte, sich zu orientieren. Hölzernes Treppengeländer, Sprossenfenster, Kunst an der Wand. Wo war sie? Wie war sie hierhergekommen? Unter größter

Anstrengung versuchte sie sich zu winden und zu drehen, um irgendwie an ihr Handy zu kommen, das rechts neben ihrem Kopf klingelte, aber die Schmerzen in der Schulter waren so entsetzlich, dass sie aufgeben musste. Oh Gott! Bitte hilf mir! Warum vermisste sie niemand? Johann könnte doch ihr Handy orten? Oh Gott! Wann hatte sie es das letzte Mal geladen? Wie spät war es überhaupt? Welcher Tag war heute? Seit wann lag sie schon hier? Hoffentlich hielt der Akku so lange! Und wieder kullerten heiße Tränen der Verzweiflung über ihr Gesicht, während sie sich die Seele aus dem Leib schrie.

44

Ich schwöre beim Leben meiner Frau, dass ich vollkommen unschuldig am Tod von Julian Jeltsch bin! Ich habe sein Revers zurechtgerückt, damit er wieder passabel aussieht! Ich verbitte mir eine derart degoutante Anschuldigung!« Oehring war kurz davor, die Contenance zu verlieren, aber er mäßigte rechtzeitig seinen Ton, der nun beschwörend wurde. »Zu keiner Zeit habe ich einen Grund gehabt, unserem Auszubildenden nicht wohlgesonnen zu sein! Das müssen Sie mir glauben! Außer wenn er wieder einmal seine Joints im Innenhof rauchte, das gebe ich freimütig zu. Aber das ist kein Motiv für eine derart verabscheuungswürdige Tat, wenn es das überhaupt war. Der junge Mann war ziemlich betrunken, wie ich ja bereits zu Protokoll gegeben habe, und ist höchstwahrscheinlich selbst verschuldet über das Geländer gestürzt. Ich stehe vor den Trümmern meiner Existenz! Der verstorbene Claas Hellstein, der immer mehr ein Ziehvater denn ein Geschäftspartner gewesen war, hat mir durch seine Taten einen Scherbenhaufen hinterlassen, aus dem ich noch keinen Ausweg gefunden habe!« Ihm gelang ein derart verzweifelter, gequälter Gesichtsausdruck, dass Briamonte eine Sekunde lang versucht war, dem Mann zu glauben. Wenn er dem Opfer tatsächlich das Revers gerichtet hatte, würde das die Spuren durchaus erklären. Als Beweis war das zu wenig. Und es gab keinerlei Verbindung zu Frau Berner. Doch nein! Sein Gefühl signalisierte ihm überdeutlich, dass dieser so gut aussehende und gewandte Mann ihm einen Riesenbären aufband! Doch Bauchgefühl allein reichte nicht für einen Haftbefehl. Die anfängliche Unsicherheit, die er zu Beginn der Ermittlungen an seinem Gegenüber wahrgenommen hatte, war verschwunden. Merkwürdig. Verdammt! Dieser aalglatte Kerl! Elisabeth hatte recht gehabt, er musste eindeutig andere Geschütze auffahren. Und vor allem Beweise! Er verabschiedete sich mit einem warnenden Blick und verließ die Galerie.

Auf dem Weg zum Auto steigerte sich seine Unruhe so sehr, dass er Kristina eine Sprachnachricht hinterließ. »Geht's dir gut, du Wunderbare? Ich mache mir Sorgen um dich! Wollen wir nachher zusammen mittagessen? Um eins im Klosterhof? Ich freue mich auf dich! Bis nachher!«

Wieso meldete sie sich nicht?

45

Oehring, der sich nach Briamontes Konfrontation mit der Spurenauswertung unerwartet am längeren Hebel gefühlt hatte, atmete etwas auf. Sie hatten keine Beweise! Gott, was für ein Glücksfall! Nichts, was für einen Haftbefehl reichte! Kusnezow wollte nach eigenen Angaben eine Weile abtauchen, und von der jungen Frau war auch keine Rede gewesen! Also wurde sie noch nicht vermisst. Obwohl dieser Polizist wohl kaum über private Dinge mit ihm reden würde. Er spürte förmlich, wie sein Blutdruck stieg, und er musste sich ganz bewusst selbst zur Räson bringen. Es gab keinen Grund zur Besorgnis! Niemand hatte ihn bei der Villa gesehen, und falls ja, konnte man ihn nicht mit diesem ›Unfall‹ in Verbindung bringen! Atmen! Ein und aus! Wenn er erst das Geld ›gefunden‹ und gemeldet hätte, wäre er endgültig aus dem Schneider. Kein Mensch würde ihn dann noch irgendwelcher illegaler Machenschaften verdächtigen. Er musste sich lediglich überlegen, wo er das Geld ›finden‹ würde. Ein Ort, verborgen und dennoch plausibel. Ein Ort außerhalb der Galerie, der noch nicht von der Polizei durchsucht worden war. Nicht so einfach.

46

Als Briamonte auf der Terrasse des Klosterhofs zunehmend besorgt auf Kristina wartete und bereits den zweiten alkoholfreien Aperitif trank, kam ein Anruf aus dem Kriminallabor. Michael Maurer. Man hatte Holger Wehrles genetischen Fingerabdruck auf mehreren Gegenständen in Frau Berners Haus nachgewiesen, unter anderem auf einem kleinen marmornen David von Michelangelo und einer griechischen Vase mit mythologischen Motiven.

»Könnte einer der Gegenstände die Tatwaffe gewesen sein?«

»Schwer zu sagen. Theoretisch schon, aber zumindest die Vase hätte einen solchen Schlag vermutlich nicht ausgehalten. Abgesehen davon waren sie nicht abgewischt worden.«

»Und das Nudelholz in der Küche?«

»Halte ich persönlich für den Favoriten, aber daran haben wir nichts gefunden, außer dem Blut des Opfers. Viel Blut, wie Sie wissen. Er könnte die Tatwaffe auch mitgenommen haben. Ein Baseballschläger oder Ähnliches.«

Briamonte nickte. »Reichen die Spuren für einen Haftbefehl?«

»Wenn wir nichts anderes haben, ist es etwas dünn. Kommt auf den Staatsanwalt an.«

»Gut. Ich werde sehen, was wir tun können. Danke für die Info!«

Um zwei Uhr bezahlte er und machte sich auf den Weg zu Kristinas Wohnung. Seine Unruhe hatte sich derart gesteigert, dass er sich unbedingt Klarheit verschaffen musste. Vielleicht war ja auch ihr Noch-Ehemann wieder aufgetaucht? Der Gedanke, der ihn unvermittelt angesprungen hatte, versetzte ihm einen mittelschweren Schock, und als er kurz darauf vor ihrer Haustür stand und vergebens klingelte, war er plötzlich überzeugt, dass ihr etwas zugestoßen sein musste.

»Kann ich Ihnen helfen?« Briamonte zuckte zusammen und drehte sich um. Das musste Kristinas Mutter sein, die Ähnlichkeit war nicht zu übersehen.

»Ich wollte zu Kristina. Johann Briamonte.«

»Oh, guten Tag! Das freut mich! Ich bin Kristinas Mutter …« Sie musterte ihn recht ungeniert, wurde aber gleich wieder ernst: »Ich mache mir Sorgen, weil sie sich seit gestern nicht gemeldet hat. Wir waren heute zum Frühstück verabredet.«

Briamontes Magen zog sich zu einem Eisklumpen zusammen.

Die Wohnung war leer. Das Bett unbenutzt, das Geschirr in der Spüle mindestens einen Tag alt. Kein Anzeichen, dass sie letzte Nacht zu Hause gewesen war.

»Oh Gott! Hoffentlich nicht schon wieder er!«, entfuhr es ihrer Mutter, und Briamonte griff zum Telefon: »Schopferer, bitte orten Sie SOFORT Kristina Prechts Handy! Es ist sehr eilig! Und geben Sie eine Fahndung heraus nach ihrem Ehemann, Felix Precht. Er ist angeblich kürzlich nach Karlsruhe gezogen. Bringen Sie in Erfahrung, wo er arbeitet, was für einen Wagen er fährt und ob er irgendwelche Liegenschaften besitzt ... Wochenendhaus, Schrebergarten, Grundstück oder so irgendetwas.« Als er schwer atmend wieder aufgelegt hatte, fiel sein Blick auf die Papiere auf dem Esstisch in der Küche. Kristina hatte alle Unterlagen zum Fall Jeltsch und Hellstein ausgedruckt und offenbar durchgearbeitet. Die Befragungsprotokolle vom Tag des Unfalls waren unterschiedlich farbig markiert, und sie hatte einen Plan der verschiedenen Stockwerke gemacht. Plötzlich ahnte er, wo sie sein könnte. »Schopferer, bitte bringen Sie in Erfahrung, wer die Schlüssel für die Villa Ferrette hat! Ich muss da sofort rein!«

»Glauben Sie, dass sie dort ist?«

»Ich hoffe es ...« Und ich hoffe, wir kommen nicht zu spät.

Mit dem mobilen Blaulicht auf dem Dach raste er, so schnell es die alte Kiste vermochte, durch St. Blasien und dann die schmale Straße zur Villa Ferrette hoch. Da! Am Straßenrand stand ihr grauer Golf, und vor dem Portal wartete ein Mann.

»Pfirter, der Eigentümer«, begrüßte er Briamonte. »Was ist passiert?«

47

Noch während der Notarzt Kristina versorgte und Briamonte beinahe wahnsinnig wurde vor Sorge, kam Oehrings Anruf. Das Geld aus dem Verkauf des Bildes war aufgetaucht. Ausgerechnet jetzt!

»Ich bin in einer Stunde da!«

Er drückte ihre Hand, schickte ein inbrünstiges Stoßgebet gen Himmel – bitte tu mir das nicht auch noch an! – und verließ dann die Villa. Er konnte ohnehin nichts tun und würde für sie da sein, wenn sie im Krankenhaus wieder bei Bewusstsein wäre. Draußen im Hof rief er in Waldshut an. »Wir haben sie gefunden ... Nicht gut, sie ist offenbar die Treppe im Dachgeschoss hinuntergestürzt, aber ich habe keine Ahnung, wieso. Schicken Sie doch sicherheitshalber die Spurensicherung hin. Die sollen sich das mal ansehen. Und Schopferer, beantragen Sie bitte einen Haftbefehl für Holger Wehrle. Maurer sagt, dass seine Spuren auf zwei potenziellen Tatwaffen sind ... Das ist möglich, aber dann sagen Sie ihm bitte, dass akute Fluchtgefahr besteht. Wehrle hat ein paar unangenehme Gläubiger im Nacken. Ich bin jetzt dann in Bärental. Oehring hat das Geld aus dem Bilderverkauf gefunden ... Die Fahndung nach Kristinas Noch-Ehemann? Die halten wir aufrecht. Immerhin könnte er ihr gefolgt sein und sie gestoßen haben.«

Als er eine Dreiviertelstunde später am Ende des kleinen Forstwegs aus dem Wald herauskam und das idyllische Haus oberhalb der großen Lichtung sah, pfiff er. Jagdhütte?! Alles klar! Er parkte den Wagen neben Oehrings Porsche und stieg aus. Er schirmte die Augen mit der Hand ab und bewunderte die fantastische Lage des Hauses mit Blick auf die Berge, die sich bis zum diesigen Horizont erstreckten. Am unteren Ende der großen Wiese zog ein Traktor mit dem Heuwender seine Bahnen. Es zirpte, summte und zwitscherte in den Holunderbüschen rund ums Haus, und am Himmel trällerte eine Lerche. Beglückende Sommergeräusche, die er seit seiner Kindheit nicht mehr so intensiv gehört hatte.

»Herr Oehring?«

Der Hausherr trat auf die Terrasse. »Kommen Sie hier

herein ...« Er schien ernsthaft besorgt und führte Briamonte ohne große Worte durch den Wohnbereich in die kleine Gästetoilette in der Diele, wo er auf einen Unterschrank deutete, dessen Türen offen standen. Davor, auf dem Boden, lag ein geöffneter kleiner Koffer voller Bündel Fünfzigernoten. »Hier ... Ich wollte vorhin das Toilettenpapier nachfüllen, da habe ich das gefunden.«

»Sie haben ihn aufgemacht?«

»Natürlich! Ich wusste doch gar nicht, was das sollte! Ein Koffer hier drin ...«

Briamonte blickte auf die Geldbündel und drehte sich zu Oehring um: »Wieso glauben Sie, dass das das Geld aus dem Bilderverkauf ist? Könnte es nicht ein Notgroschen sein? Von Ihrer Frau vielleicht? Wer hat noch Zugang zu diesem Haus? Wem gehört es?«

»Hier in der Gästetoilette?« Oehrings Augenbrauen wanderten zum Haaransatz: »Nein, bei allem Respekt, das ist Unsinn! Das Geld ist natürlich nicht von meiner Frau, ich habe sie eben gefragt. Das Haus gehört ihr, und Zugang hat, außer meiner Frau und mir, ansonsten nur noch der Verwalter. Nein, ich bin überzeugt, dass das Geld von meinem Geschäftspartner hier versteckt wurde. Er war ja kurz vor seinem Tod noch hier.«

»Haben Sie ihn mit dem Koffer gesehen?«

»Nein, das nicht, aber als er kam, habe ich gerade den Grill angeworfen. Er hätte bei dieser Gelegenheit ohne Weiteres den Koffer aus dem Wagen holen und ihn hier verstecken können, während ich auf der Terrasse war.«

Briamonte war nicht ganz bei der Sache, aber er informierte Schopferer und forderte die Spurensicherung an, dann folgte er dem Hausherrn auf die Terrasse, wo er dankend ein Glas Wasser nahm. »Wieso hat Herr Hellstein ausgerechnet hier das Geld versteckt, was denken Sie?«

»Das ist doch logisch! Zu Hause hätte es seine Frau finden können, und im Verdachtsfall hätte die Polizei sein Haus durchsucht. Wie sie es im Übrigen ja auch getan hat. Hier hingegen hätte es niemand vermutet.« Das klang einleuchtend, und Briamonte nickte unschlüssig. War es tatsächlich so einfach? Verdammter Fall! In Gedanken war er bei Kristina und konnte es kaum erwarten, bis die Kollegen kamen, damit er gehen konnte. Er stand am Terrassengeländer und beobachtete den Bauern auf dem Traktor, dessen Kreiselwender die Grashalme hoch aufwirbelte. Er saß entspannt auf dem Sitz, wie selbstverständlich verwachsen mit der Maschine, eine Hand am Steuerrad, und wischte sich mit dem Handrücken der anderen Hand über die Stirn, bevor er seine Kappe wieder zurechtrückte. Dieser Mann und diese einfache Geste schienen Briamonte der Inbegriff eines einfachen, sinnerfüllten Lebens zu sein, und er beneidete einen Augenblick lang inbrünstig diesen fremden Mann, der so vollkommen im Einklang schien mit dem, was er tat.

Eine Stunde später war er endlich auf dem Weg nach Bernau. Der Staatsanwalt hatte dem Gesuch eines Haftbefehls für Holger Wehrle zugestimmt, und er wollte es sich nicht nehmen lassen, diesen Mann persönlich festzunehmen. Er wartete unten an der Kreuzung auf die Kollegen im Mannschaftswagen und fuhr dann in der Abenddämmerung die kleine Straße zu Wehrles Hof hoch. Sie trafen ihn wie erwartet auf der Bank vor dem Haus an.

»Holger Wehrle, ich verhafte Sie wegen des Verdachts des Mordes an Ihrer Tante Ute Berner. Sie haben das Recht …« Doch noch bevor Briamonte seinen Text beendet hatte, erhob er sich. »Schon gut.«

Briamonte, der mit erheblichem Widerstand gerechnet hatte, verstummte und musterte aufmerksam den Mann, der ihnen bereitwillig entgegenkam. Täuschte er sich, oder hatte er ein blaues Auge? War das Yilmaz Handschrift? Davon hatte er gar nichts erzählt. Aufmerksam überwachte er, wie die Kollegen den Mann in den Bus beförderten und vom Hof fuhren. Merkwürdig. Als hätte der Kerl nur darauf gewartet. Wie auch immer. Als sich die Staubwolke gelegt hatte, ging Briamonte ins Stallgebäude, um das Hühnerfutter zu suchen, warf den mickrigen Hühnern ein paar Handvoll hin, füllte den Wassernapf auf und suchte dann die Nummer vom Tierschutz heraus. Irgendjemand musste sich um die ganzen Viecher kümmern.

48

Dr. Martin Oehring konnte sein Glück kaum fassen. Das Geld war zwar futsch, aber der düstere Polizist hatte seine Geschichte geschluckt, und die Spurensicherung war abgezogen. Er stand mit einer Flasche Champagner in der Linken und einem Glas in der Rechten auf der Terrasse der Jagdhütte und betrachtete den aufgehenden Mond. Fledermäuse durchkreuzten lautlos und pfeilschnell die hereinbrechende Dämmerung, und auf der gemähten Wiese hatten die Grillen ihr ohrenbetäubendes nächtliches Konzert angestimmt. Im nahen Wald rief ein Käuzchen.

Das erste Mal seit dem unseligen Tag, an dem diese Frau die Galerie betreten hatte, konnte er wieder befreit atmen. Die unerträgliche Last der schrecklichen letzten Wochen war mit einem Mal wie weggeblasen, und er leerte erleichtert ein Glas nach dem anderen. Der Albtraum war endlich vorbei! Die Testamentseröffnung würde sicher noch etwas Aufregung bringen, aber im Prinzip konnte er nächste Woche mit der Neuorientierung in der Kunsthandlung beginnen. Vielleicht sollte er dem alten Hildebrand eine vorzeitige

Pensionierung schmackhaft machen, dann wären alle Beteiligten der beklemmenden letzten Wochen weg. Er könnte befreit von Altlasten einen neuen Mitarbeiter für die Galerie einstellen und die Stelle des Restaurators ausschreiben. Es wäre auch entschieden an der Zeit, sich wieder etwas mehr um seine Frau zu kümmern. Sie hatten sich kaum gesehen in letzter Zeit, und er sollte ihr ein paar entspannte Tage in den Dolomiten vorschlagen. Oder einen Segeltörn durch die schwedischen Schären. Auch wäre er sicher gut beraten, wieder einmal ihren Lieblingsjuwelier aufzusuchen. Trunken vor Erleichterung und Champagner ließ er sich irgendwann in einen der Liegestühle fallen und schlief unter dem grandiosen Sternenhimmel der milden Sommernacht ein.

49

Während Martin Oehring glücksselig auf das Ende der furchtbaren letzten Wochen trank, wachten Briamonte und Kristinas Mutter auf beiden Seiten des Betts, in dem Kristina an einem halben Dutzend Schläuchen hing. Er kämpfte gegen den Schlaf, während ihre Mutter einen Kaffee holen gegangen war. Es war zwei Uhr nachts, und sie schlief. Die Operation war gut verlaufen. Jochbeinbruch, Halswirbelprellung, Milzriss und eine ausgekugelte Schulter. Kaum vorstellbar, dass sie in diesem Zustand so viele Stunden dort gelegen hatte.

Briamonte machte sich massivste Vorwürfe. Wieso war er erst so spät auf die Idee gekommen, bei ihr zu Hause nachzusehen? Wobei er ohne ihre Mutter ohnehin nicht reingekommen wäre. Ihre Mutter hatte sie gewissermaßen gerettet. Lieber Gott, bitte hilf ihr! Aufgrund der Schwellungen im Halswirbelbereich konnte noch nicht mit Sicherheit gesagt werden, ob sie dauerhafte Schäden davontragen würde. Briamontes Blick wanderte tief bewegt über ihre stark geschwollene und dunkelviolette Augenpartie, die Halskrause und den in einer Schlinge fixierten linken Arm. Stumm hielt er Zwiesprache mit ihr. Was hast du dort gemacht? Du wolltest bei der Ermittlung helfen, und ich habe dich nicht gelassen! Es tut mir so unendlich leid! Wieso bist du so unglücklich gestürzt? Die Flipflops? Bitte verlass mich nicht! Ich brauch dich doch! Ich liebe dich von ganzem Herzen und kann mir nicht verzeihen, dass ich dein Schweigen so falsch interpretiert und dich nicht gesucht habe! Ich schwöre dir hier und jetzt, dass ich dich künftig beschützen werde, bei allem, was mir heilig ist. Bitte lass mich nicht allein! Oh Gott!

Briamonte seufzte abgrundtief und fasste vorsichtig nach ihren Fingerspitzen. Wenn sie wieder gesund war, würden sie einiges zu bereden und beschließen haben. Keine Unklarheiten und Missverständnisse mehr!

50

Einen Monat später nahm sich Briamonte zwei Wochen frei. Die drei Monate unbezahlten Urlaub hatte er immer noch hintangestellt, solange die Ermittlungen noch nicht abgeschlossen waren. Sein Chef hatte um seine Versetzung gebeten, die unbürokratisch bewilligt wurde, und Kristina war vier Wochen lang stationär zur Reha gewesen. Gott sei Dank war die Halswirbelverletzung glimpflich verlaufen und sie hatte keine Lähmungserscheinungen davongetragen. Ihre Erinnerung an den Unfall war allerdings nicht zurückgekommen, möglicherweise würde sie nie wissen, wie sie ins Haus gekommen war und wie es zu dem fatalen Sturz kommen konnte, aber sie ging bewundernswert pragmatisch damit um. Hauptsache, sie war am Leben und saß nicht im Rollstuhl. Felix Precht, ihr Noch-Ehemann, hatte ein wasserdichtes Alibi für den fraglichen Zeitraum und musste laufen gelassen werden.

Briamontes Haus wurde Stück für Stück fertig, und in seinen kühnsten Träumen zog sie nach der Scheidung endgültig bei ihm ein.

Holger Wehrle hatte ein vollumfängliches Geständnis abgelegt, in der Hoffnung auf ein geringeres Strafmaß. Die Kunsthandlung Hellstein & Oehring hatte sich in Galerie Von Neuburg-Hallern-Oehring umbenannt und würde mit einem kleinen Empfang in den neu gestalteten Geschäftsräumen und einer hochkarätigen Herbstauktion im Oktober starten.

»Ich habe von Oehring eine Einladung bekommen. Witzig, der traut sich was. Offensichtlich ist seine Frau finanziell mit eingestiegen.«

»Wirst du hingehen?«

»Wenn du mitkommst, ja.«

Kristina saß im Garten und genoss die warmen, spätsommerlichen Sonnenstrahlen. Sie fühlte sich schon wieder recht gut, und nur drei gut verheilte knopflochgroße Narben am Bauch zeugten noch von dem Unfall. Nach und nach verblassten die Ereignisse und machten Platz für neue Pläne und Vorfreude auf das große Einweihungsfest, das Briamonte zum Ende der Umbauarbeiten veranstalten wollte. Letzte Woche war der Kachelofen fertig geworden, und Briamonte verlegte gerade den Dielenboden im künftigen Schlafzimmer. Arbeitsreiche, intensive, aber schöne Tage.

Bis er eines Morgens einen Brief im Briefkasten fand.

An ihn persönlich adressiert.

Kein Absender.

Er riss den Umschlag auf, entfaltete das Blatt und betrachtete ungläubig die ausgeschnittenen bunten Lettern. Wie in einem Erpresserschreiben.

SIE HABEN DEN FALSCHEN VERHAFTET.
DR. MARTIN OEHRING HAT JULIAN JELTSCH
UND UTE BERNER ERMORDET.
WERTEN SIE DEN WAGENPARK DER KLINIK AUS.

Wie bitte?! Verblüfft ließ er den Brief sinken. Was zur Hölle hatte das zu bedeuten?! Sofort machte sich ein ungutes Gefühl breit. Hatte er tatsächlich sein Bestes gegeben und den Richtigen verhaftet? Für den Mord an Ute Berner sicher, denn der Neffe hatte gestanden, aber der Tod des jungen Mannes war noch immer nicht zweifelsfrei geklärt. Verdammt! Hatte er etwas versäumt? Er hatte immer ein ungutes Bauchgefühl bei dem geschmeidigen Martin Oehring gehabt, aber ein komisches Gefühl reichte nicht aus, um jemanden zu verhaften. Im Zweifel für den Angeklagten. Aber wer zur Hölle schwärzte ihn jetzt an? Seltsamerweise hegte er keine Sekunde Zweifel daran, dass da was dran sein könnte, aber was sollte das bringen, den Wagenpark seiner Frau auszuwerten? Dass er mit einem der Geschäftsautos nach St. Blasien gefahren war, um Frau Berner zu ermorden? Aber warum? Wegen des Bildes? Aber Holger Wehrle? Was war mit dem? War es denkbar, dass er ein falsches Geständnis abgelegt hat? Warum nur, um Himmels willen? Wer ging schon freiwillig ins Gefängnis? Wobei. Konnte die Angst vor skrupellosen Gläubigern so groß sein, dass man so etwas Verrücktes tat? Nachdenklich rieb er sich das Kinn. War es möglich, dass ihn der aalglatte Galerist an der Nase herumgeführt hatte? Er suchte sein Handy und rief in Waldshut an: »Schopferer, Sie werden nicht glauben, was ich gerade bekommen habe …«

51

Der Abend war vollkommen. Nach einem warmen, goldenen, frühherbstlichen Tag liefen in den neu gestalteten Geschäftsräumen die letzten Vorbereitungen für den Empfang. Ein Jazztrio spielte sich warm, und flinke Hände arrangierten edles Fingerfood auf silbernen Platten. Champagnerkorken knallten. Dr. Martin Oehring stand flankiert von seiner strahlend schönen Frau an der Tür, bereit, dieselben Gäste zu empfangen, die die Tragödie im Sommer miterlebt hatten und die heute Abend die pure Sensationslust in die Altstadt gelockt hatte. »Herzlich willkommen, gnädige Frau, Sie sehen bezaubernd aus ... Herr Dr. Ruloff, wie geht es Ihnen? ... Professor Pape, wie schön, Sie heute begrüßen zu dürfen ... Küss die Hand, gnädige Frau, Sie werden auch jedes Jahr jünger ...«

Briamonte beobachtete aus einigem Abstand den Andrang und den strahlenden Gastgeber. War dieser Mann ein Mörder? Wenn ja, war es dann überhaupt klug, seiner Einladung zu folgen? Aus ermittlungstaktischer Sicht sicher nicht verkehrt, denn er beobachtete gerne Verdächtige in ihrem natürlichen Habitat, denn dort fühlten sie sich so sicher, dass ihnen am ehesten Fehler unterliefen. Aber noch mehr beschäftigte ihn die Frage, wie nahe der anonyme Briefschreiber dem Angeschwärzten stand. Nahe genug jedenfalls, um zu wissen, dass Jeltschs Tod durchaus ein Mord gewesen sein könnte. Der Werkstattmeister vielleicht? Der alte Hildebrand? Er hatte keinen Hehl daraus gemacht, dass er Oehring nicht mochte. Wie konnte er allerdings so genau Bescheid wissen, dass er eine Untersuchung des

Wagenparks der Klinik empfahl? Nein. Den konnte er ausschließen. Vielleicht eine eifersüchtige Verehrerin? Er beobachtete Oehring genau. Der Mann war eindeutig in seinem Element. Strahlend und souverän.

»Worauf warten wir eigentlich?« Kristina sah umwerfend in ihrem nachtblauen Abendkleid aus. Ihr Haar trug sie heute offen, und Briamonte fand, dass sie nie schöner gewesen war. »Auf nichts. Gehen wir!« Er hatte ihr nichts erzählt von dem Brief. Sie sollte vollkommen unbelastet ganz gesund werden.

Sie überquerten die Straße, und als die Reihe an sie kam, den Gastgeber und seine Gattin zu begrüßen, wich Oehring plötzlich jede Farbe aus dem Gesicht. Er starrte Kristina an, als hätte er den Leibhaftigen gesehen, und sie sah belustigt zu Briamonte. »Habe ich etwas zwischen den Zähnen?«

»Was ist mit dir?«, flüsterte Henriette von Neuburg-Hallern ihrem wie versteinerten Gatten zu, ohne den Blick von dem attraktiven Briamonte im Anzug zu wenden: »Ist dir nicht gut?«

Oehring, dem vor Entsetzen tatsächlich beinahe die Beine versagten, stierte die junge Frau an, die er vor sechs Wochen die Treppe hinuntergestoßen und tot geglaubt liegen gelassen hatte. Deshalb hatte er nichts über den Todesfall in der Zeitung gelesen! Um Gottes willen! Sie schien sich nicht erinnern zu können, aber was, wenn ihr Gedächtnis plötzlich zurückkam?! Seine Gattin, der das seltsame Benehmen ihres Mannes unangenehm wurde, ließ ihn kurzerhand stehen und begleitete die beiden Gäste zum Buffet. »Sie müssen meinen Mann entschuldigen. Die letzten Monate haben ihm schwer zugesetzt ... Ein Gläschen Champagner für Sie?« Mit einem Augenzwinkern reichte sie Briamonte und Kristina ein Glas und ließ sie dann alleine.

»Das ist also die gnädige Frau von und zu? Du scheinst ihr zu gefallen …«

»Hm.« Oehrings Reaktion auf Kristina irritierte ihn und brachte etwas zum Schwingen, aber bevor Briamonte dem nachspüren konnte, steuerte Professor Pape auf ihn zu: »Herr Briamonte! Guten Abend! Ich hätte nicht erwartet, Sie hier zu sehen! Was macht mein Bild?«

»Guten Abend, Professor Pape.« Briamonte hatte nicht vor, ihn über die vermutlich falsche Provenienz seines Bildes aufzuklären, und verwickelte ihn deshalb in ein unverfängliches Gespräch über die sehr gut gelungenen neu gestalteten Ausstellungsräume. Pape stellte ihn einigen anderen Gästen vor.

Oehring hingegen hatte sich von dem ersten Schreck erholt und war nun wild entschlossen, sich seine neue Existenz nicht zerstören zu lassen. Er wusste nur zu gut, dass so ein Gedächtnisverlust von unbestimmter Dauer sein konnte. Es kam immer wieder vor, dass Menschen noch nach Jahren ihre Erinnerungen wiedererlangten. Wenn er also in Ruhe und Frieden sein neues Leben genießen wollte, musste er die junge Frau dauerhaft zum Schweigen bringen. Und zwar so rasch wie möglich. Nur wie? Und wo? Und wann? Plötzlich sah er, wie die Aufmerksamkeit ihres Begleiters von Professor Pape vereinnahmt wurde, und nutzte die Gelegenheit.

»Wissen Sie, dass Sie einem Porträt gleichen, das wir gerade in unserer Werkstatt restaurieren? Die Ähnlichkeit ist verblüffend!«

»Tatsächlich?« Sie sah ihn ohne jedes Erkennen an, und Oehring fasste sich ein Herz: »Darf ich es Ihnen zeigen? Ihr Begleiter ist in guter Gesellschaft, wie ich gesehen habe. Wir sind in einer Minute wieder zurück … Das müssen Sie sehen!«

Kristina sah sich suchend nach Briamonte um und folgte dann arglos dem charmanten Gastgeber, der sie freundlich am Ellbogen fasste und sie zum Hinterausgang führte.

Briamonte, der für Small Talk nicht geeignet war, verabschiedete sich nach ein paar ausgetauschten Belanglosigkeiten und sah sich nach Kristina um. Sie war weg! Nanu? Beunruhigt blickte er über die Menschen, aber er konnte sie nirgends sehen. Plötzlich wurde er nervös und er schob sich suchend durch die Gästegrüppchen. Wo war Oehring? Sein Puls schnellte in die Höhe. »Wo finde ich bitte die wcs?«

»Kristina?« Er öffnete die Tür zur Damentoilette und erntete böse Blicke. Verdammt! Wo war sie? Noch ein kurzer Blick vor die Tür, dann fielen ihm der Hinterhof und die Werkstatt ein. Er versuchte sich zu beruhigen. Sicher war sie nur etwas frische Luft schnappen. Oder bei einer Werkstattbesichtigung. Briamonte trat durch die Hintertür und überquerte den Innenhof, in dem eine Amsel den Sonnenuntergang besang.

Die Werkstatt war dunkel, aber er drückte dennoch die Türklinke. Sie war offen. Briamonte trat ein und suchte den Lichtschalter. Das Licht flammte auf. Die Werkstatt war leer, und er wollte gerade kehrtmachen, als er im hinteren Bereich ein Geräusch hörte. Behände schlängelte er sich zwischen den Werkbänken durch. Versteckt hinter einem Mauervorsprung waren noch ein kleiner Vorraum und der Hinterausgang, und Briamonte erstarrte, als er sie sah! Oehring mit hochrotem Kopf, die Hände fest um Kristinas Hals geschlossen, sie in verzweifelter Gegenwehr. Briamonte reagierte blitzschnell. Er griff nach einem Holzhocker und schlug mit aller Kraft zu. Oehring fiel wie ein Sack in sich zusammen, und Briamonte konnte Kristina gerade noch auffangen, bevor sie zusammenbrach. Schockerstarrt hielt sie sich den Hals, während Briamonte ihr wieder und wieder übers Haar strich. Als er sich wieder einigermaßen gefasst hatte, griff er zum Telefon und rief die Kollegen und einen Rettungswagen.

Als sich die Beamten kurz darauf durch die Menge ins Hinterhaus drängten, gab es einen ungeheuren Aufruhr. Überraschte spitze Ausrufe, bestürztes Gemurmel und sensationslüsterne Gäste, die den Polizisten in Richtung Hintertür folgten. Briamonte ließ es sich nicht nehmen, Oehring persönlich die Handschellen anzulegen. »Ich verhafte Sie wegen versuchten Mordes an einer Polizeibeamtin. Sie haben das Recht …«

»Ersparen Sie mir bitte diesen Unsinn!« Kaum auf den Füßen, schon wieder obenauf. Oehring hielt sich sehr gerade und hielt theatralisch seine Hand auf die Platzwunde am Hinterkopf, die stark blutete: »Dieser Mann da hat mich verletzt, das nennt man Polizeigewalt! Sie werden von meinem Anwalt hören!« Briamonte ignorierte stoisch die Provokationen und übergab ihn ruppig an die Kollegen. Als er weggebracht war, versuchte er Kristina zu überreden, ins Krankenhaus mitzufahren, aber sie weigerte sich. »Ich bin das gewöhnt, weißt du?« Irgendjemand reichte ihm eine Stola. Er legte Kristina das geborgte Tuch um die Schultern und schob sie fürsorglich durch die tuschelnde Menge. Am Eingang kreuzte sein Blick den der Frau Doktor – sie war Contenance und Eleganz in Person. Die ganze Fahrt zurück verlief schweigend. Kristina starrte aus dem Fenster, und er legte hin und wieder seine Hand auf ihr Knie. Erst als Briamonte sie in eine Decke gewickelt vor den Kachelofen setzte, ihr einen doppelten Whiskey hinstellte und ein paar dicke Scheite nachlegte, kamen ihr die Tränen.

52

»Wieso zur Hölle haben Sie ein Geständnis abgelegt? Sind Sie wirklich sicher, dass Sie Ihre Aussagen aufrechterhalten wollen?! Ich bin nämlich nicht überzeugt, wissen Sie? Nicht mehr!« Briamonte setzte Holger Wehrle massiv unter Druck, aber sein Gegenüber schwieg eisern. Er sah deutlich besser aus. Die Zeit im Gefängnis hatte ihm offensichtlich gutgetan. Er war geduscht, rasiert und trug saubere Kleidung.

Seufzend ließ Briamonte von ihm ab. Es blieb nur die Untersuchung des Fahrzeugparks der Klinik, obwohl ihm der Staatsanwalt klargemacht hatte, dass die Beweislage zu dünn für einen Beschluss wäre. Außerdem war ein anonymer Brief keine Basis für die Wiederaufnahme der Ermittlungen, bei dem es einen Geständigen gab, der bereits in Haft war. Briamonte war sauer. Wie zur Hölle sollte er dann erreichen, dass die Fahrzeugschreiber ausgewertet wurden? Von einer gründlichen Untersuchung der Wagen auf eventuelle Spuren ganz abgesehen?

»Frag sie doch einfach«, schlug Kristina vor. »Mehr als Nein sagen kann sie nicht. Ihr Mann sitzt doch sowieso in Untersuchungshaft. Möglicherweise wäre sie ganz froh, wenn ihr Mann von dem Verdacht freigesprochen würde? Du musst ihr dein Anliegen nur gut verkaufen.« Briamonte grinste. Kristinas Pragmatismus war erfrischend.

Am nächsten Tag erteilte die aus gegebenem Anlass ernste, aber gefasste Frau Doktor tatsächlich die Erlaubnis, den Fuhrpark der Klinik einer gründlichen Untersuchung zu unterziehen – wobei sie zähneknirschend gestand, dass sie die Fahrtrouten ihrer Mitarbeiter mit GPS-Tracking überwachte.

Doch die Entlastung ihres Mannes sollte nun oberste Priorität haben. »Ich tue alles, was meinem Gatten hilft!«

53

Eine Woche später, während die Untersuchungen noch liefen, lud Briamonte kurz entschlossen das halbe Dorf zu einer Einweihungsparty ein, obwohl noch nicht alles fertig war.

»Das Wetter hält noch, und wir können im Garten sein, das ist perfekt.«

Kristina schmückte die Obstbäume mit Lichterketten, und Briamonte schleppte Holz für ein gewaltiges Lagerfeuer. Der Rote Fuchsen lieferte die Getränke und das Essen, sodass er die Bierkästen nur noch in die Wanne im Garten stellen musste. Als alles fertig war und Gismo völlig aus dem Häuschen kläffend hin und her rannte, machten sie sich gemeinsam auf den Weg, um Oma Resi abzuholen. Sie hatte sich hübsch gemacht und trug ein dunkelblaues Kleid mit cremefarbenen Punkten. Ihr schlohweißes Haar war wie immer zu einem kleinen Dutt gesteckt und wurde heute durch ein feines Haarnetz gehalten. Über den Schultern lag ein gehäkeltes Tuch, und an ihrem Arm baumelten eine Handtasche und ein Einkaufsnetz mit einem Brot und einem Säckchen Salz.

»Oma Resi, das ist Kristina … Kristina, das ist Oma Resi.«

Die beiden Frauen mochten sich auf Anhieb, und Briamonte strahlte. Vor dem Gartentor hielten sie inne.

Oma Resi betrachtete alles sehr gründlich, dann tätschelte sie Briamontes Arm. »Des häsch guet g'macht, Bue. Des Huus un des Maidli!«

Elisabeth Kaiser war auch gekommen: »Des Huus isch

subber worre! Ich gradulier dir! Wenn d'wotsch, kannsch vo mir no Geranie ha. Dini Äpfel han i alli ikocht. Die Gläser bring ich dir nägscht Woch. Un sag emol ... dä Oehring ... dä kunnt nimmi rus, odder? Häsch sini Frau g'sähne, die hät kei Miene verzoge! Kann sie wahrschins au nit, so g'strafft, wie die isch ...!«

Briamonte versuchte ernst zu bleiben und bedankte sich aufrichtig für die nachbarschaftliche Unterstützung.

Das Fest dauerte bis in die frühen Morgenstunden. Das Bier floss in Strömen, und irgendjemand hatte eine Gitarre mitgebracht und spielte am Lagerfeuer. Gismo und die Ziegen waren erfreut über so viel Aufmerksamkeit und streichelnde Hände. Als er das Gartentor hinter den letzten Gästen geschlossen hatte, setzte er sich zu Kristina, die müde, aber glücklich beim niedergebrannten Feuer saß, und stocherte schweigend in der Glut.

54

Eine Woche später kam der entscheidende Anruf von Schopferer. »Sie hatten recht. Maurer hat ein Haar und einen Teilabdruck von Oehring sowie eine winzige Spur von Frau Berners Blut im Fußraum des Mini Cooper gefunden. Die Daten des GPS-Trackings belegen die Fahrt nach St. Blasien am entsprechenden Tag, und – der Klassiker – er wurde im Kappler Tunnel geblitzt. Außerdem hat die Hausdurchsuchung auf dem Dachboden einen Karton mit den Unterlagen seiner Dissertation zutage gefördert, in dem das besagte Foto aus Marcs Atelier ins Sindelsdorf fehlt. Ich würde sagen, wir haben ihn!«

»Woher wollen Sie wissen, dass er das Foto je besessen hat?«

»Er hat es in seiner Arbeit erwähnt und im Anhang aufgelistet.«

»Ach so.« Endlich. Sein Bauchgefühl hatte also recht behalten, und jetzt ergab alles einen Sinn. Es war genauso, wie sie bereits vor Wochen in der Besprechung mit den Stuttgarter Kollegen spekuliert hatten – Ute Berner war zu Oehring in die Galerie gekommen, nicht zu Hellstein. Das Ganze war klug eingefädelt, wie er zugeben musste, und wäre nie aufgeflogen, wenn Professor Pape in Baden-Baden nicht zufällig auf einer Nach-Premieren-Party in Kusnezows Villa gelandet wäre, wo er die Ölskizze entdeckt hatte und unbedingt hatte haben wollen. Wie groß war die Wahrscheinlichkeit für diesen irren Zufall?! Und Julian Jeltsch, der auf dem Empfang zufällig Papes Neuerwerbung gesehen hatte. Der nächste unglaubliche Zufall wollte es, dass ausgerechnet Magda Hellstein an Frau Berners Flohmarktstand den ›kleinen Marc‹ kaufte. Es war gut vorstellbar, dass Claas Hellstein seinen Geschäftspartner in der Jagdhütte aufgesucht hatte, um ihn mit dieser Schweinerei zu konfrontieren und nicht, wie Oehring behauptet hatte, um die Herbstauktion zu besprechen. Woraufhin der smarte Herr Oehring in echte Bedrängnis kam und Frau Berner zum Schweigen bringen musste. Und Briamonte war überzeugt, dass er hinter Kristinas ›Unfall‹ in der Villa steckte! Aus welchem Grund auch immer. Das würde auch erklären, warum er sie an dem Abend dann endgültig beseitigen wollte. Vollkommen aberwitzig, wo doch das ganze Haus voller Gäste war, aber der Mann schien an dem Abend wortwörtlich den Verstand verloren zu haben. Jedenfalls war er bereits am darauffolgenden Tag in die Psychiatrie überstellt worden, und es war nicht klar, ob ihm überhaupt der Prozess gemacht werden konnte. Briamonte schnaubte. Vielleicht war dieser psychotische Schub aber auch nur ein Teil seines ausgefeilten Plans? Wer konnte schon in diesen schwer fassbaren Menschen hineinschauen?

Aber trotz aller Erfolge gab es noch immer kleine Schönheitsfehler. Wer hatte Jeltsch die Einladung geschickt, und warum hatte der sich extra einen Anzug gekauft? Wer zur Hölle hatte von all dem gewusst und ihm den anonymen Brief zugesandt? Und – last but not least – wo kam das Bild her? Da hatte doch jemand geschickt die Fäden gezogen! Aber wer? Und warum? Er hasste es, wenn Dinge ungeklärt blieben! Von morgens bis abends zermarterte er sich das Hirn und hatte erst gestern damit begonnen, alle Einzelheiten dieses Falls noch einmal akribisch durchzuarbeiten. Jede Befragung, jedes Detail, alle Beteiligten, alle Nebenfiguren. Er telefonierte mehrere Male mit Stefan Holz und ging, zusammen mit Schopferer, wieder und wieder alles durch. Immerhin würde Oehring wohl kaum mehr auf freien Fuß kommen, Gefängnis oder Psychiatrie war einerlei, und Kristina hatte den Angriff mit erstaunenswerter Stärke weggesteckt. Zwar suchte sie seitdem einmal pro Woche ihre Therapeutin auf und war weiterhin krankgeschrieben, aber sie wohnte jetzt offiziell bei ihm und half ihm tatkräftig bei der Einrichtung seines Hauses. Ein Lächeln huschte über sein ernstes Gesicht, als er sah, wie sie am Fenster die Geranien wässerte.

Briamonte stellte die Schaufel weg und ging ins Haus.

Am Abend saßen sie vor dem Kachelofen, und Kristina las ihm Passagen aus dem Buch vor, das ihr ihre Mutter kurz vor dem Unfall geschenkt hatte. *Letztes Jahr in St. Blasien. Die Geschichte eines Kurorts und seiner prominenten Gäste.* Briamonte liebte ihre warme, klare Stimme, die zum Vorlesen geschaffen war, und lauschte interessiert der wechselvollen, hochinteressanten Geschichte dieses kleinen Ortes.

»Meine Mutter durfte sich als kleines Mädchen ein Taschengeld verdienen, indem sie mit dem Hund des Sommergastes durch die Wälder tobte, während meine Großeltern in großer Loyalität einen Schrankkoffer des Berliners verwahrten, der hinter einem Brennholzstapel versteckt unversehrt den Krieg überstand.«

Briamonte, der eben noch entspannt zugehört hatte, fuhr von seinem Sessel hoch. »Was?!«

»Die Großeltern der Autorin haben einen Schrankkoffer verwahrt.«

»Genau wie in der falschen Provenienz von Papes Ölstudie!«

»Was hast du?«

»Verdammt!«

»Was ist los? Stimmt was nicht?«

»Ich bin so ein Idiot gewesen! Es tut mir leid, aber ich muss noch einmal weg! Es kann spät werden … Ich bitte meine Mutter her, einverstanden?«

In Windeseile machte er sich fertig und rief seine Mutter an. Verflucht noch mal! Diese Geschichte hatte etwas zum Schwingen gebracht, und er hatte plötzlich eine Eingebung, wer das Ganze eingefädelt haben könnte! Und warum. Erst heute Nachmittag hatte ihm Stefan Holz ein Puzzleteil geliefert, aber er hatte es noch nicht weiterverfolgt! Während er nach Freiburg hinunterfuhr, rief er erst Miriam Strittmatter, dann Schopferer und schließlich den Staatsanwalt an, den er von einer privaten Einladung wegholte. Eine Stunde später klingelte er bei einer gewissen Maria Brockmüller.

Als er in den frühen Morgenstunden zurückkam, fand er die beiden Frauen gemeinsam auf der Couch schlafend vor. Er brachte seine Mutter nach Hause und umarmte sie dankbar: »Ich danke dir! Kristina ist noch nicht wieder die Alte, auch wenn sie das immer wieder behauptet.«

»Das musst du mir nicht erklären, mein Junge. Ich weiß. Schlaf gut!«

Dann bugsierte er Kristina ins Bett, legte noch ein paar Scheite im Ofen nach und setzte sich mit einem Whisky vor das prasselnde Feuer.

55

Drei Tage später wurde er um acht in der Klinik vorstellig. Die Chefin war im Haus und wollte ihn zwischen zwei Terminen empfangen. An der Rezeption saß eine junge Frau, und Briamonte zog sein Handy hervor.

»Haben Sie diese Frau schon einmal gesehen?«

Die junge Angestellte warf einen Blick auf Frau Berners Foto und wollte gerade zu einer Antwort ansetzen, als er ihr einen warnenden Blick zuwarf: »Versuchen Sie bitte nicht, einen Polizisten zu belügen …«

Sie wurde über und über rot und hauchte ein kaum hörbares ›Ja‹, wobei sie sich ängstlich in Richtung Büro der Chefin umdrehte.

»Ist sie eine Patientin gewesen?« Briamonte beugte sich über den Tresen und sah sie ernst an.

»Nein.«

»Aber einen Termin bei der Frau Doktor hat sie gehabt?«

»Ja.«

»Wann?«

Die junge Frau wäre am liebsten unsichtbar geworden: »Irgendwann im Frühling, ich weiß es nicht mehr genau …«

»Und wieso ist sie dann nicht im System?«

»Äh …«

»Darf ich raten? Ihre Chefin hat Sie beauftragt, sie wieder zu löschen?«

Sie senkte den Kopf. Briamonte hatte genug gehört. In dem Augenblick ertönte die Stimme von Frau Dr. von Neuburg-Hallern, die eine klitzekleine Nuance weniger entspannt wirkte, als sie ihn erkannte: »Wollen Sie doch noch einen Termin bei uns vereinbaren?«, fragte sie humorig, und Briamonte lächelte fein: »Ich habe gerade einen Termin für Sie vereinbart!«

Als hätte sie nicht gehört, was er genau gesagt hatte, führte sie ihn in ihr Büro und bat ihn Platz zu nehmen: »Was kann ich noch für Sie tun? Meinem Gatten droht ja bedauerlicherweise ein Prozess. Dank Ihnen!«

»Nun, die Tatsache, dass er versuchte, eine Polizistin zu erwürgen, ist wohl kaum meine Schuld. Was allerdings den Mord an Frau Berner angeht, hat er es Ihnen zu verdanken, dass er überführt ist.«

Sie wirkte vollkommen entspannt. »Was meinen Sie damit? Ich konnte doch nicht ahnen, dass er dieses abscheuliche Verbrechen tatsächlich begangen hat. Ich war der Meinung, die Untersuchung der Fahrzeuge würde ihn entlasten!«

Briamonte lächelte leutselig. »Gnädigste, wann genau geruhen Sie das Versteckspiel aufzugeben? Ich weiß Bescheid!«

Sie lachte glockenhell. »Mein lieber, lieber Herr Kriminalhauptkommissar … Sie sprechen in Rätseln! Ich war stets ehrlich zu Ihnen. Wie ein offenes Buch!«

»Ein Buch. Genau! Kennen Sie das Buch von Barbara Baur? *Letztes Jahr in St. Blasien*?«

»Nein. Wieso?«

Briamonte griff in seine Jackentasche und holte ein Taschenbuch hervor: »Merkwürdig, denn hier steht eine Widmung: *Für Henriette von Barbara, in herzlicher Verbundenheit.*«

»Ich kenne dieses Buch nicht. Sicher ein Geschenk eines Patienten aus St. Blasien.« Sie wirkte ganz und gar gelöst.

»Was wollen Sie mir sagen? Sie wollen mir doch etwas sagen, sonst wären Sie nicht hier, oder? Und überhaupt ... woher haben Sie dieses Buch?« Irrte er sich, oder zeigte sie eben eine minimale Verstimmung?

»Dieses Buch ist aus Ihrer Bibliothek. Der Staatsanwalt hat einen Durchsuchungsbeschluss für Ihr Haus erwirkt.«

»Wie bitte? Schon wieder? Wozu das denn?« Sie lachte amüsiert, aber Briamonte merkte, dass sie unruhig wurde. »Wann hat das stattgefunden?«

»Vorgestern. Ihre Haushälterin sagte, Sie wären in München.«

»Sie haben in meiner Abwesenheit mein Haus durchsucht?! Mit welcher Begründung?! Das ist ... ehrlich gesagt ... Also ich bin geneigt, meinen Anwalt anzurufen ...«

»Verdacht auf Verstoß gegen das Kulturgutschutzgesetz. Das Verbot des Inverkehrbringens bestimmten Kulturgutes. Ihr Anwalt erklärt Ihnen sicher gerne, um welche Vorschriften es sich handelt und was man Ihnen genau zur Last legt.«

»Was erlauben Sie sich!« Jetzt wurde ihr Ton unangenehm, und Briamonte ahnte, dass die verhuschte junge Frau am Empfang diese Seite ihrer Chefin nur allzu gut kannte.

Briamonte war die Ruhe selbst. Er lehnte sich entspannt zurück. »Um auf dieses Buch zurückzukommen ... Ich kenne es ebenfalls und bin gestern auf eine interessante Stelle gestoßen ...« Er machte eine kurze Kunstpause, um dann so entspannt fortzufahren, wie er begonnen hatte: »Nämlich die mit dem Schrankkoffer, den die Großeltern der Autorin über den Krieg hindurch für einen Sommergast aufbewahrt hatten.«

»Was hat das mit mir zu tun?«

»Das werde ich Ihnen sagen. Dieses Buch und speziell diese Stelle war die Inspiration für Ihren, nennen wir es, Vernichtungsfeldzug gegen Ihren Mann.«

»Von was sprechen Sie? Das muss ich mir nicht anhören!«

»Doch. Müssen Sie!«

»Was erlauben Sie sich!«

Briamonte redete ungerührt weiter. »Das Ganze war ziemlich raffiniert eingefädelt. Chapeau! Aber letztendlich wären Sie mit einer Scheidung besser gefahren.«

»Verlassen Sie sofort mein Büro!«

»Ich bin noch nicht fertig. Wo war ich? Ach ja ...« Briamonte lief zu Höchstform auf. Milde lächelnd legte er die Fingerspitzen aneinander und dozierte seelenruhig weiter: »Also die Idee mit dem Schrankkoffer war schon ziemlich gut, das muss ich Ihnen lassen. Und überhaupt die Idee, Ihren Mann mit einem original Franz Marc zu ködern ... Geradezu brillant! Sie wussten, dass er nicht würde widerstehen können, und hofften, dass er sich damit in Teufels Küche bringt. Auch die Einladung an Julian Jeltsch und sein Auftritt auf dem Empfang! Fantastisch! Tragisch ist nur, dass Ihr Plan nicht ganz aufging und der junge Mann es mit seinem Leben bezahlt hat!«

»Das muss ich mir nicht anhören! Das ist impertinent! Ich rufe die Security!«

»Das steht Ihnen frei, aber hören Sie sich doch noch die ganze Geschichte an. Sie ist sehr unterhaltsam! Dumm nur, dass der fantastische Plan von so vielen unglücklichen Zufällen durchkreuzt wurde. Ihr Mann ist vielleicht nicht verantwortlich für den Tod von Claas Hellstein, ganz sicher aber hat er den Mord an Ute Berner begangen. Die arme Frau, die eines Tages in Ihrer Praxis aufgetaucht war und die Sie als perfekten Köder instrumentalisiert haben. Als Gegenzug für eine kostenfreie Rundumerneuerung in Ihrer Klinik. Was wäre eigentlich passiert, wenn die Frau nicht ermordet worden wäre? Hätte sie auf dem OP-Tisch einen bedauerlichen Herzstillstand erlitten?« Das war zugegeben spekulativ, aber Briamonte war in Fahrt: »Nun, wir werden es niemals erfahren. Aber kommen wir auf Ihren perfiden Plan zurück ... Ihre Mutter hat vor Jahren einen echten Franz Marc geerbt. Eben jenen, den sie als Köder für Ihren Mann benutzten.«

Sie setzte zu einer empörten Widerrede an, aber Briamonte ließ sie nicht zu Wort kommen: »Bemühen Sie sich nicht. Es ist längst alles überprüft. Ihre Urgroßtante kannte Franz Marc noch persönlich und hat im Jahr 1913 das fragliche Bild von ihm erworben. Jahrzehntelang hing es in den Räumen Ihrer Großtante, bis es an Ihre Mutter weitervererbt wurde – Sie müssen nichts sagen, der Briefverkehr des Franz-Marc-Museums mit Ihrer Mutter liegt mir vor. Das Kunstmuseum will das seltene Werk schon seit Jahren erwerben. Wieso wusste eigentlich Ihr Mann nichts von dem Bild? Wo er doch so ein glühender Verehrer Franz Marcs war?«

»Ich wüsste nicht, was Sie das angeht.«

Briamonte betrachtete die erstaunliche Wandlung der attraktiven, blühenden, alterslosen und entspannten Dame zu einer verbitterten, zänkischen Frau in mittleren Jahren, die sich gerade vor seinen Augen vollzog. Noch wahrte sie Haltung, aber die Grundmauern wankten bereits. »Was wollte ich Ihnen eigentlich erzählen? Ach ja ... Jetzt will ich zur eigentlichen Motivation kommen, die hinter diesem niederträchtigen Plan steckt.« Er lächelte maliziös, bevor er zum letzten vernichtenden Schlag ausholte: »Sagt Ihnen der Name Maria Brockmüller etwas?«

»Sollte er?«, konterte sie spitz, aber es war nur mitleiderregend.

»Ja, das sollte er in der Tat. Die junge Frau ist eine Studentin Ihres Mannes gewesen und hat erst kürzlich seinen Sohn zur Welt gebracht. Marius. Hübscher Name, nicht? Mutter und Kind sind übrigens wohlauf, falls es Sie interessiert.«

Sie erbleichte bis in die Haarwurzeln, und Briamonte sah sie aufmerksam an: »Es spricht zu Ihren Gunsten, dass die junge Frau Sie erpressen wollte. Das ist nicht schön. Aber das, was Sie sich für Ihren Mann ausgedacht haben, war auch nicht schön. Er sollte dafür bezahlen. Er sollte vernichtet werden, so wie er Ihre Gefühle vernichtet hatte. Ein Kind zu zeugen, wo er doch so vehement gegen eigene Kinder gewesen war! Und dann noch mit so einer berechnenden kleinen Schlampe … So haben Sie sie doch bezeichnet, nicht wahr?« Bei dem Wort Schlampe malte er Anführungszeichen mit den Fingern in die Luft. »Eine Goldgräberin, die es nur auf sein beziehungsweise auf Ihr Geld abgesehen hatte!« Er beobachtete genau ihren Gesichtsausdruck und redete dann weiter: »Was allerdings gar nicht gut kommt, ist die Tatsache, dass Sie es einfach nicht gut sein lassen wollten! Dass Sie Ihr infames Spiel immer weiter getrieben haben, als Ihr Mann mit allem davonzukommen drohte. Ein anonymer Brief! Ich bitte Sie! Wie in einer billigen Gangsterposse! Einer Frau ihres Niveaus vollkommen unwürdig!« Briamonte lehnte sich nach vorn, und sein Gesichtsausdruck wurde plötzlich eisig: »All das, was ich Ihnen gerade erzählt habe, ist niederträchtig und absolut verabscheuungswürdig. Aber auch irgendwie menschlich verständlich. Aber was ich Ihnen persönlich ganz und gar übel nehme ist, dass diese miese Scharade drei Menschen das Leben gekostet hat und das meiner Freundin um ein Haar!«

Sie musterte ihn verächtlich von oben herab, und er erhob sich. »Leider können wir Sie nur wegen des Verstoßes gegen das Kulturgutschutzgesetzes zur Rechenschaft ziehen, aber ich hoffe inständig, dass Sie für die Todesfälle in irgendeiner anderen Form büßen werden! Sie hören von uns!« Dann verließ er, die junge Frau an der Rezeption knapp grüßend, die Klinik.

56

Am nächsten Morgen saß er schon früh im Zug nach München, wo er um halb eins von einem Kollegen aus München und Stefan Holz abgeholt wurde, der ebenfalls extra angereist war. Sie fuhren nach Bogenhausen und standen kurz nach eins vor dem Portal eines schlossähnlichen Anwesens.

»Sie wünschen?« Ein uralter Butler in Livree öffnete, nachdem sie geklingelt hatten. Briamonte und Holz wechselten einen amüsierten Blick. Wie im Film! Sie zeigten ihre Ausweise.

»Kriminalpolizei. Wir möchten Ihre Arbeitgeberin sprechen, Freifrau Konstanze von Auersberg-Niedernburg.«

»Ist etwas passiert? Die gnädige Frau hat sich gerade hingelegt.«

»Dann wecken Sie sie bitte.«

»Was ist passiert?!«

»Das werden wir Ihrer Arbeitgeberin persönlich sagen.«

»Kommen Sie in einer Stunde wieder!«

»Wenn Sie sie nicht wecken, werden wir das tun.« Der Münchner Kollege war die Ruhe in Person.

»Unterstehen Sie sich!«

»Karl! Was ist das für ein Getöse?!« Ein Ton, der jahrelange Übung im Umgang mit Domestiken verriet.

»Gnä' Frau, ich bin untröstlich … Diese Herren hier sind von der Polizei.«

»Dann bitten Sie sie in den Salon. Ich bin gleich bei Ihnen.«

Der Butler geleitete die Männer sichtlich verärgert in

einen hübschen Salon mit Blick auf den alten Baumbestand des Parks und verließ dann den Raum.

Eine Viertelstunde später kam die Hausherrin und klingelte gleich nach dem Mädchen: »Einen Kaffee für Sie?« Kein Guten Tag, keine Begrüßung.

»Nein danke. Spreche ich mit Konstanze von Auersberg-Niedernburg?«

»Ja. Ist etwas passiert?« Sie schien nicht allzu besorgt. Ohne festliches Make-up und schillernder Abendgarderobe hätte Briamonte sie fast nicht wiedererkannt. Sie war achtzig, sah aber gut zehn Jahre jünger aus. Sicher auch dank der exzellenten Behandlungen in den Kliniken ihrer Tochter. Sie trug eine schlichte weiße Seidenbluse zu legeren Jerseyhosen, dazu handschuhweiche Mokassins. Das Haar hatte sie zu einem eleganten Knoten gesteckt.

Briamonte übernahm das Wort. »Frau von Auersberg-Niedernburg, wir sind hier, weil wir mit Ihnen über Franz Marcs Ölstudie sprechen wollen, die Sie als Köder bereitgestellt haben, für den … ich will es mal Vernichtungsfeldzug nennen, den Sie gegen Ihren Schwiegersohn geführt haben.«

»Ich wüsste nicht, was es darüber zu reden gibt.« Sie hob nur die Augenbrauen. »Sie haben sich umsonst hierherbemüht, tut mir leid. Wenn Sie mich dann entschuldigen würden?«

»Wir sind noch nicht fertig!«, erwiderte Briamonte scharf. »Wir können dieses Gespräch auch auf dem Revier führen, wenn Ihnen das lieber ist«, erklärte der bayrische Kollege ruhig. Er ließ sich nicht beeindrucken.

»Was erlauben Sie sich! Der Polizeipräsident geht hier ein und aus! Wie lautet Ihr Name?« In dem Augenblick kam die Hausangestellte mit dem Kaffee. »Luise, bitte benachrichtigen Sie sofort den Polizeipräsidenten und meinen Anwalt. Und rufen Sie umgehend meine Tochter an!«

»Wollen wir uns nicht setzen?«, schlug der Münchner Kollege friedfertig vor. »Sie beantworten die Fragen meiner Kollegen aus Freiburg und Stuttgart, und dann sind wir auch schon wieder weg.«

»Ohne meinen Anwalt spreche ich mit niemandem!«

»Dann warten wir gerne. Luise, wenn Sie uns freundlicherweise noch etwas Wasser bringen könnten?« Er lächelte und setzte sich ungefragt auf einen der hübschen Biedermeierstühle, während die gnädige Frau wutschnaubend den Salon verließ.

»Und jetzt?«, fragte Briamonte.

»Jetzt warten wir auf den Anwalt.«

Keine halbe Stunde später erschien die Hausherrin mit einem älteren Herrn in Maßanzug und Krawatte. »Dr. Mayerhofer, mein Anwalt.«

»Freifrau von Auersberg-Niedernburg wird sich zu keiner Ihrer Fragen äußern. Das nur vorab.« Der Jurist legte einen ebenso unangenehmen Ton an den Tag wie seine Mandantin.

»Das ist sehr schade«, schaltete sich nun Kollege Holz ein. »Aber dann lassen Sie mich Ihnen darlegen, auf was Sie sich die nächsten Wochen vorbereiten sollten. Ihre Mandantin ist seit geraumer Zeit im Besitz einer Ölstudie von Franz Marc, die dazu benutzt wurde, einen Rachefeldzug gegen den Schwiegersohn Ihrer Mandantin zu führen.«

»Was meine Mandantin mit Ihrem Eigentum …«

»Lassen Sie mich bitte ausreden«, schnitt ihm Holz das Wort ab. »Dieser Plan, ausgeführt von der Tochter Ihrer Mandantin, hat dazu geführt, dass drei Menschen ihr Leben verloren haben und eine Person schwer verletzt wurde.«

Der Anwalt fiel ihm wieder ins Wort: »Für die Handlungen der Tochter meiner Mandantin ist alleine sie selbst verantwortlich!«

»Rein rechtlich gesehen stimme ich Ihnen zu, jedoch trägt

Ihre Mandantin zumindest eine moralische Mitschuld, da sie das Corpus Delicti für diese Scharade – die Ölstudie – zur Verfügung gestellt hat.«

»Das ist doch lächerlich!«

»Finden Sie? Also ich nicht! Aber über die Frage der Mitschuld werden zu gegebener Zeit die Gerichte entscheiden. In jedem Fall aber wird sich Ihre Mandantin für den Verstoß gegen das Kulturgutschutzgesetz verantworten müssen. § 83, Abs 1, um präzise zu sein. Die Strafvorschriften sehen eine Freiheitsstrafe bis zu fünf Jahren oder eine Geldstrafe vor. Sie sollten sich gut vorbereiten, denn die Strafanzeige ist bereits gestellt.«

Es war offensichtlich, dass der Anwalt auf dem Gebiet nicht bewandert war, aber er überspielte es mit einem konzilianten Lächeln. »Wir können es kaum erwarten. Sind Sie dann fertig? Meine Mandantin hat eine angegriffene Gesundheit und möchte sich zurückziehen. Weitere Schritte gegen diesen unsäglichen Fall von Polizeigewalt behalten wir uns selbstverständlich vor.«

Holz wechselte einen Blick mit seinen Kollegen. »Ihre Mandantin darf sich zurückziehen. Vielleicht zündet sie bei Gelegenheit eine Kerze an, für die drei Menschen, die bei diesem infamen Spiel ihr Leben verloren haben. Nur so für ihren Seelenfrieden, meine ich …«

57

»Was geschieht jetzt mit dem Bild?«

Briamonte saß mit Holz in einem Biergarten an der Isar. Das Wetter war wunderbar mild. Überall lagen Kastanien im Kies, und die Blätter wurden bereits gelb.

»Das ist noch nicht raus. Es ist zweifelsfrei rechtmäßiges

Eigentum von Konstanze von Auersberg-Niedernburg und ebenso zweifelsfrei ein Original. Wir haben einen Eintrag in das Verzeichnis der geschützten Kulturgüter beantragt, und ich hoffe, dass sie es doch noch ans Museum verkauft.«

»Das wäre wirklich wünschenswert!« Briamonte seufzte. »Um ein Haar hätte ich's vermasselt!«

»Inwiefern?«

»Ich hab nicht realisiert, dass sie Oehrings Schwiegermutter ist.«

»Sie können sich trösten – ich auch nicht. Wir konnten nicht wissen, dass sie wieder geheiratet hat. Aber es spielt ohnehin keine Rolle. Wir werden Sie kaum für die Morde mitverantwortlich machen können. Ebenso wenig wie ihre Tochter.«

»Nein, leider nur den Oehring, diesen Blender. Was ich mir nicht erklären kann, ist, dass er nichts von der Ölstudie wusste. Immerhin war er der Schwiegersohn.«

»Ganz einfach«, grinste Holz. »Er war nie im Haus.«

»Wie meinen Sie das?«

»Genau wie ich's sage. Er war nie hier. Eine der langjährigen Angestellten hat mir gesteckt, dass die Wut der alten Dame auf ihren ›unstandesgemäßen‹ Schwiegersohn so groß war, dass er in ihrem Haus nicht erwünscht war.« Er grinste noch breiter. »Als Schmierenkomödianten, rückgratlosen Emporkömmling, substanzlosen Schönling und Heiratshure hat ihn wohl die hochwohlgeborene Frau Von-und-zu den in ihren Augen unwürdigen Schwiegersohn bezeichnet.«

»Und als sie von seinem Seitensprung und dem Kind erfahren hat, hatte sie die perfide Idee, ihn zu ruinieren – mit der Ölstudie«, sagte Briamonte nachdenklich.

»Vielleicht. Möglicherweise war es ihre Tochter. Spielt aber leider keine Rolle. Immerhin wird Oehring keinen

Schritt mehr in Freiheit tun. Das ist doch das Wichtigste, oder?«

Briamonte starrte in sein Glas. So einfach, wie sein Kollege es darstellte, war es für ihn nicht. Er war nicht ganz bei der Sache gewesen, daran gab es keinen Zweifel. Vielleicht wäre Kristinas Unfall vermeidbar gewesen, wenn …

Holz klopfte ihm freundschaftlich auf die Schultern. »Nicht Grübeln, Kollege. Wir haben alle unseren Job gemacht, und jetzt sind die Staatsanwälte dran. Fall erledigt! Sagen Sie, dieser Landgasthof, bei dem wir zum Essen waren … in Sankt …«

»Ulrich.«

»Genau. Vermieten die auch Zimmer? Ich würde gerne mit meiner Frau ein verlängertes Wochenende im Schwarzwald genießen.«

»Soviel ich weiß, ja. Aber kommen Sie doch nach Menzenschwand. Das Hotel Zum Roten Fuchsen ist sehr schön und hat eine hervorragende Küche. Dann nehmen wir einen Aperitif in meinem Garten, und ich stelle Ihnen meine Ziegen vor.«

»Sie haben Ziegen?!«

»Jap.«

Holz hob das Glas. »Na dann Prost! Auf die gute Zusammenarbeit! Und auf bald in Menzenschwand!«

58

Ende September wurde Kristinas Scheidung rechtskräftig, und sie quittierte endgültig den Polizeidienst. Sie wollte im kommenden Januar ein Freiwilliges Soziales Jahr als Forstgehilfin bei Niklas Dannecker beginnen und kündigte zu Briamontes großer Freude ihre Wohnung in St. Blasien.

Dr. Martin Oehrings psychiatrisches Gutachten lautete ›nicht zurechnungsfähig‹, während seine Frau, Dr. Henriette von Neuburg-Hallern, die Scheidung beantragte. Wegen der Inverkehrbringung eines nationalen Kulturgutes wurde sie zu einer vergleichsweise geringen Geldstrafe verurteilt. Konstanze von Auersberg-Niedernburg wurde wegen desselben Verstoßes vom Gericht freigesprochen, verkaufte die Ölstudie für einen symbolischen Preis ans Franz-Marc-Museum und wurde dafür in der Münchener Boulevardpresse als Wohltäterin gefeiert. Vor den Journalisten, die sich um Interviews rissen, stilisierte sie sich als Opfer und bezeichnete die Ermittlungen gegen sie als schändliche »ss-Methoden«. Holger Wehrle verprügelte, kaum aus der Haft entlassen, einen Polizeibeamten, um sofort wieder verhaftet zu werden.

Benedikt Lautenspiel wurde erneut festgenommen und wegen Dealerei und Körperverletzung zu einer Haftstrafe von zehn Monaten auf Bewährung verurteilt. Magda Hellstein stieg stundenweise wieder in ihren alten Beruf als Kinderärztin ein und unterstützte das Winterhalter Museum mit einer großzügigen Spende. Elisabeth Kaiser erwarb zwei neue Originale und würde die jährlichen Betriebsferien des Museums für einen kleinen Umbau nutzen.

Und Briamonte trat endlich seinen verschobenen unbezahlten Urlaub an.

Es war später Freitagnachmittag, und Briamonte, der vorhin bei Schopferers hochschwangerer Frau mit Apfelkuchen Abbitte geleistet hatte, fühlte sich frei und wohl wie selten zuvor.

Er stellte seinen Wagen ab, ließ Gismo in den Garten, nahm das Körbchen aus dem Kofferraum und machte sich dann auf den Weg zum Joos Hof. Eine kleine Überraschung für Kristina. Er fand Oma Resi in der Backstube.

»Bin gli ferdig. Sie sin in dä Kuchi. Kannsch scho mol gucke go …«

Briamonte klopfte an der Küchentür und trat ein. Der holzbefeuerte Herd bullerte, und es duftete nach Nussschnecken. Die Katzenmutter begrüßte ihn mit hocherhobenem Schwanz, kehrte aber sofort zu ihrem Wurf zurück, als sich Briamonte über die Kiste beugte.

»Häsch eins g'funde?« Oma Resi kam herein, wusch sich die Hände und trocknete sie an der Schürze ab.

»Darf ich sie rausnehmen?«

»Hä jo!« Sie lachte. »Häsch Angscht? Die biiße nit!« Oma Resi beobachtete lächelnd, wie Briamonte etwas unbeholfen die Kätzchen herausnahm, eines nach dem anderen, sie betrachtete, mit ihnen redete und sie wieder zurücksetzte.

»Welles wotsch?«

»Darf ich auch zwei?«

»Natürlich!«

»Dann die beiden.«

»Guet. Häsch no Zitt für en Kaffee? Muesch mir no verzelle, wie die Sach mit dem Kerle us Friburg usgange isch.«

Ende

Danksagung

Ich bedanke mich von Herzen für die liebenswürdige Unterstützung bei:

Stefan Holz, Kriminalhauptkommissar, Inspektion 310, LKA Stuttgart; Antonia Blank; Thomas Rusterholtz, Galerie Rusterholtz, Basel; Dr. Meike Hoffmann, FU Berlin; René Allonge, Kriminalhauptkommissar, LKA Berlin; Elisabeth Kaiser, Leiterin ›Le Petit Salon‹, Winterhalter-Museum; Dr. Magdalene Claesges, Ernst Wilhelm Nay Stiftung; Gerdi und Dieter Bardelang; Georg Kurath; Liliane Gelpke; Lenbachhaus München; Franz-Marc-Museum Kochel; Marc und Anna Pfirter.